BASTEI
LÜBBE

Bisher sind im BASTEI-LÜBBE Taschenbuchprogramm von MAX ALLAN COLLINS nachstehende Bände erschienen:

13 015 Chicago 1933
13 036 Gangsterbräute

Aus der Schwarzen Serie sind folgende Bände erhältlich:

19 100 Leonard Schrader
Yakuza
19 101 Fredric Brown
Hunters erste Jagd
19 102 Loren D. Estleman
Das Sterben in Detroit
19 103 Max Allan Collins
Ein Veteran kehrt heim
19 104 Fredric Brown
In den Straßen von Chicago
19 105 Max Allan Collins
Der Einäugige
19 106 Max Allan Collins
Mordkongreß
19 107 Stephen Greenleaf
John Tanner, Privatdetektiv
19 108 Ted Lewis
Jack Carters Heimkehr
19 109 David Goodis
Der Mond in der Gosse
19 110 Fredric Brown
Die Detektive von Chicago
19 111 Ted Lewis
Jack Carters Gesetz

Max Allan Collins
MORDKONGRESS

Mit einem Nachwort
von Uwe Anton

Schwarze
SERIE

BASTEI
LÜBBE

BASTEI-LÜBBE-TASCHENBUCH
Schwarze Serie
Band 19 106

Deutsche Lizenzausgabe 1987
Bastei-Verlag Gustav H. Lübbe GmbH & Co., Bergisch Gladbach
Originaltitel: Kill your Darlings
Ins Deutsche übertragen von Jürgen Langowski
Umschlaggestaltung: Quadro Grafik, Bensberg
Druck und Verarbeitung:
Clausen & Bosse, Leck
Printed in Western Germany
ISBN 3-404-19106-4

Im Gedenken an einen wirklichen Helden:
Dave Gerrity

Vorbemerkung des Autors

Der Bouchercon ist ein reales Ereignis, ein jährliches Treffen von Kriminalschriftstellern und Fans, das unter anderem einige Male in Chicago stattfand; den Bouchercon jedoch, der in diesem Buch geschildert wird, hat es, außer in der Phantasie des Autors und seiner Leser, nie gegeben. Die Private Eye Writers of America ist eine tatsächlich existierende Organisation, der ich angehöre, doch hat die in diesem Buch erwähnte Organisation außer dem Namen nichts mit der real existierenden gemein.

Um dieses fiktive Werk enger an die Wirklichkeit zu binden, werden einige Personen erwähnt, die tatsächlich an verschiedenen Bouchercons teilnahmen; ich hoffe, alle Erwähnten sind einverstanden, und alle nicht Erwähnten fühlen sich nicht zurückgesetzt.

Außerdem ist dies kein Schlüsselroman; Roscoe Kane zum Beispiel steht keineswegs für einen bestimmten Schriftsteller. Er ist frei erfunden und stellt einen typischen Autor dar. Dies gilt unter anderem ebenfalls für G. Roger Donaldson und Gregg Gorman.

Die Crime Tour, die in diesem Buch erwähnt wird, beruht auf Material aus *Big Al's Official Guide to Chicago-ese* von Bill Reilly (Contemporary Books, 1982).

Soweit diese Geschichte auf Dashiell Hammett Bezug nimmt, beruht sie auf Fakten. Allerdings besteht keine Verbindung zwischen den Nachlaßverwaltern Dashiell Hammetts, wie sie in diesem Buch erwähnt werden, und der tatsächlich existierenden Gesellschaft, die diese Aufgabe wahrnimmt.

Teil 1

Donnerstag

1

Helden sollten nicht sterben.

Aber Helden, wenigstens die aus dem »richtigen Leben« – im Gegensatz zu erfundenen Gestalten wie Herkules oder Davy Crockett – sind menschliche Wesen, und menschliche Wesen, sogar die besten, müssen früher oder später unweigerlich abtreten.

Mein Held lag tot in der Badewanne: offensichtlich ertrunken. Er hatte früher am Abend eine Menge Alkohol getrunken; als ich ihn in sein Hotelzimmer gebracht hatte, war er, genauer gesagt, sternhagelvoll gewesen. Und jetzt war er tot.

Ein paar Stunden früher, in der Cocktail Lounge, war er laut, peinlich laut gewesen. Wir waren in Chicago, im Americana-Congress-Hotel, und es war Oktober.

»Seit Dashiell Hammett gestorben ist, gab es keinen einzigen lesenswerten Krimiautor mehr«, hatte er seinen Schriftstellerkollegen, die mit ihm am Tisch saßen, nuschelnd verkündet. Morgen sollte der Bouchercon beginnen, die jährliche Versammlung der Krimiautoren und ihrer Fans.

»Sie sind es wert, gelesen zu werden«, sagte ich aufmunternd, um seiner Bemerkung die Schärfe zu nehmen.

Roscoe Kane warf mir einen wütenden Blick zu. Auf den Schultern seines karierten Hemdes lagen Schuppen wie Schneeflocken. Seine braune Jacke hatte er unordentlich über den Stuhl gelegt. Er hatte ein Gesicht wie ein Basset, und seine hellblauen, wässrigen Augen schossen giftige Blitze ab. Er versuchte, seiner rauhen Stimme einen verächtlichen Klang zu geben, doch was herauskam, roch eher nach Selbstmitleid: »Das war ich einmal.«

Uns gegenüber saß Brett Murtz. Er trug ein verblichenes

Metzgerhemd und Jeans. Als er sich mit einer wilden Geste herüberbeugte, sah er mit dem fliegenden, lockigen Haar und dem breiten Schnurrbart aus wie ein Hippie; er zeigte genau die Begeisterung, die man brauchte, um mit einem Datsun von Colorado hier heraufzukommen.

»Ich möchte wetten, daß Sie immer noch verdammt gute Geschichten schreiben könnten«, sagte er. »Sie müßten nur einen neuen Gat Garson herausbringen!«

Über unsere kleine Gruppe fiel eine Kälte, als wäre die Klimaanlage eingeschaltet worden. Wir alle, auch Peter Christian, Tim Culver und ich selbst, die bisher noch nichts gesagt hatten, wußten sehr wohl über Roscoe Kanes unglückliche Lage Bescheid, soweit es um neue Veröffentlichungen ging.

Doch Murtz bohrte weiter.

»Erzählen Sie mir ja nicht, Sie hätten eine Ladehemmung!« sagte er lebhaft. »Ich habe Ihnen schon einen Fanbrief geschrieben, als ich noch auf der High School war: Ich steckte mitten in einem Krimi fest und hatte eine Schreibhemmung, erinnern Sie sich? Und Sie schrieben zurück . . .«

»›Schreibblockaden gibt es nicht, es gibt nur beknackte Schreiber‹«, sagte Kane humorlos.

Murtz begann schief zu grinsen, und sein Schnurrbart breitete sich auf einer Seite seines Mundes aus wie ein Fächer. »Sie wissen es noch!«

Ich nickte lächelnd. »Er hat mir vor zwei Jahren dasselbe gesagt.«

Kane wandte sich an mich. »Diesen Ratschlag gebe ich in dieser Situation jedem Dummkopf, Mallory. Ich brauch noch einen Scotch.«

Eine hübsche, brünette Serviererin nahm seine Bestellung entgegen; Kane schien sie kaum zu bemerken, nicht einmal, als sie sich herüberbeugte und uns einen Einblick bot, der einem Titelblatt von einem von Kanes Gat-Garson-Krimis alle Ehre gemacht hätte.

Ich hoffte, während Kane auf seinen Scotch wartete, würden die anderen und er selbst wieder vergessen, warum er nichts mehr veröffentlichte – seit fünfzehn Jahren nichts mehr in den Staaten, seit zehn Jahren nichts mehr im Ausland. Doch als der

Scotch kam, nahm er mit müden Bewegungen einen großen Schluck und stürzte sich wieder ins Gefecht.

»Ich war mal der größte Taschenbuchautor«, sagte er, eine Ansprache beginnend, die ich schon ein halbes Dutzend Mal gehört und mindestens genauso oft in seinen Briefen gelesen hatte. »Spillane ist mit seinem gewalttätigen Mist wie ein Tornado in den Markt eingefallen. Es war kurz nach dem Krieg, und die Verleger wollten endlich wieder Geld auf der Tasche haben, und der Bursche wußte genau, was laufen würde. Mann, wenn einer im Krieg war, will er nicht was über einen Kerl in einem weißen Anzug lesen, der dem bösen Buben mit seiner Kanone ein sauberes Loch in den schwarzen Anzug macht. Nein! Du läßt ihn dem bösen Buben ein großes, ekliges Loch verpassen! Ein Loch, in dem ein Bagger wenden könnte. So was erwarten die Leser, die den Zweiten Weltkrieg erlebt haben. Und die erwarten auch nicht, daß Sex was Sauberes, Anständiges ist. Geil und scharf muß es sein . . .«

Kane ging die Luft aus; normalerweise schmückte er seine Geschichte reichhaltiger aus, doch der Scotch – nicht nur der vom heutigen Abend – hatte ihn zuviele Gehirnzellen gekostet. Natürlich hatte er recht. In der Zeit nach dem Krieg waren billige Krimis mit Sex- und Gewaltszenen das Rückgrat der gerade wieder aufblühenden Branche gewesen; Vorreiter war Mickey Spillane mit seiner Mike-Hammer-Serie, die viele Nachahmer gefunden hatte, von denen jedoch nur einer – Roscoe Kane – seinen Verlegern gutes Geld gebracht hatte. Selbst Richard S. Prather und John D. MacDonald waren, verglichen mit Kane, bloße Nachläufer. Warum?

»Weil ich so schlau war, witzig zu schreiben. Oh, es waren nicht diese albernen Blödeleien, die Prather immer verzapft hat –«

Murtz, der nicht zulassen konnte, daß eines seiner Idole heruntergemacht wurde, unterbrach ihn. »Aber *ich* mag die Shell-Scott-Geschichten . . .«

»Die waren erbärmlich!« knurrte Kane. »Mein Humor war viel subtiler. Meine Geschichten waren eine Persiflage auf Hammett.«

»Hintergründig, ja«, sagte Peter Christian, dessen Augen hinter der dunkelgefaßten Brille funkelten. »Irgendwie hat der Humor nie den Verlauf der Geschichte gestört. Wundervoll.« Pete war ein dunkelhaariger, stämmiger und etwas zerzauster Mann, der eine der bekanntesten Figuren im Krimigeschäft war, seit er bei der *Encyclopedia of Mystery and Detective Fiction* als Coautor mitgearbeitet hatte.

Neben ihm saß Tim Culver, der mit seiner hellbraunen Cordjacke und der Nickelbrille aussah wie Woody Allens älterer, ansehnlicherer Bruder. Ich war ihm noch nie begegnet; er war mir zu Anfang des Abends ruhig, sogar schüchtern vorgekommen, doch ein paar Drinks hatten seine Zunge gelöst, und inzwischen machte er ab und zu den Mund auf.

Jetzt zum Beispiel.

»Ihr Zeug hat mir immer gefallen«, sagte er zu Kane, leise und zugleich nachdrücklich. »Das ist Hammett mit Hintergrund. Der durchschnittliche Leser schätzt die temperamentvoll und gut erzählte Geschichte an der Oberfläche, und ein anspruchsvollerer Leser bewundert die geschickte Inszenierung.«

Die Falten in Kanes Gesicht verwandelten sich in hundertfältiges Lächeln. Er mochte Komplimente, besonders wenn sie von Menschen wie Pete kamen, der immerhin teilweise für die *Encyclopedia* verantwortlich war. In ihr hatte Kane in seiner langen Karriere die einzige literarische Anerkennung gefunden. Als Kane schrieb, wurden Taschenbücher nicht besprochen, und dies gilt weithin auch heute noch. Doch Culvers Lob bedeutete ihm noch mehr, denn Culver wurde von vielen Kritikern als der beste moderne Autor in der Tradition Hammetts bezeichnet.

Ich hoffte, diese Komplimente würden uns die tragische Geschichte ersparen, die, falls Kane sie erzählen sollte, zweifellos den Abend beenden würde. Denn sobald er *damit* anfing, war's mit der Gemütlichkeit vorbei.

»Murtz, Murtz«, murmelte Kane, indem er mißtrauisch den fleißigen Schriftsteller musterte, dem man seine Herkunft aus der Subkultur immer noch deutlich ansah; ein konservativer Mensch wie Roscoe Kane konnte ihn ohne weiteres auch heute noch als »langhaarig« titulieren. »Was haben Sie denn überhaupt geschrieben?«

»Ein paar okkult angehauchte Krimis unter einem Pseudonym«, sagte Murtz beiläufig. Kane bohrte nach, Murtz erwähnte die Titel, und Kane meinte, er hätte keinen einzigen gelesen. Murtz versuchte seine Verletzung zu verbergen und sagte, er hätte Kane Freiexemplare geschickt, doch Kane ignorierte die Bemerkung genauso, wie er vermutlich die Bücher ignoriert hatte.

»Sonst noch was?« sagte Kane.

Murtz zuckte die Achseln. »Ich hab ein paar Exterminator-Romane als Ghostwriter geschrieben.« Das war eine unglaublich erfolgreiche und unglaublich alberne Taschenbuchreihe über einen Vietnamveteranen, der sich im Alleingang mit der Mafia anlegt und gewinnt. Und gewinnt und gewinnt.

»Müll!« rief Kane, taktvoll wie immer. »Der Typ, der diesen Mist verzapft, hat mir geschrieben, er wäre ein Fan von mir und machte sich Sorgen um meine ›Situation‹. Er meinte, ich könnte für ihn als Ghostwriter arbeiten. Damit wollte er mir ›zurückzahlen‹, was er von mir ›gelernt‹ hätte, dieser Idiot! Wissen Sie, was ich ihm gesagt habe?«

Und dann erzählte er es uns, während die knackige Kellnerin seinen nächsten Scotch brachte. Ich achtete kaum auf seine Worte, sondern konzentrierte mich auf den offenherzigen Titelbildanblick, den sie uns, wohl in der Hoffnung auf ein saftiges Trinkgeld, immer wieder bot. Ich nahm mir vor, fünf Bucks springen zu lassen.

Ich hoffte, Kane würde bald aufhören, denn er wirkte sehr unkonzentriert. Und endlich, wenn auch mit sehr abwesendem Blick, hatte er die Kellnerin bemerkt. Für einen Autor deftiger Sexszenen schien Kane bemerkenswert uninteressiert.

Doch Murtz konnte es nicht lassen. »Was meinten Sie mit Ihrer ›Situation‹?«

Kane stand auf. In der Bar war nicht viel los, aber immerhin, einige Leute waren da. Ein paar waren Krimiautoren, die Kane kannten. Die anderen waren normale Sterbliche. Doch alle konnten Kanes Rede hören.

»Ich kam auf die schwarze Liste!« sagte er mit rauher,

bärbeißiger Stimme. »Ich! Der erfolgreichste Autor in der Geschichte des Taschenbuchs! Vierzig Millionen verkaufte Exemplare! Und das nur in den Staaten, Jungs! Vierzig verdammte Millionen! Die haben versucht, mich zu bescheißen, Jungs! Aber die haben ihre Rechnung ohne mich gemacht. Ich hab sie verklagt! Verklagt hab ich sie! Auf eine Million Dollar! Melvin Belli, der Herr segne ihn, hat jeden Cent und alle Gerichtskosten rausgeholt, und ich hab was gemacht, wovon jeder Autor in Amerika nur *träumen* kann . . . ich hab das System geschlagen! Ich hab den Verlag geschlagen! Ich hab gewonnen! Ich hab gewonnen, gewonnen.«

Er stand vor unserem Tisch, als wartete er auf Beifall. Es war entsetzlich. Pete Christian überlegte fieberhaft, was er sagen könnte, und der arme Tim Culver wünschte anscheinend, er wäre auf einem anderen Planeten. Kane setzte sich wieder, und das übliche Bargemurmel und das Klirren von Gläsern setzte erfreulich schnell wieder ein.

»Aber leider hab ich doch verloren«, sagte er. »Kein Verlag in den USA will mehr was mit mir zu tun haben. Ich hab fünf Gat Garsons geschrieben, die nie in den USA veröffentlicht wurden. Sie erschienen in Übersee . . .«

»Ja«, sagte Murtz, dem das alles neu war, nickend. (Bis auf die Klage auf eine Million Dollar natürlich; das war unter Autoren weithin bekannt.) »Ich hab Ausgaben von englischen Verlagen, und ich hab mich schon gewundert, warum . . .«

»Die Bücher sind in fünfundsechzig Ländern erschienen, junger Mann«, schnappte Kane, »nur nicht hier. Nicht in meiner Heimat, nicht in den Vereinigten Staaten. Hier will mich keiner, ist das nicht komisch? Diese Hunde mit ihrer schwarzen Liste!«

»Das ist doch verrückt!« sagte Murtz. »Kein Verleger läßt sich einen sicheren Verdienst durch die Lappen gehen! Selbst wenn Sie Ihren alten Verleger um eine Million erleichtert haben, würde sich ein anderer wie der Teufel auf die Gat-Garson-Serie stürzen.«

»Das sollte man meinen«, sagte Kane, indem er seinen Scotch hob.

Murtz, obwohl ein guter, hauptberuflicher Autor, dachte wie

ein Fan; er würde wohl darauf kommen, wenn er später noch einmal gründlich darüber nachdachte. Roscoe Kane hatte zwischen 1950 und 1960 seinen größten Erfolg gehabt, doch Anfang der sechziger Jahre, als mit den James-Bond-Filmen die Spionagemasche aufkam, gingen seine phantastischen Auflagen zurück. Kane war nicht mehr aktuell; er schrieb immer noch seine hintergründigen Privatdetektivromane, und zwischen seinem Schreibstil von 1965 und dem von 1950 bestand kaum ein Unterschied. 1966 ging er vor Gericht, um Tantiemen in Höhe von einer Million Dollar einzuklagen. Der Prozeß dauerte mehrere Jahre, und während dieser Zeit schrieb Kane kein einziges Wort.

1970, als er sich mit seiner Gat-Garson-Serie an einen neuen Verleger wandte, war er endgültig aus der Mode. Er hatte nie etwas anderes als Gat-Garson-Krimis geschrieben, und trotz deren Einzigartigkeit waren seine Fähigkeiten auf einen engen Bereich beschränkt, und er konnte anscheinend nichts anderes schreiben als die Geschichten, mit denen er in den vierziger Jahren bei dem berühmten Pulp-Magazin *Black Mask* begonnen hatte.

Hätte Kane sich nicht selbst ins Abseits gestellt, als er in der Öffentlichkeit seine schmutzige Wäsche wusch, hätte er nicht den Ruf gehabt, Redakteuren (im wahrsten Sinne des Wortes) was aufs Maul zu geben (er brach einmal einem unglücklichen Lektor, der zuviele Kommas in eins seiner heruntergerissenen Manuskripte einsetzte, den Arm), wäre er ein normaler, stiller, vernünftiger Autor gewesen – vielleicht hätte er zusammen mit Gat Garson irgendwo in der Welt der Verlage ein neues Heim gefunden. Seine Verkaufszahlen wären Empfehlung genug für einen kleinen Verlag gewesen, der sich mit einem großen Namen schmücken wollte, auch wenn dieser Name zu einem Menschen gehörte, der in einer Welt der Stirnbänder noch Derbyhüte trug.

Doch wenn Roscoe Kane ein normaler, vernünftiger Autor gewesen wäre, dann wäre er nicht Roscoe Kane gewesen; er hätte nicht das Zeug gehabt, eine Gestalt wie Gat Garson zu schaffen, der über fünfundzwanzig Romane und eine Rundfunkserie durchgehalten hatte, nicht zu vergessen ein paar zweitklassige Filme und eine gleichermaßen zweitklassige Fernsehserie. Aber trotzdem, Gat war eine sehr populäre Gestalt, die viele Menschen auch jetzt noch auf Anhieb beim Namen erkannt hätten. In Europa war Gat genauso populär wie Lemmy Caution, und die europäische Vorliebe für Privatdetektive sorgte dafür, daß Roscoe Kane immer wieder nachgedruckt und nicht vergessen wurde.

Kanes anhaltender Erfolg in Europa – und seine schrumpfende Million – hatten ihn am Leben erhalten. Er war gerade zum drittenmal verheiratet (und hatte gerade den zehnten Scotch des Abends getrunken), und er war ein streitsüchtiger, sich selbst bemitleidender alter Hund, dessen Detektivromane schon als Junge in mir den Wunsch geweckt hatten, später Krimis zu schreiben. Er war immer noch mein Held.

Er war wieder aufgestanden.

»Diese Hundesöhne haben mich auf die schwarze Liste gesetzt!« rief er, indem er wild herumfuchtelte, ohne jedoch seinen Drink zu verschütten – ein Trick, den nur die wenigsten schweren Trinker beherrschen. »Laßt uns auf sie trinken!«

Eine schwere Stille trat in der Bar ein, als wäre der Raum ein großer Kuchen, der gerade zusammenfiel, und als wären wir die dafür verantwortlichen Zutaten. Kane hatte uns in seinen Bann geschlagen. Irre haben gewaltige Kräfte. Sie bekommen jederzeit die Aufmerksamkeit, die sie wollen – manchmal mit einer Kanone in der Hand, weit öfter aber einfach mit penetrantem Gehabe.

Ein Irrer, der auf Touren kommt, hat etwas Unwiderstehliches; ein Mensch außer Kontrolle, der seine ganze Umgebung kontrollieren kann.

»Laßt uns auf sie anstoßen!« Er hob sein Glas. »Laßt uns auf die amerikanischen Verleger anstoßen! Auf die Hundesöhne, die mich auf die schwarze Liste gesetzt haben!«

Er stand mit erhobenem Drink vor unserem Tisch, und jeder in der Bar wußte sofort, daß er so stehenbleiben würde, bis die Welt unterging, wenn niemand mit ihm anstieß. Die Atmosphäre wurde immer eisiger. Doch schließlich prosteten wir ihm alle zu, und der arme alte Hund setzte sich wieder. Die Party war aus.

»Ich glaub, ich leg mich schlafen«, sagte er, mit jenem müden und völlig klaren Ausdruck, den Menschen manchmal kurz nach einem Anfall bekommen, wenn sie erkennen, was sie getan haben.

»Ich bringe Sie rauf«,sagte ich.

»Danke, mein Junge«, sagte er.

Die anderen Männer am Tisch erhoben sich und wünschten ihm respektvoll und freundlich gute Nacht, als wäre er nicht gerade eben ausgerastet; diese Männer liebten den armen alten Kerl wie ich. Selbst wenn er kopfüber unter der Decke gehangen und mit Gummis auf Kellnerinnen geschossen hätte, hätten wir eine Möglichkeit gefunden, es zu ignorieren oder wenigstens zu verzeihen.

Ich nahm ihn beim Arm – er fühlte sich knochig an, mit welkem Fleisch. War dieser kleine, verschrumpelte Mann derselbe, der auf der schwarzen Rückseite seiner Krimis à la Spillane mit einem 38er posiert hatte? Leider war er es. Vor langer, langer Zeit einmal.

Wir betraten einen Aufzug. Ein wohlhabend aussehendes Paar beäugte Kane angewidert, und ich schoß meine allerbesten Pfeile zurück. Wenn ich dazu aufgelegt bin, kann ich ganz schön mit Blicken schießen.

Wir hatten Kanes Etage, die siebte, erreicht und wanderten den Flur hinunter zu seinem Zimmer mit der Nummer 714, als er sagte: »Ich hab's nicht so gemeint.«

»Da müssen Sie schon genauer sein, Mr. Kane«, sagte ich. »Sie haben heute abend ziemlich viel gesagt.«

»Fangen Sie schon wieder mit diesem ›Mr.-Kane‹-Unfug an? Wir kennen uns seit zehn Jahren, Mallory. Wir haben uns an die hundert Briefe geschrieben. Sie haben mich ein halbes Dutzend Mal besucht. Und Sie sagen immer ›Mr. Kane‹. Ich kann's nicht mehr hören!«

In Wirklichkeit genoß er meinen Respekt.

Wir standen vor seinem Zimmer.

»Was ich nicht so meinte, war die Bemerkung über die Krimiautoren nach Hammett, die nicht mehr lesenswert sind«, sagte er. »Chandler ist lesenswert.«

Das war aber großzügig.

»Haben Sie Ihren Zimmerschlüssel, Mr. Kane?«

»In der Tasche«, sagte er, während er danach zu suchen begann. »Mick Spillane ist auch lesenswert, aber sagen Sie's ihm nicht. Und John D. Und Culver ist gut.«

»Ja.«

»Und ich. Ich bin immer noch lesenswert.«

»Das sind Sie.«

»Und Sie auch, mein Junge. Sie sind es auch.«

Ich lächelte; irgendwo regte sich ein dumpfes Gefühl. Ich schrieb selbst Kriminalromane – unter anderem, weil ich davon geträumt hatte, eines Tages so groß wie dieser Mann zu sein. Ich verdiente es sicher nicht, in der handverlesenen Liste aufzutauchen, die Roscoe gerade aufgestellt hatte, und Roscoe wußte es auch – er war einfach nur nett zu mir, so nett jedenfalls, wie es dieser alte Streithammel sein konnte.

Trotzdem – dies von ihm zu hören war wie eine Eins vom Lieblingslehrer. Eine Eins, die Gewicht hat, auch wenn der Lieblingslehrer sternhagelvoll ist.

»Danke, Mr. Kane.«

»Gute Nacht, mein Junge.«

Das war das letztemal, daß ich ihn lebend sah.

2

Ich war auf dem Rückweg zur Bar, wo ich noch etwas trinken wollte, um den traurigen Nachgeschmack herunterzuspülen, als im vierten Stock die Aufzugtür aufging und Tom Sardini, der ein angegrautes Hemd und dunkle Hosen trug, mit einem angespannten Gesichtsausdruck in die Kabine trat. Wie gewöhnlich wirkte der jugendliche, hübsche Tom stark beschäftigt; seine Augen hinter der schwarz gefaßten Brille waren leicht verschleiert, als arbeitete er in Gedanken an seinem neuesten Werk. Sein Babygesicht versuchte er vergeblich mit einem Bart zu verbergen; der Schnäuzer sah aus wie angepappt.

Wahrscheinlich arbeitete er wirklich an einer Geschichte. Der dreißig Jahre alte Sardini war der schnellste Schreibmaschinenschreiber im Osten; er spuckte mit beunruhigender Geschwindigkeit Krimis, Wildwestromane und ab und zu Spionageromane unter verschiedenen Pseudonymen aus; außerdem unter seinem eigenen Namen eine erfolgreiche Reihe über einen ehemaligen Boxer, Jacob Miles, der sich als Privatdetektiv versuchte. Er arbeitete so schnell und schrieb so viel, daß Schriftstellerfreunde ihm (und sich selbst) vormachten, um seine Gesundheit besorgt zu sein und ihm rieten, das Tempo zu drosseln. In Wirklichkeit beneideten sie ihn nur um seine Produktivität. Tom saß unterdessen in Brooklyn an seiner Schreibmaschine und kassierte Tantiemen, mit denen er in aller Stille eine Firma aufbaute.

»Also gut«, sagte ich, »kein Wort.«

»Mal?« fragte er, während sich sein Gesicht aufhellte. »Ich hab dich gar nicht erkannt!«

»Ich wollte dich nicht stören. Du mußt sicher bis zum Erdgeschoß noch ein Buch beenden.«

Er grinste, ich erwiderte sein Grinsen, und wir schüttelten uns die Hände.

»Lange her«, sagte er.

»Soweit ich mich erinnere, beim letzten Bouchercon in Chicago«, sagte ich. »Vor vielen Monaten.«

»Du hattest damals längere Haare und einen Schnurrbart.«

Ich deutete auf seinen eigenen, dürftigen Schnurrbart und seine Schriftstellermähne. »Ich hab mich umgesehen und festgestellt, daß alle alten Männer lange Haare und Schnurrbärte hatten und die Jungen kurze Punkfrisuren.«

»Und dann hast du dir die Haare schneiden lassen. Und was läuft sonst noch in Port City, Iowa?«

Die Aufzugtür ging auf, und wir traten in den Vorraum.

»Ich hab zu tun«, sagte ich. »Ich weiß, daß es euch Jungs aus New York schwerfällt zu glauben, daß man auch in Iowa gute Ideen haben kann.«

Wir betraten die Bar. Pete Christian und Tim Culver waren

gegangen, und Brett Murtz war zu einem anderen Tisch gewechselt, an dem er mit einigen Leuten saß, die ich nicht kannte. Er hatte sich über Campbell Gault hergemacht und quetschte ihn begierig aus. Gault, ein würdiger, doch stiller Mann von Anfang Siebzig, war der Verfasser einer Reihe von Kriminalromanen mit knallharten Detektiven; doch er war auch für seine Sportromane bekannt, die er für ein jüngeres Publikum geschrieben hatte.

Tom und ich suchten uns einen Tisch, und die Kellnerin von vorhin, die Roscoe Kane geholfen hatte, bis über die Achseln im Scotch zu versinken, nahm unsere Bestellung entgegen. Ich trank Pabst aus der Flasche, und Tom bestellte dasselbe. Ich durfte zahlen. Die Kellnerin gab sich alle Mühe, noch einmal fünf Dollar zu kassieren.

»Weißt du«, sagte Tom, indem er wieder auf Iowa zu sprechen kam, »irgendwie werde ich die Vorstellung nicht los, daß du in einem Maisfeld auf einer Kiste hockst und mit einem abgekauten Bleistift deine Geschichten schreibst, während dir eine Vogelscheuche über die Schulter schaut.«

»Hab ich dir eigentlich schon mal gesagt, daß ich New York hasse?«

»Öfter.«

»Also, um der Form zu genügen, ich hasse New York.«

»Wie schaffst du es in deinem Kaff nur, so oft über einen Mord zu stolpern?«

»Immer mit der Ruhe, Tom. Es ist genau zweimal passiert. Und im Abstand von mehreren Jahren.«

»Du bist meines Wissens der einzige Krimiautor, der *so* intensive Nachforschungen betreibt. Wohnst du immer noch in diesem Wohnwagen?«

»Ich bin umgezogen.«

»Warum? Ist das Ding doch noch in dem Müll versunken, auf dem es stand? Oder bist du ein Neureicher geworden, nachdem du deine Bücher ans Fernsehen verkauft hast?«

»Ach was. Ich war es einfach leid, immer mit Jim Rockford verwechselt zu werden. Aber ich hab vom Fernsehen wirklich etwas Kohle bekommen und konnte mir ein kleines Haus kaufen.«

»In der Prärie?«

»Nein, mit Blick auf den Fluß.«

»Klingt nach Mark Twain.«

»Es ist ein Haus, kein Hausboot, Tom. Ich will auch nicht mit Travis McGee verwechselt werden.«

»Aber einer deiner Titel klang ganz danach.«

»Komm, sei fair, Tom. Das Buch hat dir nicht gefallen, was?«

Er zuckte die Achseln. »Doch, es hat mir gefallen, aber ich finde deine Kurzgeschichten einfach besser.«

Ich zuckte auch mit den Achseln. »Davon kann ich nicht leben. Romane bringen mehr. Vielleicht gefällt dir das nächste; vielleicht kommst du sogar darin vor.«

»Das wäre bestimmt eine Hilfe«, räumte er ein. »Versprich mir nur, daß du keine Witze damit machst, daß mein Name an Fisch erinnert.«

»Abgemacht, gib mir die Flosse.«

Sein Grinsen unter dem Möchtegernschnurrbart war anstekkend. »Sehr witzig. Weißt du, ich kann nicht gerade sagen, daß ich sauer war, als ich sah, was die Fernsehleute aus deinem ersten Buch gemacht haben.«

Ich stöhnte und trank einen Schluck Bier. »Können wir nicht über was Angenehmeres sprechen? Zum Beispiel über meinen Leistenbruch?«

Aber Tom weidete sich an meinem Elend und bohrte hinterhältig weiter: »Klar, die haben ein paar Kleinigkeiten verändert; das ländliche Iowa haben sie gegen Los Angeles ausgetauscht, und dein milchgesichtiger Held wurde von O. J. Simpson gespielt. Und sie haben den Schluß verändert, weil sie wohl dachten, es wäre nicht gut, wenn dein Highschoolmäuschen an dem Mord beteiligt wäre.«

»Aber sonst war es eine werksgetreue Bearbeitung«, sagte ich.

Tom schien die Stichelei etwas zu bedauern, denn er beugte sich vor und sagte überhaupt nicht mehr hinterhältig: »Vergiß nicht, was James M. Cain bei einem Interview sagte. Als der Reporter fragte, was er von dem hielte, was die Filmleute mit seinen Büchern angestellt hätten, meinte er: ›Niemand hat was mit meinen Büchern angestellt. Die stehen immer noch genauso im Regal, wie ich sie geschrieben habe.‹«

»O. J. Simpson wird beim nächsten Film nicht mehr dabei sein.«

»Das ist gut.«

»Sie verhandeln mit Scott Baio.«

»Vielleicht können wir noch ein paar Bier kriegen. – Das muß ja 'n schönes Haus sein.«

»Oh, sicher. Mit Dach und allem Drum und Dran. Ich hab mir auch einen neuen Wagen gekauft.«

»War dein Lieferwagen kaputt?«

»Er hat nicht mehr zu mir gepaßt. Ich bin kein Halbstarker mehr. Als ich das letztemal hinschaute, war ich dreiunddreißig.«

»Was für ein Auto hast du dir gekauft?«

»Einen silbernen Firebird.«

»Ehrlich? Den fährt Rockford doch auch.«

Ich hatte den Wagen erst vor ein paar Tagen gekauft, und diese Fahrt nach Chicago an einem kalten, regnerischen Oktobernachmittag war meine erste größere Reise mit der neuen Karre gewesen. Ich mochte das Gefühl, einen sportlichen Wagen zu fahren; meine letzten beiden waren ein alter Rambler und der Lieferwagen gewesen, den Tom erwähnt hatte. Doch dieser öde Tag und die Erkenntnis, daß ich endlich einen Sportwagen hatte, allerdings in einem Alter, in dem er mir nicht mehr viel bedeutete, ernüchterte mich wieder. Das Pabst, das ich gerade schluckte, wirkte dem glücklicherweise entgegen.

Ich hatte mich schon lange auf diesen Bouchercon gefreut; beim letzten, den ich besucht hatte, konnte ich gerade auf einige veröffentlichte Kurzgeschichten zurückblicken, doch jetzt war ich ein »bekannterer« Autor, der zwei Hardcover-Romane geschrieben hatte, von denen einer sogar von den Private Eye Writers of America für den »Roman des Jahres« vorgeschlagen worden war. Die Nominierungen wurden üblicherweise beim Bouchercon besprochen. Ich betrachtete diese Ehre als Glücksfall, denn einmal war das Buch (mit Recht) sehr unterschiedlich besprochen worden, und zum zweiten war der Held kein Privatdetektiv, so daß das Buch, technisch gesehen, gar nicht hätte nominiert werden dürfen. Aber das Wissen, daß ich den Preis nicht gewinnen durfte – und daß ich eigentlich auch keine Chance hatte –, hielt mich nicht davon ab, auf der vierstündigen Fahrt von Port City nach Chicago im Geiste immer wieder meine Dankesrede für die Nominierung durchzugehen.

»Ich hab gehört, dein Guru Roscoe Kane sei hier«, sagte Tom.

»Ja, du hast ihn um ein paar Minuten verpaßt.«

»Verdammt! Stellst du mich ihm morgen vor?«

»Natürlich.«

»Ich wette, es ist ein Erlebnis, ihn kennenzulernen.«

»Sicher.«

»Weißt du, er ist auch einer meiner Lieblingsautoren.«

Tom war eine der führenden Autoritäten für Privatdetektivromane und einer der größten Enthusiasten des Genres; doch auf seiner Liste zu stehen, bedeutete noch nicht, daß man zur Elite gehörte. Sogar ich stand darauf. Der erste Fanbrief, den ich je bekommen hatte, stammte von ihm. Gott segne ihn.

»Was hältst du von dem neuen Hammett?« sagte er.

»Was ist mit Hammett?«

»Das neue Hammett-Buch.«

»Was – meinst du die letzte Biographie von Cynthia Crystal?«

»Nein, nein . . . ich meine den neuen Roman.«

Ich nahm die Flasche Pabst, aus der er getrunken hatte, in die Hand, und musterte sie.

»Tom«, sagte ich, »ich weiß nicht, wie ich's dir beibringen soll, aber Hammett ist 1961 gestorben, und seitdem hat er nicht mehr viel geschrieben. Genaugenommen hat er schon 1934 mit der Schreiberei aufgehört, und ich kann mir nicht vorstellen, daß es einen neuen Roman von ihm gibt, es sei denn, er wäre durch Tischrücken entstanden.«

»Es ist ein unveröffentlichter Roman, den er in den zwanziger Jahren geschrieben hatte. Das Manuskript tauchte erst vor ein paar Monaten wieder auf.«

»Na klar – in einem Karton hinten im Buchladen ›Zur Mördergrube‹ direkt neben *MacBeth und die Vorstadtkrokodile* von Johannes Mario Bacon.«

»Mal, es ist wahr. Das Manuskript ist authentisch. Die Hammett-Vermögensverwaltung steht dahinter.«

»Haben die was mit der Veröffentlichung zu tun? Werden sie die Rechte bekommen?«

»Ich glaube schon.«

»Dann stehen sie dahinter, weil sie daran verdienen. Die Sache stinkt.«

Tom verzog das Gesicht; diesmal musterte er *meine* Flasche, um zu sehen, was ich trank. »He, die Verwalter werden doch nicht die Leute übers Ohr hauen. Wenn die nur aufs Geld aus wären, würden sie nicht soviele Kurzgeschichten von Hammett unter Verschluß halten; die lassen nicht einfach alles nachdrukken. Aber wie könnten sie verhindern, daß ein ganzer, wiederentdeckter Roman veröffentlicht wird?«

Ich begann so langsam zu glauben, daß Tom die Wahrheit sagte und nicht nur einen Bauerntölpel aus Iowa zum Narren hielt, der mehr getrunken hatte, als gut für ihn war.

»Hammett ist mein Lieblingsautor«, sagte ich. »Ich würde gern was Neues von ihm lesen, und eine Menge anderer Leute auch. Willst du mich auch wirklich nicht reinlegen? Erzähl schon.«

Der Roman, im üblichen Hammett-Stil geschrieben, trägt den Titel *Sthe Secret Emperor*. Bis vor kurzem hatte man aufgrund einiger Notizen in der Hammett-Sammlung an der University of Texas geglaubt, Hammett hätte von diesem Roman nur eine Rohfassung geschrieben und ihn unvollendet liegengelassen. Doch anscheinend hatte Hammett das Manuskript 1927 überarbeitet und vollendet; man hatte bisher angenommen, Hammett hätte während dieser Zeit keine Romane geschrieben, sondern nur an Werbetexten gearbeitet.

»Der Verleger der *Black Mask*, Cap Shaw, hat ihn ermuntert, das Buch zu beenden, doch als er es vorlegte, war der Captain enttäuscht«, fuhr Tom fort.

»Warum? War es so schlecht?«

»Woher soll ich das wissen? Ich hab's noch nicht gelesen; verdammt wenig Leute haben es bisher gelesen. Aber man munkelt, Shaw wäre enttäuscht gewesen, weil Hammett es nicht als Serie aufbaute, so daß Shaw es nicht zerschnippeln und in Teilen in der *Black Mask* bringen konnte.«

»So ist doch *Red Harvest*, sein erstes Buch, entstanden, und eine Menge anderer seiner Bücher auch«, sagte ich.

»Genau. Dieses hier war aber aus einem Stück. Hammett hatte anscheinend kein Vertrauen zu dem Buch und legte es nie wieder einem Verlag vor; er verkaufte die Rechte an eine kleine Firma in Kalifornien, die sich auf die Veröffentlichung von Hardcovers für Leihbüchereien spezialisiert hat – Western und Detektivromane. Warum diese Firma das Buch nie herausbrachte, wird ewig ein Geheimnis bleiben. Aber hier ist der Clou: dieser kleine Verlag wurde mehrmals von größeren Firmen geschluckt, zuletzt von Mystery House.«

»Mystery House! Das ist doch Gregg Gormans Laden.«

»Und ob. Dieser Hundesohn.«

»Das klingt wie die ganz große Liebe.«

»Das ist eine andere Geschichte. Erzähl du mal deine weiter.«

»Tja, wie du weißt, hat Gorman sich darauf spezialisiert, ›wichtige‹ Kriminalromane nachzudrucken . . . und die verbissenen Krimifans kaufen seine Luxusausgaben. Sammelst du auch?«

»Ein bißchen«, gab ich zu. »Ich hab *The Complete Race Williams* von Carroll John Daly in einer Kassette gekauft.«

Dalys Hauptfigur, Race Williams, war genaugenommen der erste knochenharte Privatdetektiv der Krimigeschichte. Daly hatte zugleich schlecht und temporeich geschrieben: »Okay, du Ratte, eine falsche Bewegung, und ich mach dich auf und seh nach, was du heute mittag gegessen hast!« Nur ein Dummkopf wie ich kaufte sich den kompletten Race Williams in Schmuckkassette. Ich sagte es Tom.

»Tja, hier sitzt noch so ein Trottel. Anscheinend waren so um die zweitausendfünfhundert so dumm wie wir, und bei zweihundert Dollar pro Kassette ist das kein schlechter Schnitt. Und das war nur eine von vielen anderen Luxusausgaben, die Gorman herausgegeben hat.«

Ich nickte bitter. »Gorman hat gute Arbeit für Wissenschaftler und Krimi-Besessene wie uns geleistet. Aber er ist trotzdem ein Arsch.«

»Ganz deiner Meinung. Nun, Gorman hat jedenfalls dieses Manuskript irgendwie entdeckt und, statt es selbst zu veröffentlichen, im letzten Monat allen größeren Verlagen angeboten. Er hat sich irgendwie mit der Hammett-Verwaltung geeinigt – schließlich gehörten ihm nur die Erstveröffentlichungsrechte –, und jetzt scheinen alle glücklich und zufrieden.«

Dies war, vorsichtig ausgedrückt, ein größeres literarisches Ereignis; Hammett war beinahe unstrittig der beste Krimiautor, den Amerika je hervorgebracht hatte (oder je hervorbringen wird). Er zählt zu der Handvoll amerikanischer Krimiautoren (vielleicht könnte man noch Chandler und vielleicht James M. Cain nennen), die einen literarischen Ruf erworben haben, der weit über das Genre hinausgeht, und dies, obwohl er nur fünf Romane veröffentlichte: *Red Harvest*, ein gewalttätiger Roman, der den Weg für die Spillane-Schule ebnete; *The Dain Curse*, eine komplizierte Familiengeschichte, die die Plots von Chandler und Ross MacDonald beeinflußte; *The Maltese Falcon*, die berühmteste Detektivgeschichte der Welt mit Sam Spade, dem berühmtesten Detektiv aller Zeiten; *The Glass Key*, ein verhaltener Kriminalroman, der Hammetts Lieblingswerk war (und zufällig auch Roscoe Kanes); und *The Thin Man*, ein Detektivroman, der die hard-boiled–novel mit der screwball-comedy verband, und durch den Nick und Nora Charles und ihr Terrier Asta in der ganzen Welt (besonders in Hollywood) bekannt wurden.

Und jetzt ein posthumes Werk: *The Secret Emperor*.

»Wer bringt es heraus?«

»Random House.«

»Was haben sie gezahlt?«

»Sechsstellig, soweit ich weiß. Aber ich kann nicht sagen, wieviel genau.«

»Auf den Kapitalismus«, sagte ich, indem ich mit ihm anstieß. Ich dachte an Hammetts politisch linke Einstellung und hoffte, daß mein Scherz als solcher zu erkennen war, falls sein Geist in der Nähe wäre; wenn Hammetts Geist irgendwo spukte, dann mußte es in einer Bar sein.

»Für einen Hammett-Fan scheinst du nicht begeistert von der Aussicht, einen neuen Roman von ihm lesen zu können.«

»Ich traue Gorman nicht«, sagte ich.

»Soweit ich weiß, ist das Buch authentisch.«

»Ein erstklassiger Hammett?«

»Soweit ich weiß, ein authentischer Hammett. Es ist sein erster Roman, deshalb wird er wohl nicht so gut sein.«

»Nicht unbedingt. Er hat ja vor '27 schon eine ganze Weile Kurzgeschichten geschrieben. Wenn es nicht in Ton und Qualität ähnlich ist wie *Red Harvest* . . . ich weiß nicht.«

Tom schien amüsiert. »Riechst du einen Betrug, Mal?«

»Ich rieche Gregg Gorman, das ist alles.«

Eine hübsche Frau von Anfang Vierzig, die einen Sam-Spade-Trenchcoat trug, tauchte, die Hände tief in die Taschen geschoben, in der Tür auf. Sie sah sich neugierig um. Es war Mae Kane, Roscoes augenblickliche – und meiner Meinung nach bisher beste – Frau. Sie hatte große Joan-Crawford-Augen. Eine silbrige, altmodische Pagenfrisur schwang in federnden Bögen um ihr Gesicht, als sie sich umsah. Ihr roter Mund verzog sich gereizt.

Dann sah sie mich, und die Grimasse verwandelte sich in ein reizendes, attraktives Lächeln. Sie kam zu uns herüber.

Tom und ich standen auf. Mae umarmte mich; ich erwiderte die Umarmung und sah sie an. Sie hatte ein Gesicht wie eine alternde Hollywoodschönheit, die immer noch gut in Schuß war. Mae war tatsächlich Schauspielerin gewesen, hatte auf verschiedenen Bühnen gespielt und war durch Rundfunk und Fernsehen recht bekannt geworden, bis ihr erster Mann, ein inzwischen verstorbener Bankier, sie in eine Hausfrau verwandelt hatte – zwar eine Hausfrau mit Mädchen und Pelzen, doch eine Hausfrau. Sie hatte Roscoe vor vier Jahren bei der Talkshow einer kleinen Fernsehstation in Milwaukee, wo sie beide lebten, kennengelernt; nach dem tödlichen Herzanfall ihres Bankiers hatte Mae wieder eine Sendung bekommen. Inzwischen küßte Roscoe ihr die Füße. Ich hatte vor einem Jahr mit den beiden ein Wochenende verbracht, und nach drei Jahren verhielten sie sich immer noch, als wären sie frisch verheiratet. Sie war der helle Glanz in Roscoes augenblicklich eher düsteren Welt; ein Glanz, der seine Welt trotz der Verlagssituation lebenswert machte.

Ich stellte Tom und Mae einander vor, und Tom machte einige schmeichelhafte, aber ernst gemeinte Bemerkungen über Roscoe Kane und Gat Garson.

Mae schien anderes im Sinn zu haben.

»Da stimmt was nicht«, sagte sie. »Ich wollte mich um elf mit Roscoe in der Lobby treffen. Es ist fast Mitternacht.«

»Sind Sie zusammen heruntergekommen?«

»Nein, ich hatte noch beim Sender zu tun, und Roscoe wollte einen Tag früher hierherkommen, um sich um einige Dinge zu kümmern. Er ist gestern mit dem Flugzeug gekommen, und ich bin heute mit dem Wagen gefahren.«

Ich bot Mae mit einer Handbewegung einen Platz an, und sie setzte sich widerstrebend. »Machen Sie sich keine Sorgen«, sagte ich. »Roscoe ist heute abend nur etwas daneben . . .«

»Sie meinen, er hat getrunken?« fragte sie, indem sie mich traurig ansah.

»Ja. Er muß vergessen haben, daß er sich mit Ihnen treffen wollte. Er ist vor einer halben Stunde auf sein Zimmer gegangen.«

Sie warf einen Blick zu Tom, fragte sich wohl, ob sie in Anwesenheit eines Fremden weiter darauf eingehen konnte. Dann sagte sie: »Er trinkt zuviel, Mal.«

»Das tut er schon, seit ich ihn kenne.«

»Aber es ist schlimmer geworden. Hat er Ihnen von dem Brand erzählt?«

»Was für ein Brand?«

»Vor ein paar Wochen hat er sich fast bewußtlos getrunken. Das ist an sich nicht ungewöhnlich, aber ich hatte gerade beim Sender zu tun. Er hat geraucht . . . der Arzt hat ihm gesagt, er sollte aufhören, aber wenn ich nicht da bin und aufpasse, raucht er weiter. Er ist mit brennender Zigarette eingeschlafen, sie ist auf den Boden gefallen, und der halbe Teppich ist verbrannt, und wenn nicht eine Nachbarin mit ihrem Hund spazieren gegangen wäre und den Qualm gesehen hätte, hätte das Haus – samt Roscoe – in Schutt und Asche gelegen.«

Ich wußte nicht recht, was ich darauf sagen sollte; ich

versuchte einfach, einen mitfühlenden und erschrockenen und besorgten Ausdruck zu zeigen, was mir nicht schwerfiel, weil ich mich wirklich so fühlte. Aber ich wußte einfach nicht, was man tun konnte, um einen traurigen, chronischen Trinker, dessen Karriere ruiniert war, vom Trinken abzuhalten. Und ich war auch nicht sicher, ob ich überhaupt etwas tun wollte. Ich war nicht sicher, ob Roscoe wirklich davon loskommen wollte. Was hatte er denn sonst noch?

»Ich dachte, ich würde es schaffen«, sagte Mae. Ihr Gesicht war leer, aber man konnte im freuchten Schimmer ihrer Augen beinahe sehen, wie ihr Herz brach. »Wir waren so verliebt; wir sind es immer noch. Aber wir hatten uns vorgenommen, ihn wieder groß herauszubringen. Es waren nicht nur Pläne; er begann sogar wieder zu schreiben. Aber in den letzten Monaten hat er mehr getrunken als geschrieben.«

Tom hob die Augenbrauen und warf mir einen Seitenblick zu, den Mae nicht sehen sollte, doch sie bekam es mit und regte sich unbehaglich. Plötzlich schien es ihr peinlich, daß Tom alles angehört hatte.

Sie stand auf. »Vielleicht sollte ich ein eigenes Zimmer nehmen.«

»Warum das denn?« fragte ich.

»Roscoe sagte, er wollte unter einem falschen Namen hier absteigen. Er ist gern unter Menschen, unter Fans, aber zu seinen eigenen Bedingungen; er mag es nicht, wenn sie zu jeder Tages- und Nachtzeit in sein Hotelzimmer geschneit kommen. Aber als er fuhr, hat er mir nicht gesagt, welchen Namen er benutzen wollte. Der Portier war nicht im Dienst, als er kam, deshalb nützt es nichts, wenn ich ihn beschreibe.«

»Ich weiß seine Zimmernummer. 714. Soll ich Sie raufbringen?«

Sie lächelte; sie war wirklich hübsch. Sie hatte die richtige Sorte Falten im Gesicht – sie war wie Faye Dunaway in den Vierzigern. Irgendwo in mir regte sich ein sexuelles Interesse an ihr, und sofort bekam ich Schuldgefühle.

Ich sagte: »Ich würde Sie gern in Ihr Zimmer . . . zum Zimmer Ihres Mannes hochbringen.«

Sie bemerkte meinen Ausrutscher, und ihr schiefes, müdes

Lächeln verriet mir, daß sie Komplimente genauso schätzte wie ihr Mann.

»Schön, Sie kennengelernt zu haben, Mr. Sardini«, sagte sie zu Tom, indem sie ihm die Hand gab und ihm zunickte. Tom schob sich unbeholfen etwas vom Stuhl hoch; die plötzliche Beachtung hatte ihn überrascht. »Entschuldigen Sie mein theatralisches Getue«, sagte sie. »Vielleicht wissen Sie, daß ich im Showgeschäft war.« Als ob das eine Erklärung wäre. Wahrscheinlich war es sogar eine.

Tom sagte noch etwas Höfliches, und ich bat ihn, mir noch ein Bier zu bestellen, weil ich bald zurück wäre.

Wir holten ihr Gepäck in der luxuriösen vorderen Lobby ab, und ich trug es zum Aufzug. Auf dem Weg nach oben sagte Mae: »Hat Roscoe Ihnen von seinem neuen Vertrag erzählt?«

»Nein«, sagte ich. Ich war überrascht, daß er einen Vertrag abgeschlossen hatte, und noch mehr, daß er es nicht erwähnt hatte, als er sich über die Verleger ausgelassen hatte.

»Nun, er hat einen. Keine große Sache; ein kleiner Verlag will die fünf Gat Garsons herausbringen, die bisher noch nicht in den USA veröffentlicht worden sind. Ein gewisser Gorman ist dafür verantwortlich.«

Der schon wieder.

»Gorman hat einige wichtige Dinge getan«, sagte ich. »Er hat wichtige, vergessene Kriminalromane nachgedruckt.« Dieser Hundesohn.

»Roscoe war eine Weile ganz aus dem Häuschen«, sagte sie etwas verwirrt. »Aber seine Begeisterung hielt nicht lange. Nach dem ersten Ansturm schien es ihn nur noch mehr zu deprimieren. Kurz danach begann er wieder schwer zu trinken.«

Die Aufzugtüren glitten im siebten Stock auf; das Congress war ein altes Hotel, und trotz mehrerer Umbauten sah es immer noch danach aus. Wir bogen mehrmals in Seitengänge ein, bis wir die Nummer 714 erreichten.

Ich klopfte.

Nichts.

Als ich das Klopfen leid war, wurde Mae etwas nervös, und ich fuhr wieder zum Portier hinunter und kam mit einem Boy und dem Hauptschlüssel zurück. Er schloß die Tür auf und ging, und Mae und ich betraten das Zimmer.

Und so fanden wir Roscoe Kane in der Badewanne. In der Nähe lag eine leere Flasche Scotch auf dem Boden. Roscoe war in der fast vollen Wanne zusammengesunken, und seine Arme trieben auf der Oberfläche. Sein Kopf lugte heraus, doch Nase und Augen waren unter Wasser. Das schüttere Haar stand von seinem Kopf ab wie Spinnenbeine.

Mae schrie nicht, und sie wurde nicht ohnmächtig.

Sie fiel einfach auf die Knie und weinte.

Ich glaube, ich weinte auch.

Helden sollten nicht saufen und in der Badewanne ertrinken. Aber meiner hatte genau das getan.

Offensichtlich.

3

Als Mae wieder aufstand, war sie ziemlich durcheinander und bat mich, Roscoe Kane aus der Badewanne zu holen und auf eins der Betten zu legen, doch ich sagte ihr, sie sollte ihn lassen, wo er war. Sie wurde wütend.

»Sie herzloser Hundesohn!« sagte sie. »Wie können Sie ihn . . . da so liegenlassen! Sie Bastard!«

Ich hielt sie leicht an den Armen fest, und sie trommelte mit kleinen, harten Fäusten auf meiner Brust herum. Es tat etwas weh, aber sie schien es zu brauchen. Außerdem lenkte mich der Schmerz ab, und das war gut so. Der physische Schmerz, meine ich; ich konzentrierte mich auf ihn und schob den seelischen Schmerz für den Augenblick beiseite.

Dann sah sie mir in die Augen – später sagte sie, ich hätte geweint, und sie hätte es bedauert, mich so malträtiert zu haben –, und warf sich mir in die Arme und klammerte sich an mich.

»Wir müssen ihn lassen, wo er ist«, sagte ich schließlich leise. »Wir dürfen nichts berühren.«

Sie wich mit aufgerissenen Augen zurück, und ihr scharfer, fragender Blick erinnerte mich an Joan Crawford, wie sie in den vierziger Jahren in Filmen ausgesehen hatte.

»Warum?« Das Wort kam in gekeuchten Silben heraus; es war eine Anklage und eine Frage und eine Drohung, alles zusammen.

»Sehen Sie, Mae . . . Mr. Kane . . . Roscoe . . . er ist tot. Es wird ihm nicht wehtun, wenn er dort bleibt.«

»Sie Bastard.« Sie sprach leise; sie wußte, daß ich recht hatte, doch es gefiel ihr nicht, und ich gefiel ihr im Augenblick auch nicht besonders.

»Roscoe ist keines natürlichen Todes gestorben, Mae. Er ist ertrunken. Wahrscheinlich ein Unfall, aber trotzdem müssen wir umsichtig und gewissenhaft vorgehen. Wir müssen den Portier anrufen und den Manager heraufbitten.«

Sie seufzte, nickte, und die Theatralik, die meiner Meinung nach keine gespielte, sondern eine ganz echte Theatralik war, wenn sie wissen, was ich meine – diese melodramatische Haltung, die zur zweiten Natur wird, wenn ein Mensch sie sich zur Gewohnheit macht –, wich irgendwie von ihr, und sie setzte sich mit eingesunkenen Schultern und im Mantel auf die Kante des Doppelbetts; sie sah jetzt alt aus. Sie hielt sich mit dem Rücken zur offenen Badezimmertür.

Der Manager war innerhalb weniger Minuten bei uns – genauer gesagt, sein Stellvertreter oder *ein* Stellvertreter. Ich bekam es nicht richtig mit. Aber ich verstand soviel, daß er diese verantwortungsvolle Position erst seit einigen Wochen bekleidete. Er war jünger als ich und dunkelhäutig, und er hatte einen indianischen Akzent. Er trug einen Blazer mit dem Hotelwappen; er war makellos gekleidet und höflich wie ein Versicherungsvertreter.

Außerdem schien er etwas überfordert.

»Ich hatte noch nie einen toten Gast«, sagte er. Als ob Roscoe bereits in diesem Zustand angekommen wäre.

»Tja, jetzt haben Sie einen. Vielleicht sollten Sie die Polizei anrufen und den Gerichtsmediziner herbestellen?«

»Es ist schon sehr spät.«

»Die Cops haben durchgehend geöffnet. Irgend jemand wird schon kommen.«

»Wenn ein Gast eines natürlichen Todes stirbt, rufen wir ein gewisses Beerdigungsinstitut an. Ich habe die Nummer in meinem Kalender notiert.«

»Das ist schön; so wissen Sie immer genau, an welchem Tag Ihre Gäste das Zeitliche segnen.«

Er warf mir einen Blick zu, der deutlich machte, daß er mit meinem Humor nichts anfangen konnte. Genaugenommen konnte ich auch selbst nichts damit anfangen; mir wurde plötzlich klar, daß ich fast daherredete wie Gat Garson. Peinlich.

»Hören Sie«, sagte ich, »Tod durch Ertrinken ist kein natürlicher Tod.« Wir standen vor dem Badezimmer, in dem Roscoe immer noch in der Wanne lag. Mae saß auf dem hinteren Bett und starrte die zugezogenen Fenstervorhänge an. Sie schien nicht zuzuhören, doch ich sprach trotzdem leise. »Und ich glaube«, fuhr ich fort, »dies könnte auch etwas anderes als ein bloßer Unfall sein.«

Die braunen Augen in dem braunen Gesicht blickten so wachsam, daß ich das Gefühl bekam, ihnen ausweichen zu müssen. Die Ernsthaftigkeit seiner Stimme war beunruhigend.

Ich sagte noch leiser: »Es könnte ein Mord sein.«

Ohne um eine Erklärung zu bitten, sagte er: »Ich rufe die Polizei.«

Ich berührte ihn am Arm und hielt ihn auf.

»Sagen Sie ihnen nur, sie sollen einen Gerichtsmediziner schicken«, flüsterte ich. »Sagen Sie nichts von Mord, das wäre voreilig.«

Er nickte kurz und ging zum Telefon.

Fünfundvierzig Minuten später kam ein vierschrötiger Mann mit einem ausgebeulten braunen Anzug an; ich hatte beim Zimmerservice Gin bestellt, und Mae war inzwischen einigermaßen betäubt. Sie lag im Mantel auf dem zerwühlten Bett, nicht im Schlaf, aber auch nicht ganz wach. Ich hatte ihr angeboten, in mein Zimmer umzuziehen, damit sie nicht die Suite ihres verstorbenen Mannes benutzen mußte, doch sie wollte nichts davon wissen. Sie ließ auch nicht zu, daß ich das Radio oder den Fernseher einschaltete. Mit Gin war sie allerdings einverstanden.

Der Gerichtsmediziner musterte sie kurz, und sein müdes Gesicht verriet seinen Zynismus. Als er dann sagte: »Ich will sie nicht mit Fragen belästigen«, war ich sicher, daß es ihm eher darum ging, schnell wieder zu verschwinden, als um Rücksicht gegenüber der Witwe.

Er sagte: »Hat der Verstorbene viel getrunken?«

»Ja. Ich habe den größten Teil des Abends mit ihm verbracht, und er hat viel getrunken, ja.«

»Ich meine, hat er auch sonst viel getrunken?«

Ich beantwortete auch diese Frage mit ja und wiederholte Maes Bericht über die Beinahe-Tragödie mit der brennenden Zigarette.

Der Gerichtsmediziner nickte und sagte: »Dann lassen Sie mal den Mann vom Hotel hier das Beerdigungsunternehmen anrufen und den armen Burschen aus der Badewanne holen.«

»Wollen Sie Fotos machen?« fragte ich.

Er sah mich an, als hätte ich um den nächsten Tanz gebeten.

»Warum denn das?« sagte er. Es war keine Frage, nur einige zusammen gesprochene Worte, die keine Antwort verlangten. Er schob sich an mir vorbei, entfernte sich ein paar Schritte und begann Formulare auszufüllen, die er zusammen mit einem Klemmbrett aus seiner braunen Arzttasche holte.

»Ist Ihnen im Badezimmer nichts komisch vorgekommen?« fragte ich.

»Oh, sicher. Da gibt's richtig was zu lachen.«

»Der Boden ist knochentrocken.«

»Und? Er ist in der Badewanne ertunken; wozu sollte er herumspritzen?«

»Im Badezimmer ist nur ein Handtuch.«

»Und?«

»Normalerweise müßten mindestens zwei da sein; ich habe ein Einzelzimmer, in dem sogar vier bereitlagen.«

Er dachte darüber nach.

Ich fuhr fort: »Wenn ihn jemand in die Badewanne gedrückt

und ertränkt hätte, wäre alles naßgespritzt. Und ein naßgespritzter Boden hätte aufgewischt werden müssen.«

»Und klatschnasse Handtücher zurückzulassen, wäre ein Hinweis gewesen, so daß der Mörder sie beseitigt hat.«

»Könnte sein.«

»He, Mann, ich bin nicht Quincy. Der Typ hier ist in der Badewanne gestorben, klar?« Er machte sich wieder über seine Formulare her. Doch beim Schreiben fragte er den stellvertretenden Manager, der alles mitangehört hatte: »Was können Sie zu den fehlenden Handtüchern sagen?«

Der Stellvertreter sagte: »Manchmal gehen uns die sauberen Handtücher aus. Wenn der Gast lange schläft und das ›Nicht-Stören‹-Schild vor die Tür hängt – vielleicht hatte das Mädchen keine Handtücher mehr, als sie sein Zimmer machen wollte, und hat nur eins dagelassen. Besonders, wenn ein Gast, wie Mr. Kane, ein Zimmer allein benutzt. So etwas kommt in jedem Hotel vor.«

Der Gerichtsmediziner blickte von seinem Papierkram auf und sagte: »Sehen Sie?«

Ich wandte mich an den stellvertretenden Manager. »Gibt es hier irgendwo eine Wäschekammer?«

Er fand die Frage anscheinend lächerlich, doch er war ein höflicher Mensch und sagte: »Aber gewiß.«

»Wo?«

»Ein paar Türen weiter auf der anderen Seite.

Ich ging allein hinaus, fand ein Stück den Flur hinunter eine unnumerierte Tür, die einen Spalt aufstand. Ich drückte sie auf und stand vor einem großen Wäschekorb mit drei klatschnassen Handtüchern. Ich berührte nichts, sondern ging rasch zurück.

Der Gerichtsmediziner kam widerstrebend mit, seufzend, wie nur dicke Männer seufzen können, und untersuchte die nassen Handtücher mit den Händen.

»Passen Sie auf!« sagte ich. »Wie können Sie die nur anfassen?«

Er sah mich an, als wäre ich ein Vierjähriger. Ein dummer Vierjähriger. »Na klar, diese nassen Handtücher nehmen Fingerabdrücke auf wie eine saubere Fensterscheibe. Hören Sie mit dem Quatsch auf und lassen Sie mich in Ruhe.«

Er ging über den Flur zum Zimmer 714 zurück, und ich folgte ihm. Ich war mir nicht sicher, ob ich wütend werden oder mich wie ein Idiot fühlen sollte. Ich entschied mich für ein bißchen von allem.

»Dann wollen Sie nicht die Polizei einschalten?« sagte ich.

»Nein.« Ein unfreundliches Lächeln und ein Kopfschütteln.

»Es könnte ein Mord sein.«

»Es ist ein Unfall. Mann, Sie gehen mir auf den Wecker. Was haben Sie eigentlich mit der Sache zu tun?«

»Ich hab die Leiche gefunden.«

»Ja, ja. Wer sind Sie? Ein Freund der Familie?«

»Ja.«

»Dann setzen Sie sich zu der Frau. Helfen Sie mir, und lassen Sie mich meine Arbeit tun.«

»Sir, ich habe das Gefühl, daß Sie dabei sind, Mist zu bauen.« Ich schaffte es nicht, richtig wütend zu werden; ich war mir immer noch nicht sicher.

»Ich weiß, was ich zu tun habe. Lassen Sie mich meine Arbeit tun. Überhaupt, wovon leben Sie eigentlich, daß Sie hier den Experten spielen können?«

Astrein.

»Ich schreibe.«

»Was, Reporter?«

»Nein, Kriminalromane«, murmelte ich.

»Wie bitte?«

»Ich schreibe Kriminalromane.«

Er schenkte mir ein breites Städterlächeln, das für Idioten vom Lande wie mich reserviert war. Es sagte mir, daß ich das Albernste war, das ihm an einem Tag voller Albernheiten über den Weg gelaufen war.

Ich hatte teilweise Lust, ihm was zu verpassen, und teilweise dachte ich, daß er nicht ganz unrecht hatte. Mein Held hatte sich bewußtlos gesoffen und war in der Badewanne ertrunken. Vielleicht sollte ich Vernunft annehmen und die traurige Tatsache akzeptieren.

Ich versuchte es ein letztes Mal.

»Hören Sie«, sagte ich, »ich war mal bei der Polizei. Bitte tun Sie mich nicht als Dummkopf ab. Hören Sie erst, was ich zu sagen habe.«

»Was denn, haben Sie was Neues zu sagen?«

»Kommen Sie mit.«

Ich führte ihn ins Badezimmer; Roscoe hatte sich nicht bewegt.

»Diese leere Flasche Scotch da«, sagte ich, indem ich darauf deutete. »Als ich zusammen mit Mrs. Kane die Leiche fand, waren erst vierzig Minuten vergangen, seit ich ihn zum letztenmal lebend gesehen hatte. Und Sie sagen, daß er in dieser Zeit eine ganze Flasche Scotch getrunken haben und ertrunken sein soll? Ich kann es einfach nicht glauben. Und wo ist das Glas? Roscoe Kane hat nie aus der Flasche getrunken.«

»Und für dieses Geschwätz haben Sie mich hier reingeholt? Ein Betrunkener, der nicht aus der Flasche trinkt? Und weil Sie glauben, vierzig Minuten wären nicht genug, um Scotch zu trinken und zu ersaufen?«

»Eine *ganze Flasche*?«

»Wer sagt, daß es eine ganze Flasche war? Er hatte sie im Zimmer; wahrscheinlich hat er schon den ganzen Tag getrunken; hier in der Badewanne hat er sie geleert und ist gestorben.«

Darauf hatte ich nichts zu entgegnen. Ich starrte den nackten, alten, knochigen, toten Roscoe an. Ich sah ihn durch einen feuchten Schleier, der nicht nur durch das Wasser in der Wanne entstand.

Der Gerichtsmediziner legte mir eine Hand auf die Schulter. Es sollte eine beschwichtigende Geste sein, doch der Druck war zu groß, und ich spürte seine Ungeduld. Ich schüttelte die Hand ab.

Er hob beide Hände, bat um Waffenstillstand. Dann deutete er auf Roscoe Kane. »Kommen Sie, sehen Sie sich das an.«

Ich trat näher an die Badewanne, folgte mit den Augen der Richtung, in die der dicke, pummelige Finger wies.

»Sehen Sie Quetschungen?« sagte er. »Da, die Schultern, wo er festgehalten worden wäre. Sehen Sie es sich an.«

Ich sah es mir an.

»Keine Quetschungen«, sagte er.

»Angenommen, er hat wirklich das Bewußtsein verloren oder ist in der Wanne eingeschlafen oder so, doch mit dem Kopf über Wasser – und dann hat jemand ihn hineingedrückt. Selbst wenn er dabei aufwachte, muß es schnell gegangen sein.«

»Sicher, aber dabei hätte er sich Prellungen zugezogen.«

»Nicht unbedingt. Er ist knochig, zart gebaut. Es erfordert nicht viel Kraft, ihn untenzuhalten, und . . .«

»Hören Sie – wie war noch Ihr Name? Mallory? Sie könnten recht haben. Eins zu hundert, so stehen etwa die Chancen für Ihre Annahme. Aber es reicht einfach nicht, um weiterzugehen. Er hat schon lange getrunken; vor kurzem wäre er fast an den Folgen seiner Trinkerei gestorben. Die Indizien hier weisen nicht auf einen Kampf hin; vielmehr legt alles die Vermutung nahe, daß er das Bewußtsein verloren hat und starb. So. Und jetzt hören Sie auf.«

Ich spürte plötzlich, daß er recht hatte; es war mir peinlich. Ich nickte und sagte: »Ja, ja. Wahrscheinlich haben Sie recht. Tut mir leid.«

»Schon gut.«

In diesem Augenblick kamen die Jungs vom Beerdigungsinstitut mit einer Bahre und einem Leichensack herein. Ich half ihnen, Roscoe Kane abzutrocknen, bevor sie ihn in den Sack steckten, den Reißverschluß zuzogen und ihn abtransportierten. Ich sagte ihnen, wir würden am nächsten Tag anrufen und die Einzelheiten regeln.

Roscoe Kane war fort, und bald darauf verschwand auch der Gerichtsmediziner. Mae schlief. Unruhig, aber sie schlief.

Ich dachte daran, mich in das andere Bett zu legen, damit sie nicht allein wäre, wenn sie aufwachte, doch dann beschloß ich, ihr einen Zettel mit meiner Zimmernummer dazulassen, so daß sie mich anrufen konnte, wenn sie Hilfe brauchte. Ich wollte nicht weiter in ihr Leben eindringen.

Ich ging.

In meinem Zimmer, im Bett, rief ich mir noch einmal den Schauplatz des . . . Verbrechens? Unfalls? ins Gedächtnis. Ich war immer noch nicht sicher.

Roscoe Kane hatte, soweit ich wußte, noch nie an einem Bouchercon oder einem Fantreffen teilgenommen. Ich hatte ihn überredet, zu diesem zu kommen. Ich. Ich hatte ihn hergebracht. Alles, nur in die Badewanne hatte ich ihn nicht gesteckt. Tom, der amtierende Präsident der Private Eye Writers of America, hatte mich gebeten, Kane zum Treffen einzuladen, weil ihn die PWA mit der Auszeichnung für sein Lebenswerk überraschen wollte.

»Wir sind eine junge Organisation«, hatte Tom mir vor ein paar Monaten am Telefon gesagt, »und wir brauchen die Publicity, die uns ein Roscoe Kane verschaffen kann. Kane ist vielleicht heute nichts mehr wert, aber ein Mann, der so viele Bücher verkauft hat – und der doch *nie* für sein Werk ausgezeichnet, sondern im Gegenteil sogar angeprangert wurde –, wird für die Presse ein gefundenes Fressen sein. Wir können bekannt werden, man wird über uns berichten, und wir können etwas für unseren Ruf und unser Ansehen tun. Ich brauche deine Hilfe; sorge dafür, daß Kane persönlich kommt, Mal . . . sonst ersaufen wir wie Ratten.«

Ich sorgte dafür, daß Kane kam. Und ersoff wie eine Ratte.

Mein letzter Gedanke, bevor ich einschlief, war: »Wo, zum Teufel, ist Gat Garson, wenn man ihn mal wirklich braucht?

Teil 2

Freitag

4

Das Telefon klingelte, und der Schreck fuhr mir in alle Knochen.

Ich hatte tief geschlafen und war gerade mitten in einem beängstigenden, irren Traum gewesen, in dem ich zusammen mit Gat Garson Roscoe Kanes Mörder durch die Flure des Hotels Caligari jagte; es war ein gesichtsloser Killer, der ständig seine Gestalt veränderte. Aber er hatte eine Kanone, und Gat Garson sagte gerade: »Paß auf!« als der Killer auf mich schoß und das Klingeln des Telefons aus dem Lauf drang. Ich riß die Augen auf und sah das Telefon. Ich nahm ab, bevor es noch einmal schellte. Ich sagte mit belegter Stimme: »Mae?«

Es war nicht Mae Kane; es war der Weckruf, den ich für zehn Uhr in der Annahme bestellt hatte, daß ich ohnehin früher auf wäre. Doch ich war nicht wach geworden. Ich bedankte mich bei der Telefonistin, legte auf, setzte mich und rieb mir mit den Handrücken die Augen. Der Traum war immer noch als starkes körperliches Gefühl da, ein Belag in meinem Bewußtsein, real wie der morgendliche Belag im Mund. Ich taumelte aus dem Bett und putzte mir die Zähne. Der Geschmack in meinem Mund wurde besser, doch der Traum war immer noch da.

Und der Tod Roscoe Kanes war noch da; noch etwas, das ich nicht einfach abschütteln konnte.

Ich ließ die Badewanne einlaufen.

Dann ging ich zum Fenster und blickte zur Michigan Avenue hinaus; da drüben war der Park, doch man konnte ihn kaum sehen. Der Nebel hatte sich über Chicago gesenkt wie der Schlapphut eines Privatdetektivs. Es war das richtige Wetter für ein Treffen von Kriminalautoren, doch ich hatte seit dem vergangenen Abend, wenn ich an Krimimorde und leichenreiche Filme dachte, ein seltsames Gefühl im Bauch.

Ich stieg in die Badewanne. Die meisten Leute duschten lieber, besonders in Hotels, doch Schriftsteller – wie Roscoe Kane und ich – nehmen lieber ein Bad. Wir sitzen in der Wanne, weichen uns ein und grübeln oder lesen; ein Bad ist etwas Passives, und man hat Zeit für derartige Beschäftigungen. Das Duschen ist mir zu aktiv. Außerdem ist es schwierig, unter der Dusche zu lesen.

Aber ich las nicht; ich grübelte. Ich dachte über Roscoe nach, der in der Badewanne gesessen und sich eingeweicht und getrunken hatte, bis er das Bewußtsein verlor und starb. Hatte er das wirklich getan? War es so gewesen?

Ich wusch mich und machte, daß ich aus der Badewanne kam.

Ich setzte mich nackt auf die Bettkante und rief den Portier an und fragte, ob Mae mir eine Nachricht hinterlassen hätte. Fehlanzeige. Vielleicht schlief sie noch. Ich würde mich später darum kümmern.

Ich zog einen Pullover und Jeans über und ging in die Lobby hinunter. Die Caféteria hieß »Gazebo«; es war ein Raum voller Holzgitter und Campingstühle und Plastikpflanzen. Die Tagung sollte offiziell erst am Nachmittag eröffnet werden, doch die meisten geladenen Gäste waren bereits eingetroffen, so daß die Nischen und Tische mit vertrauten Gesichtern gut besetzt waren. William Campbell Gault und seine Frau nahmen an einem Tisch ein müßiges, spätes Frühstück ein; an einem anderen waren Tim Culver und Cynthia Crystal gerade mit ihrem fertig. Cynthia, eine hübsche Blondine à la Grace Kelly, etwa Mitte der Dreißig, hatte im letzten Jahr für *The Children Are Hiding* den Edgar, den Preis der Mystery Writers of America gewonnen. Der Krimikolumnist und Meister der Kurzgeschichte, R. Edward Porter, trank mit Bill DeAngelo in einer Nische Kaffee.

DeAngelo war ein großer, geselliger Mensch von Anfang Dreißig, mit dem üblichen Bart und der Poe-Haartracht eines jungen Krimiautors. Er trug einen schwarzen Anzug mit Krawatte, doch irgendwie paßte es nicht – der Anzug sollte uns sagen, daß wir ihn als ernsthaften Erwachsenen verstehen sollten, doch seine gutmütige Begeisterung für seine Arbeit und seine Lebenslust waren kindlich und liebenswert. DeAngelo hatte zweimal den Edgar gewonnen; einmal für einen Hardcover-Kriminalroman und im folgenden Jahr noch einmal für ein Taschenbuch; er war für diese Auszeichnung ein sehr junger Mann, doch das war für mich kein Grund, ihn nicht zu mögen oder ihn abzulehnen, wenn ich es auch manchmal versuchte.

Er lächelte, als er mich sah, und streckte eine Hand aus, die ich nahm.

»Na, da sind wir ja wieder zusammen für eine Podiumsdiskussion eingeteilt«, sagte er.

Beim letzten Bouchercon, den ich vor Jahren, ebenfalls in Chicago, besucht hatte, waren wir ebenfalls darum gebeten worden. Ich war etwas überrascht – und geschmeichelt –, daß er sich daran und an mich erinnerte.

»Wirklich?« sagte ich. »Ich habe mir das Programm noch nicht genau angesehen. Aber ich hab den Organisatoren vorher gesagt, daß ich bereit wäre, mich zum Narren zu machen, wenn sie mich haben wollten.«

»Ich glaube, wir sind für ein allgemeines Thema vorgesehen«, sagte er. »Wir sollen über ›Die Bedeutung des Kriminalromans‹ sprechen – das ist so allgemein, daß es so gut wie nichts aussagt.«

»Ist Donaldson auch dabei?«

»Der Ehrengast? Nein. Enttäuscht?«

»Nein.«

Die Lippen unter seinem Schnurrbart verzogen sich zu einem bösen kleinen Lächeln. »Kannst du Donaldson nicht leiden?«

»Ich bin ihm nie begegnet.«

»Ich meine seine Bücher.«

»Ich weiß. Ich wollte ausweichen.«

Ed Porter lächelte. »Wollen Sie sich zu uns setzen?«

»Danke, nein – ich bin mit Sardini und Murtz verabredet. Ich muß noch einige Dinge mit Tom besprechen.«

Porter, ein angenehmer, würdiger Mann um die Fünfzig

sagte: »Tut mir leid um den armen Roscoe Kane.« Seine Anteilnahme war echt, und er schien etwas bedrückt.

DeAngelos fröhlicher Gesichtsausdruck verschwand. »Eine schreckliche Sache. Es ist schlimm, einen Bouchercon so zu beginnen. Es ist wie ein schlechter Witz.«

»Ich wünschte, es wäre ein Witz«, sagte ich.

»Roscoe war ein guter Mann«, sagte Ed, »und ein weit unterschätzter Autor.«

Ich nickte.

DeAngelo sagte: »Ich bin ihm leider nie begegnet, aber er war wirklich sehr gut. Ich glaube, er war sogar besser als Chandler.«

Es war gewagt, so etwas auf einem Bouchercon zu sagen, denn Chandler hatte eine Art Seligsprechung erfahren, die beinahe an Sir Arthur Conan Doyle heranreichte. Ich mochte DeAngelo für seine offene Art – obwohl er zwei Edgars gewonnen hatte.

Ich blieb vor dem Tisch stehen, an dem Tim Culver und Cynthia Crystal gerade ihr offenbar recht schweigsames Frühstück beendet hatten. Cynthia schenkte mir ein knappes Lächeln, als sie mich bemerkte. Dann stellte sie anscheinend die Verbindung zu Roscoe Kane her und setzte eine mitleidsvolle Miene auf.

»Mal«, sagte sie, indem sie aufstand und mir die Hand gab. Sie hatte eine Figur wie ein Fotomodell und trug modisch geschnittene, graue Hosen; ihr Blondhaar trug sie seit einiger Zeit kurz.

»Hallo, Cynthia«, sagte ich.

In ihren Augen lag außer Mitgefühl noch ein anderer Ausdruck; vielleicht Nervosität. Cynthia konnte gar nicht anders als anmutig sein, doch irgendwie schien sie sich nicht wohlzufühlen. »Es tut mir wirklich sehr leid um Roscoe. Ich weiß, was er dir bedeutet hat.« Sie ließ meine Hand los und schluckte. »Komm, setz dich einen Augenblick.«

Culver deutete ohne aufzustehen auf einen freien Stuhl – sie saßen zu zweit an einem Vierertisch –, und ich setzte mich.

»Es ist lange her, Cynthia«, sagte ich.

»Ja, seit dem letzten Bouchercon hier in Chicago. Wieviele Jahre sind das?«

»Ich hab sie nicht gezählt.«

»Kommst du ab und zu nach New York?«

»Ab und zu.«

»Ruf doch mal an, wenn du kommst.«

»Mach ich.«

Culver suchte nach Worten. »Das ist bestimmt nicht leicht für dich«, sagte er. »Ich weiß, daß Roscoe dir eine Menge bedeutet hat.«

»Ja. Man könnte sagen, daß wir gestern abend in der Bar sein letztes Publikum waren.«

Culver trank einen Schluck Kaffee und seufzte schwer. »Wenigstens bin ich noch dazu gekommen, ihm zu sagen, wie sehr ich sein Werk bewundere. Bei all dem Geld, das er verdient hat, hat er sehr wenig Anerkennung gefunden.«

»Ich hätte vermutet, daß es ihm in erster Linie ums Geld ging«, sagte Cynthia mit einem kleinen Achselzucken. Sie wandte sich, immer noch den mitleidsvollen Ausdruck im Gesicht, an mich. »Ich wollte nicht unfreundlich sein, Mal. Ich weiß, daß Kane in gewisser Weise dein Mentor war. Ich meine nur, ich finde, wir sollten ihn nicht zu sehr bedauern, jedenfalls, was seine schriftstellerische Karriere angeht. Ich meine, nachdem er mit seinem Verleger Probleme hatte. Also, ich glaube nicht, daß Roscoe irgendwelche tieferen Absichten beim Schreiben hatte; er war sozusagen ein Handwerker, und er hat damit Geld verdient, und ich glaube, er war es auch ganz zufrieden.«

Culver schüttelte den Kopf. »Nein, da bin ich anderer Meinung. Kane war auf keinen Fall ein Lohnschreiber.« Er warf mir einen Seitenblick zu. »Handwerker ist Cynthias Umschreibung für Lohnschreiber.« Er funkelte sie an. »Anscheinend hast du vergessen, daß er ein Schüler Hammetts und Chandlers war und der letzte große Autor der alten *Black Mask* . . .«

Cynthia lächelte gezwungen. »Meinst du, das wüßte ich nicht?« sagte sie etwas herablassend.

Unter der Oberfläche dieser literarischen Diskussion ging

noch etwas vor, das ich nicht fassen konnte; ich war nicht sicher, ob ich es wirklich wissen wollte.

Culver blickte wieder zu mir. »Wie auch immer, es tut mir jedenfalls sehr leid, Mallory. Ich wollte nur, daß du es weißt.«

»Danke für die Anteilnahme. Und ich bin sicher, daß Roscoe sich auch gefreut hätte, wenn er deine lobenden Worte gehört hätte. Du bist einer der wenigen modernen Krimiautoren, die er respektierte.«

Culver lächelte leicht. »Das ist schön zu hören.«

»Ich freue mich auch, daß wir uns mal kennengelernt haben«, sagte ich. »Ich habe deine McClain-Serie immer bewundert. Und ich bin ein großer Fan deines Bruders. Ist er auch hier auf dem Con?«

Culver erstarrte.

»Nein«, sagte er. Er nahm die Rechnung vom Tisch und stand auf. »Entschuldigt mich, ich will bezahlen«, sagte er, indem er sich in die Richtung der Hütte wandte, in der der Kassierer saß.

»Was hatte das zu bedeuten?« fragte ich Cynthia.

»Er spricht nicht mehr mit seinem Bruder«, sagte sie. »Es ist beiderseitiger Neid . . . Tim bekommt die guten Kritiken, und Curt die Verträge in Hollywood.«

Culvers Zwillingsbruder Curt – der unter dem Namen Curt Clark schrieb – war der Autor zahlreicher witziger Bankraubromane, von denen ein halbes Dutzend in Hollywood Abnehmer gefunden hatte. Doch Culvers an Hammett erinnernde Romane über den Profidieb McClain hatten die Kritiker begeistert und ihm einige Edgars und mehrere ausländische Auszeichnungen eingebracht.

»Ich wollte ihm nicht auf die Zehen treten«, sagte ich.

»Oh, er ist schon den ganzen Morgen ziemlich bedrückt«, sagte sie. »Ich glaube, es ist ihm an die Nieren gegangen, daß er so kurz vor Roscoes Tod noch mit ihm zusammen war. Er denkt über eine eigene Sterblichkeit nach – und das ist natürlich für jeden Mann ein kritischer Punkt.«

Sie sagte es mit einem winzigen, unverbindlichen Lächeln, das mir trotz meiner eigenen Stimmung ein breites Schmunzeln entlockte. Sie konnte die häßlichsten Dinge leichthin und mit dem allerfreundlichsten Ton sagen.

»Deine Hammett-Biographie hat mir sehr gefallen«, sagte ich. »Wie bist du mit den Nachlaßverwaltern zurechtgekommen?«

»Mit Takt und Geduld«, sagte sie. »Etwas, das die Männer, die vor mir dasselbe versuchten, nicht konnten.«

»Ich muß zugeben, daß ich erstaunt war, als ich hörte, daß du ein Buch über einen harten Krimiautor geschrieben hast; du selbst schreibst ja nicht so harte Sachen.«

Cynthia war durch ihre Gesellschaftskrimis bekannt geworden – intelligente, moderne Versionen der Romane von Agatha Christie. Vor kurzem hatte sie begonnen, »große« Bücher zu schreiben: Suspense-Romane im Stil von Mary Higgins Clark. Sie war damit, ebenso wie mit ihrer Hammett-Biographie, sehr erfolgreich gewesen.

»Ich habe Hammett immer bewundert«, sagte sie. »Das ist kein Geheimnis. Meine eigenen Romane sind eine Art Ehe zwischen Hammett und Christie. Aber nach Hammett wurden die Krimis mit harten Heldenfiguren ziemlich oberflächlich. Ich glaube, Chandler hat sich noch einige Lorbeeren verdient, aber wer sonst noch? Mickey Spillane? Verdirb mir nicht das Frühstück. Ross MacDonald? Vielleicht. Aber daß du Typen wie Roscoe Kane ernst nimmst – das soll nicht respektlos sein, ich spreche nur über die Arbeit des Mannes –, das verstehe ich einfach nicht.«

Die Spannung am Tisch war durch Culvers Abgang nicht geringer geworden.

»Ist es dir unangenehm, mich wiederzusehen?« fragte ich.

Sie zuckte die Achseln; das unverbindliche Lächeln wurde etwas schief. Sie zündete sich eine Zigarette an, führte sie mit anmutigen, fast majestätischen Bewegungen zum Mund, doch ich bemerkte ihre Unruhe. Doch obwohl sie nervös war, schien sie irgendwie ruhig; Cynthia Crystal war ein Bündel von Widersprüchen – kühl und warm, gemein und reizend. Und alles in allem war sie eine wundervolle Frau. Das hatte ich ihr auch einmal gesagt.

»Ich bin immer noch in dich verknallt«, sagte ich.

Sie lachte. »Das sieht dir ähnlich, dieses Wort: verknallt. Willst du dein Leben lang in der Pubertät bleiben, Mal? Willst du nie erwachsen werden?«

Ich zuckte die Achseln. »Ja und nein.«

Ihr Lächeln wurde sehr sanft, und plötzlich fiel ihre harte Schale ab.

»Ach, verdammt«, gab sie zu, »es ist mir wirklich unangenehm, dich wiederzusehen. Als wir uns das letztemal sahen, habe ich dich ziemlich mies behandelt. Ich weiß es, und du weißt es auch.«

Ich schüttelte den Kopf. »Du hast mich behandelt, wie ich es verdiente. Ich habe die Situation falsch interpretiert, und du hast mir den Kopf zurechtgerückt. Wir wollen es dabei belassen.«

Sie beugte sich vor und küßte mich auf die Wange.

»Sind wir Freunde?« sagte sie.

Ich gab ihr die Hand, und sie nahm sie und schüttelte sie.

»Freunde«, sagte ich.

Culver, der sich inzwischen durch die Schlange gearbeitet und seine Rechnung bezahlt hatte, war auf dem Rückweg zu uns.

»Du magst einfach ältere Männer, das ist alles«, sagte ich.

»Außerdem schreibt er besser als du«, sagte sie mit einem verschlagenen Lächeln; es war die Art von natürlichem Charme, die einen eine solche Bemerkung wie ein Kompliment auffassen läßt.

Ich zog eine Grimasse. »Du sagst das nur, weil es die Wahrheit ist.«

Sie tätschelte meine Hand, und ich stand auf.

Ich nickte Culver zu, der herbeigeschlendert kam, und gesellte mich zu Sardini und Murtz, die in einer Nische saßen.

»Mal!« sagte Tom, der so von seinem Gespräch mit Murtz gefesselt gewesen war, daß er mich noch nicht bemerkt hatte. »Mein Gott, setz dich! Du mußt ja in der letzten Nacht durch die Hölle gegangen sein.«

»Die Nachrichten über Roscoe Kane verbreiten sich schnell. Ich hab's noch niemand erzählt. War Mae Kane schon unten, oder woher wißt ihr es?«

Murtz verzog unter seinem vergeblich getrimmten Schnurrbart den Mund. »Anscheinend ist es vom Hotelpersonal weitererzählt worden; vorhin, ab acht Uhr, waren auch Reporter da, die jeden Autor, den sie erwischen konnten, ausquetschen wollten. Es wundert mich, daß sie dich noch nicht aufgespürt haben.«

»Dann haben sie mit Mae gesprochen?«

Tom sagte: »Soweit ich weiß, hat sie heute morgen eine kurze Erklärung abgegeben. Sie erwähnte, daß sie zusammen mit einem Freund der Familie seine Leiche gefunden hätte, doch sie ließ deinen Namen aus dem Spiel. Ich dachte mir aber, daß du es warst, weil du gestern abend mit ihr hochgegangen bist, und das habe ich gegenüber einigen Kollegen erwähnt – aber nicht den Reportern gegenüber. Das Gerücht hat sich schnell verbreitet, aber niemand hier hat den Reportern einen Tip gegeben, daß ein Krimiautor dabei war, als die Leiche gefunden wurde. Genaugenommen hat niemand viel zu den Reportern gesagt, und natürlich hatte erst recht niemand Lust, ihnen saftige Details zu liefern.«

»Warum das?«

Murtz grinste zynisch und amüsiert. »Nun, die Pressefritzen waren doch bestimmt nicht hier, weil Kane eine bekannte Persönlichkeit war; irgendwie wußten sie natürlich, wer er war. Aber es ging ihnen eher um den Witz, daß bei einem Treffen von Krimiautoren einer der Teilnehmer stirbt. Ein Witz, ein ironischer Zufall.«

»Wer war da?«

»Eine Frau und ein Fotograf von der *Trib*. Ein Typ und ein Fotograf von der *Sun Times*. Angeblich sollen heute nachmittag, wenn der Kongreß offiziell eröffnet wird, auch Leute vom Fernsehen kommen und für die Sechsuhrnachrichten eine kurze Liveschaltung vorbereiten.«

Die Kellnerin kam an unseren Tisch. Eigentlich hatte ich frühstücken wollen, doch plötzlich schien es, als könnte mein Magen nur Kaffee vertragen.

»War Mae schon unten?« fragte ich.

Sardini schüttelte den Kopf. »Sie hat in ihrem Zimmer mit den Reportern gesprochen. Es dauerte nicht lange.«

Ich wunderte mich, daß sie mich nicht angerufen und um Unterstützung gebeten hatte; doch sie war eine starke Frau und hatte viel Erfahrung mit den Medien. Sie konnte selbst damit zurechtkommen.

»Tom«, sagte ich, »ich glaube, du würdest mich gern bitten, bis zur Preisverleihung am Sonnabend dazubleiben.«

Tom zuckte übertrieben die Achseln, schüttelte den Kopf. Dann verzog er den Mund zu einem bekümmerten Lächeln und gab es zu. »Ja. Ich wollte nicht so mediengeil erscheinen, aber wir brauchten Roscoe, um in die Presse zu kommen.«

Das hatte er ja auch für uns besorgt.

»Es wäre gut, wenn wir Mrs. Kane dazu bringen könnten, an Stelle ihres Mannes den Preis entgegenzunehmen«, sagte Tom, während die Kellnerin unsere Tassen nachfüllte. »Mir ist nicht ganz wohl, wenn ich das sage, aber wir können die Publicity, die uns das einbringt, gut gebrauchen.«

»Ich finde das ganz in Ordnung, Tom«, sagte ich. »Ich will jetzt mehr als je zuvor, daß Roscoe Kane öffentlich anerkannt wird.«

»Dann wirst du mit Mae Kane reden?«

»Ich werde mit ihr reden, und ich werde tun, was ich kann.«

»Danke, Mal. Tut mir leid, daß ich es erwähnt habe . . .«

»Schon gut. Ich hab's ja selbst zur Sprache gebracht.«

»Äh, würde es dir was ausmachen«, warf Murtz ein, »uns zu erzählen, was gestern abend wirklich passiert ist?«

Ich erzählte es ihnen; ich nahm mein Mißtrauen etwas zurück, ohne es ganz zu verschweigen.

Und Murtz sagte: »Glaubst du wirklich, daß er ermordet wurde, Mal? Oder hast du nur zuviele Krimis gelesen?«

Ich versuchte zu lächeln, aber es wurde nur eine Grimasse. »Keine Ahnung. Vielleicht habe ich zuviele geschrieben. Ich habe vor einiger Zeit eine Leiche gefunden, und es war ein Mord, es war eindeutig Mord. Erinnerst du dich? Vielleicht bilde ich mir jetzt ein, ein Amateurdetektiv zu sein.«

»Vielleicht machst du nur Recherchen für dein nächstes Buch«, warf Tom ein. Dann fiel ihm auf, daß es häßlicher klang, als er beabsichtigt hatte, und fuhr fort: »So meinte ich das nicht, Mal . . .«

»Schon gut«, sagte ich. »Ich weiß selbst nicht mehr genau, was ich denken oder sagen soll. Ich weiß nur, daß ich deprimiert bin, weil ich einen Freund verloren habe.«

Tom lächelte verkniffen. »Er war mehr als ein Freund. Er war dein Idol. Er war dein Held.«

Ich nickte. »Du hast recht. Er war mein Held. Ich habe immer irgendwelche Helden angebetet. Als ich klein war, war es Peter Pan; ich hatte sogar ein grünes Kostüm, das ich immer trug – Sardini, wenn du mich zitierst, bring ich dich um! Dann kam Batman, und ich trug eine Maske und schwang mich ein paar Jahre lang an Seilen durch die Gegend. Und dann, auf der Junior High, war ›The Saint‹ mein Vorbild . . . zuerst die Fernsehversion, dann die Bücher. Und dann entdeckte ich Gat Garson; du kennst ja diese Klappenfotos von Kane in gepolsterten T-Shirts, mit Kanonen und Hunden.«

»Ja«, sagte Murtz. »Er hat damit Spillane auf den Arm genommen.«

»Das wußte ich damals noch nicht«, sagte ich. »Ich entdeckte zuerst Kane und Gat Garson – Spillane und Mike Hammer kamen für mich erst später. Mein Onkel Richard hatte ein paar Taschenbücher von Gat Garson im Schrank, und ich fand sie, und mein Onkel fand *mich*, während ich sie ansah. Er grinste nur und sagte: ›Nimm sie mit nach Hause, wenn du willst‹, und das tat ich auch – heimlich, unter dem Mantel. Die Bilder von Kane auf den Einbänden führten dazu, daß ich meine Begeisterung für Gat Garson auf den Mann übertrug, der Gat Garson *erschuf*. Ich fand es aufregend, diese Fotos des harten Schriftstellers zu sehen, der ein *existierender Mensch* war; ich hatte keine Hoffnung, Gat Garson zu werden – mit zwölf war ich klar genug, um das zu erkennen –, doch ich konnte Roscoe Kane werden, wenn ich älter war und mir Mühe gab. Und als ich auf der Highschool war, versuchte ich, meine ersten kleinen Geschichten zu verkaufen. Ich schickte sie an Verlage und sammelte die Ablehnungen. Mein Detektiv hieß Matt Savage. Wahrscheinlich hattest du auch einen Matt Savage, Sardini. Und du wohl auch, Murtz?«

Sie nickten lächelnd.

»Ich hatte drei Helden in meinem Leben. Wirkliche, existierende Helden, zu denen ich aufblickte. Während meiner Teenagerzeit war es Bobby Darin – vielleicht, weil sein Lied ›Mack the Knife‹ von der Unterwelt handelte –, und ich hängte seine Bilder an allen Wänden meines Zimmers auf . . . direkt neben denen von Elke Sommer. Sie war für mich keine Heldin, aber sie hatte auch ihren Platz. Und ich mochte Jack Webb. Kennt ihr seinen Film ›Pete Kelly's Blues‹? Diese Schießerei im Tanzsaal am Ende, mit dem Gewitter draußen? Spitze! Ich wollte Webb immer einen Brief schreiben und ihm sagen, wie sehr ich seine Arbeit bewunderte, doch ich wollte warten, bis ich etwas geschrieben hatte, auf das ich wirklich stolz sein konnte, ein Buch, das ich ihm schicken konnte – ein Fan, der es selbst zu etwas gebracht hatte. Letztes Jahr um Weihnachten ist er gestorben. Ich fühlte mich, als hätte ich meinen besten Freund verloren und hing ziemlich deprimiert herum. Alle dachten, ich wäre nicht ganz dicht. Es ging mir fast genauso an die Nieren wie der Tod meiner Eltern. Verrückt. Darin und Webb und Kane – natürlich waren sie nicht meine einzigen Helden. Ich hatte außerdem auch die üblichen . . . John Wayne, Bogie, JFK. Sie sind alle tot. Darin starb mit siebenunddreißig bei einer Herzoperation. Kane war der letzte. Der letzte, der noch lebte. Ich bin dreiunddreißig, und ich fühle mich verdammt alt, weil jetzt alle meine Helden tot sind.«

Ich schlug mit der Faust auf den Tisch, daß die Kaffeetassen tanzten, und erschrak vor der Gewalt, die in dieser Geste zum Ausdruck kam.

Sardini legte eine Hand auf meinen Arm. »Mal. Geht's dir nicht gut?«

»Habt ihr noch nie einen harten Burschen weinen gesehen? Bis später, Jungs.«

Ich ging in mein Zimmer hoch. Das Mädchen, eine etwa dreiundzwanzigjährige Schwarze, war gerade darin und sagte: »Sie haben das Schild nicht aufgehängt.«

Ich sagte, ich hätte nicht daran gedacht.

»Wenn Sie nicht wollen, daß Ihr Zimmer gemacht wird«, sagte sie angriffslustig, »dann müssen Sie das Schild vor die Tür hängen.«

»Schon gut«, sagte ich. »Ich wollte Sie nicht stören – machen Sie ruhig weiter. Ich gehe solange spazieren.«

Als ich vor den Aufzügen stand, fiel mir etwas ein, und ich ging noch einmal zu ihr zurück.

»Miß?«

Sie drehte sich um und starrte mich mürrisch an, ohne ein Wort zu sagen.

»Haben Sie gestern gearbeitet?«

»Ich arbeite fast jeden Tag, Mister.«

»Bitte, beruhigen Sie sich. Ich will Ihnen nicht das Leben schwermachen. Ich hab mich nur gefragt, ob Sie gestern gearbeitet haben, weil ich dachte, Ihnen wären vielleicht die Handtücher ausgegangen.«

»Hä?«

»Ich fang nochmal an. Arbeiten Sie nur auf dieser Etage?«

»So snobistisch sind wir nicht.«

»Haben Sie gestern nachmittag zufällig auch das Zimmer 714 gemacht?«

Sie verzog das Gesicht und deutete mit dem Daumen zur Decke. »Klar. Und?«

»Es war ziemlich spät, nicht wahr? Der Gast hatte bis zum Nachmittag das ›Nicht-Stören‹-Schild vor der Tür, richtig?«

Unbeeindruckt und genervt nickte sie. »Ich hab zu tun, Mister.«

»Sind Ihnen die Handtücher ausgegangen?«

»Nein, mir sind nicht die Handtücher ausgegangen.«

»So. Wieviele Handtücher haben Sie in Zimmer 714 bereitgelegt?«

»Sie sind doch verrückt, Mann. Ich hab zu tun.«

Ich zeigte ihr einen Fünfer.

»Wieviele Handtücher?«

Sie riß mir den Schein aus der Hand.

»Vier«, schnappte sie. »Was glauben Sie denn?«

5

An der Tür des Zimmers 714 hing das ›Nicht-Stören‹-Schild.

Kein Wunder, wenn man bedachte, was Mae Kane durchgemacht hatte; doch es war eine unangenehme, ironische Erinnerung an den Grund dafür, daß ich jetzt davorstand . . .

Ich klopfte, und als niemand antwortete, klopfte ich noch einmal. Dann sagte ich: »Mae? Ich bin's, Mal.«

Ein paar Sekunden später ging die Tür einen Spalt auf, und Maes Gesicht erschien über der straff gespannten Sicherungskette; sie lächelte scheu. Ihr hübsches Gesicht war aufgedunsen.

»Hallo, Mal«, sagte sie. »Sie sind wirklich freundlich, aber . . . ich bin nicht in der Lage, Besuch zu empfangen.«

»Natürlich«, sagte ich. »Ich verstehe. Aber ich muß unbedingt mit Ihnen reden, sobald Sie dazu in der Lage sind. Es ist sehr wichtig, daß wir uns unterhalten.«

Die großen, braunen Augen mit den langen Wimpern, mit den Augäpfeln über die sich ein feines rotes Geflecht zog, verengten sich etwas, und die ungeschminkten Lippen wurden geschürzt; dann nickte sie und ließ mich ein.

Sie hatte bereits gepackt; die Koffer standen neben der Tür.

»Wann fahren Sie?« fragte ich.

Sie ging zum hinteren Bett und setzte sich. Die hübschen Beine mit den Nylonstrümpfen schlug sie übereinander; obwohl sie kein Make-up trug, war sie eine atemberaubend schöne Frau: hochgeschlossenes braunes Seidenkleid, das ihre gute Figur eng umschloß, die Haare perfekt wie bei einer Perücke zu einem silbrigen Doppelbogen gekämmt.

Ihre erotische Ausstrahlung hatte mir immer zu schaffen gemacht, als ihr Mann noch lebte; ich hatte mich ständig für die Impulse geschämt, die sich in mir regten. Nun, da er tot war, fühlte sich die Schuld an wie ein schwerer Mantel, den ich ewig tragen mußte, weil der Reißverschluß klemmte.

»Ich fahre heute nachmittag nach Milwaukee«, sagte sie

schließlich. Ihre Stimme war rauchig; sie klang immer rauchig, aber heute besonders. Es war der Klang von Kummer.

Ich setzte mich auf die andere Bettkante und sah sie an. »Ich will Sie wirklich nicht belästigen«, sagte ich.

Sie bekam ein kleines, schiefes Lächeln zustande. »Sie belästigen mich nicht«, sagte sie. »Ich weiß gar nicht, was ich gestern abend ohne Sie gemacht hätte. Ich war völlig daneben.«

»Ich war auch nicht gerade besonders gelassen. – Sie müssen sicher sofort nach Hause, um alles zu arrangieren und so?«

Sie schüttelte den Kopf. »Ich hab heute morgen alles telefonisch erledigt. Ein Beerdigungsinstitut aus dem Ort wird Roscoe heute nachmittag nach Milwaukee überführen. Montagnachmittag wird eine kleine Andacht stattfinden. Roscoe hatte ja nicht viele Freunde. Einige Reporter, einige Kollegen vom Writer's Club, denen er mal geholfen hat. Ein paar Trinkkumpane. Nur eine Handvoll Leute.«

»Ich werde auch kommen.«

»Wollen Sie nur deshalb den ganzen Weg bis Milwaukee fahren? Das ist lieb von Ihnen, Mal, aber Roscoe hätte Ihnen gesagt, daß Sie das Benzin sparen sollen.«

Ich lächelte. »Das hätte er. Aber ich komme trotzdem. Haben Sie sich schon mit Evelyn in Verbindung gesetzt?«

Ihr Gesicht war eine kalte, versteinerte Maske.

»Ich habe es versucht«, sagte sie. »Sie war nicht zu Hause.«

Evelyn war Roscoes zweite Frau; sie lebte auch in Milwaukee. Zwischen Mae und Evelyn hatte es viel böses Blut gegeben; ich wußte allerdings nicht, warum Mae so verbittert war. Immerhin konnte man ja sagen, daß sie Evelyn den Mann gestohlen hatte. Allerdings wußte ich aus persönlicher Erfahrung, daß die Ehe zwischen Evelyn und Roscoe ein einziger Kampf gewesen war: Evelyn war wie Roscoe dem Alkohol verfallen, und sie hatten sich fast ständig gestritten und waren manchmal sogar handgreiflich geworden. Ihre Feindseligkeiten entluden sich in regelrechten Schlachten. Es war nicht gerade eine idyllische Ehe gewesen.

»Aber ich habe Jerome erreicht«, sagte sie. »Er nahm es schwer. Ich war überrascht; er und sein Vater hatten sich in den letzten Jahren kaum noch gesehen.«

Jerome Kane war Roscoes einziges Kind, wenn auch der Begriff »Kind« nicht ganz paßte. Jerome war inzwischen ein vierzigjähriger Mann, dessen Berufswahl – er war Designer – seinem Macho-Vater peinlich war. Roscoe hatte sich nie mit der Homosexualität seines Sohnes auseinandergesetzt, und er hatte sie immer verleugnet, wenn sie zur Sprache kam. »Nur weil der Junge Klamotten entwirft«, pflegte Roscoe zu sagen, »kann man ihm doch nicht unterstellen, daß er eine Tunte wäre. Das ist ein noch größeres Klischee als Gat Garson.« (Einige Kritiker im *Armchair Detective* und anderen Krimifanzines hatten Vermutungen geäußert, daß Gat Garson latent homosexuell sei; meines Wissens hatte Roscoe diese Artikel nie gesehen, weil er nichts von Fanzines hielt, und ich hatte natürlich keine Lust, ihn darauf aufmerksam zu machen.)

»Wird Jerome zur Beerdigung kommen?« fragte ich. Es kam mir komisch vor, den Vornamen von Roscoes Sohn zu nennen, denn ich war ihm nie begegnet.

»Er ist sogar schon da«, sagte Mae.

»Was? Ich dachte, er lebt in San Francisco . . .«

»Ja, aber er ist zufällig in Chicago, um Freunde zu besuchen. Anscheinend hat er sogar gestern mit seinem Vater zu Abend gegessen.«

»Das ist seltsam. Roscoe hat es nicht erwähnt, obwohl er, als ich ihn gestern abend in der Lobby traf, sagte, er wäre gerade vom Abendessen zurück.«

»Sie meinen, Roscoe hätte es erwähnen müssen? Nun, Jerome hat es mir jedenfalls gesagt. Er sagte, er hätte sich blendend mit seinem Vater unterhalten. Es sei seit Jahren nicht mehr so gut zwischen ihnen gelaufen.«

»Ich hoffe, Jerome übertreibt nicht. Es wäre zu schön, wenn Roscoe und sein Sohn nach all den Jahren doch wieder zueinander gefunden hätten.«

Mae lächelte wehmütig. »Ja, das wäre es. Ich würde gern daran glauben, daß Roscoe an seinem letzten Tag noch etwas Schönes erlebt hat. Seine letzten Monate waren . . . nun . . . bewegt.«

»Was hat ihn beschäftigt?«

»Das weiß ich nicht. Ich weiß es wirklich nicht. Es hätte ihn eigentlich aufmuntern müssen, daß Gorman die Gat Garsons neu auflegen wollte. Aber ich weiß nicht, was mit ihm los war.«

»Um wieder auf Jerome zu kommen«, sagte ich. »Er wird wohl zur Beerdigung kommen, oder?«

»Ja.«

»Ich würde ihn gern kennenlernen.«

»Ich kann Ihnen die Telefonnummer geben.«

»Das wäre nett, danke.«

Es gab ein kurzes, unbehagliches Schweigen, das Mae nach einigen Sekunden brach. »Ich habe heute morgen mit den Reportern gesprochen.«

»Ja, das habe ich schon gehört.«

»Ich war überrascht, daß sie sich so für meinen Mann interessierten. Ich dachte, Roscoe wäre . . . nun, eine Art Dinosaurier. Ist es grausam, wenn ich das so sage?«

»Nein, eigentlich nicht«, sagte ich. »Eher realistisch. Aber nicht grausam. Es tut mir leid . . . ich will jetzt auch nicht grausam sein . . . aber ich fürchte, die Presse hat sich einfach auf die Tatsache gestürzt, daß ein ehemals berühmter Krimiautor am Vorabend eines Schriftstellerkongresses eines mysteriösen Todes gestorben ist.«

Sie nickte, lächelte bitter. »Ich fürchte, Sie haben recht. Ich habe das an der Art, wie sie fragten, gespürt. Deshalb habe ich ihnen auch nicht Ihren Namen gegeben. Ich dachte, wenn sie erfahren, daß ein anderer Krimiautor Roscoes Leiche entdeckt hat, würden sie es nur aufbauschen.«

»Das meine ich auch.«

»Ich habe die Zeitungen noch nicht gesehen . . .«

»Es ist noch zu früh.«

»Nun . . . glauben Sie, die werden etwas über – wie haben Sie sich noch ausgedrückt? – über die ›mysteriösen‹ Umstände bei Roscoes Tod schreiben?«

Ich zuckte die Achseln.

»Ich hoffe, sie werden es nicht tun«, sagte sie. »Es ist auch ohne diese Hyänen schlimm genug. Ich bin ja selbst ein alter Fuchs, und ich kann mir vorstellen, wie sie sich darauf stürzen würden. Puh.«

Jetzt fiel es mir noch schwerer, ihr zu sagen, warum ich gekommen war.

»Mae«, sagte ich.

»Ja?«

»Ich sagte doch, ich müßte mit Ihnen sprechen.«

»Sie sagten sogar, es sei dringend. Fällt es Ihnen schwer, zur Sache zu kommen? Fällt es Ihnen schwer, es auszusprechen?« Sie lächelte, und diesmal war das Lächeln nicht verbittert, sondern, verdammt nochmal, sehr sexy. »Das sieht Ihnen aber gar nicht ähnlich, Mallory. Normalerweise kommen Sie schnell zur Sache.«

»Ja.« Ich mußte grinsen. »Aber manchmal habe ich eine lange Leitung. Das hat mir auch mal ein Kritiker vorgehalten.«

»Ich erinnere mich, daß Roscoe das auch mal gesagt hat ... in einem seiner Ausbrüche gegen Kritiker im allgemeinen. Soweit ich mich erinnere, hat ein Kritiker Sie als ›weitschweifig‹ bezeichnet, während ein anderer dasselbe Werk als ›zu knapp‹ beurteilte. Aber was tun Sie damit?«

Ich zuckte lächelnd die Achseln. »Knappe Weitschweifigkeit?«

»Vielleicht.« Sie erwiderte mein Lächeln. »Mal?«

»Ja?«

»Kommen Sie zur Sache.«

»Ja. Mae, ich glaube, an Roscoes Tod ist wirklich etwas ›Mysteriöses‹. Ich glaube, er wurde ermordet.«

Sie beugte sich mit funkelnden, zusammengekniffenen Augen vor. Ihre Blicke schienen mich zu durchbohren.

»Erklären Sie«, sagte sie knapp.

Ich erklärte es weitschweifig. Ich wiederholte alles, was ich dem Gerichtsmediziner gesagt hatte; während dieses Gesprächs war sie zwar im Raum gewesen, doch vom Gin betäubt, so daß ihr meine Indizien neu waren. Während ich sprach, langte sie nach ihrer Handtasche, die auf dem Nachttisch lag, und zog eine Packung Zigaretten heraus. Sie klopfte eine Zigarette aus der Packung (Lucky Strike, dieselbe Marke, die auch Roscoe und Gat Garson rauchten – keine Marke für eine Dame, aber bei ihr wirkte es sehr sinnlich) und zündete sie an. Sie hörte gespannt zu, und als ich von dem

Mädchen erzählte, das im Zimmer 714 vier Handtücher bereitgelegt hatte, riß sie die Augen auf, und ich dachte wieder an Joan Crawford.

»Mein Gott«, sagte sie. »Ich glaube, er wurde wirklich ermordet.«

Dann langte sie nach dem Telefon. Oder besser, sie stürzte sich fast darauf.

Ich legte meine Hand auf ihre Finger und hielt sie zurück; ihre Hand war warm, und ich zog meine sofort wieder zurück. Ich haßte mich, weil ich sie anziehend fand. Sie war fast alt genug, um meine Mutter zu sein, und sie war seit weniger als einem Tag die Witwe meines Helden.

»Ich hab schon darüber nachgedacht«, sagte ich. »Ich hab sogar die Polizei angerufen und mir den Namen des Gerichtsmediziners geben lassen, der gestern abend da war – er heißt Myers –, und ich wollte gerade anrufen, als mir auffiel, wie wenig ich im Grunde in der Hand habe.«

Mit zitternder, drängender Stimme sagte sie: »Sie können jetzt beweisen, was Sie letzte Nacht in bezug auf die Handtücher sagen wollten! Das ist eine *Menge*!«

Ich schüttelte den Kopf. »Es ist nicht der Rede wert. So gut wie nichts. Oh, für Gat Garson wäre es genug. Aber ich glaube nicht, daß sich die hiesigen Gerichtsmediziner darum scheren werden.«

»Warum nicht?«

»Wer kann sagen, ob die Version des Mädchens einer Untersuchung standhält? Warum sollte sie sich einen Tag später noch daran erinnern, ein bestimmtes Zimmer versorgt zu haben? Ist sie bei einer Voruntersuchung oder im Zeugenstand immer noch so sicher, wie sie es war, als sie meine Fünfdollarnote sah? Selbst wenn man ihr glaubt – wie wollen Sie eine Morduntersuchung auf einigen nassen Handtüchern in einem Wäschekorb aufbauen? Wer kann schon sagen, ob Roscoe nicht schon am Nachmittag ein Bad nahm, bevor er mit seinem Sohn zum Abendessen ging? In diesem Fall hätte er mehrere Handtücher naß gemacht; vielleicht hat er sie selbst mitgenommen und nach einem Schrank gesucht, weil er neue haben wollte. Und als er die Kammer fand, waren zwar keine frischen Handtücher da, aber der Wäschekorb, und er hat seine nassen Handtücher hineingeworfen. Oder am Nachmittag ist ein anderes Mädchen gekommen und hat die Betten gemacht – sie *waren* gemacht, erinnern Sie sich? –, und als sie die nassen Handtücher sah, nahm sie sie mit, doch sie hatte keine frischen dabei, und . . . Wie auch immer, in einem Krimi wäre es eine hübsche Beweiskette, doch bei einer gerichtlichen Untersuchung würde man es einfach abtun.«

Ihr Gesicht war beinahe so blaß geworden wie ihr Haar. Ihre Augen wurden feucht. Eine Träne kullerte heraus, hinterließ eine glänzende Spur auf der Wange. Sie hatte die Hände zu Fäusten geballt und die Zähne zusammengebissen. Sie zitterte.

Ich sagte: »Ich würde aber gern etwas unternehmen. Mein Instinkt sagt mir, daß Roscoe ermordet wurde. Oder zumindest, daß er ermordet worden sein könnte. Aber wir haben nicht genug in der Hand, um zur Polizei zu gehen.«

»Ich glaube, Sie sollten es trotzdem versuchen. Rufen Sie Mr. Myers an und sagen Sie ihm, was Sie herausgefunden haben.«

»Na schön, ich versuche es. Aber es wird zu nichts führen.«

Sie drückte die Zigarette in einem gläsernen Hotelaschenbecher aus. »Verdammt, wenn Roscoe ermordet wurde, dann können wir es doch nicht auf sich beruhen lassen! Wir müssen etwas tun, Mal!«

»Ich weiß, ich weiß.«

Wir saßen auf dem Bett und starrten uns an; sie beugte sich vor, lächelte etwas gequält und streichelte meine Wange. Es war von ihrer Seite wohl eher eine mütterliche Geste, doch ihr Kleid war über ihre Knie hochgerutscht, und ich wollte mich auf sie stürzen – oder aus dem Fenster.

»Armer Mal«, sagte sie. »Armer, armer Mal.«

»Armer Roscoe«, sagte ich. »Mir geht's gut.«

»Wirklich? Geht es Ihnen wirklich gut?«

Und ihre mitfühlende Fassade brach zusammen, und sie schlug die Hände vors Gesicht und weinte.

Ich stand auf, hoffte, meine Gefühle wären mir nicht anzusehen.

»Ich hätte es Ihnen nicht sagen dürfen«, sagte ich. »Ich hätte es auf sich beruhen lassen sollen.«

»Sie können einen Mord nicht auf sich beruhen lassen«, sagte sie schluchzend.

»Das klingt nach Gat Garson«, sagte ich.

»Ist es auch«, sagte sie. »*Kiss or Kill*, erstes Kapitel.«

»Sie waren auch ein Fan von Roscoe, was?«

»Er war mein Held«, sagte sie.

Ich berührte ihre Schulter. Wie ein Sohn, hoffte ich.

Ich sagte: »Ich will mich ein bißchen umtun. Ein paar Fragen stellen. Ich werde meine Vermutungen für mich behalten. Ich will nicht, daß die Presse davon Wind bekommt. Noch nicht, jedenfalls.«

»Gut . . .« Sie schnüffelte.

»Und ich wollte Sie um einen Gefallen bitten. Bleiben Sie bis morgen da.«

Sie neigte den Kopf, beäugte mich. »Oh? Warum?«

»Morgen nachmittag ist eine Veranstaltung der Private Eye Writers of America. Sie wollen Roscoe für sein Lebenswerk auszeichnen. Nun wird es eine posthume Auszeichnung, und . . . sie möchten, daß Sie sie stellvertretend in Empfang nehmen.«

Sie lächelte tapfer. »Ja, sehr gern.«

»Allerdings wird die Presse dabei sein; ich muß Sie warnen.«

»Das ist aber eine Art von Publicity, die mir besser gefällt.«

»Mir auch. Diese Art von Aufmerksamkeit könnte dazu führen, daß Roscoes Bücher nachgedruckt werden, und das haben sie auch verdient.«

»Das wäre schön. Ich freue mich darauf, zu bleiben und Roscoes Auszeichnung entgegenzunehmen.«

»Danke. Übrigens, falls ich mich umhöre und einige Fragen über Roscoe stelle, wäre es schön, wenn ich Sie erreichen könnte, damit ich die Informationen mit Ihrer Hilfe überprüfen kann . . . Sie wissen schon, die Notizen vergleichen.«

»Das ist eine gute Idee.«

»Das wäre es, wenn ich wüßte, wo ich anfangen soll.«

»Tja, aus dem Zimmer wurde nichts gestohlen«, sagte sie. »In Roscoes Koffer waren fünfhundert Dollar in bar. Außerdem Kreditkarten und seine Uhr; es war eine ziemlich teure. Und noch ein paar andere Sachen.«

»Worauf wollen Sie hinaus?«

Sie hatte ein Taschentuch aus der Handtasche gezogen und trocknete sich die geröteten Augen. »Es war kein Raub. Es war auf keinen Fall ein Einbrecher, der das Zimmer ausräumen wollte und auf den Gast traf, der gerade in der Badewanne saß oder so.«

»Genau. Es muß jemand gewesen sein, den Roscoe kannte. Jemand, den er so gut kannte, daß er ihn in der Badewanne empfing, statt sich die Mühe zu machen, herauszusteigen.«

»Nicht unbedingt«, sagte sie. »Vielleicht hat er auch in der Badewanne geschlafen, als unser Unbekannter hereinkam. Oder er war bewußtlos, wie der Gerichtsmediziner sagte – nur, daß er mit dem Kopf am Badewannenrand lag und noch nicht untergetaucht war.«

»Möglich. Aber wie ist unser Unbekannter ins Zimmer gekommen?«

»Vielleicht mit einem Schlüssel vom Portier? Fragen Sie doch mal unten nach. Hotels sind manchmal ziemlich sorglos, was die Ausgabe der Schlüssel angeht.«

»Das ist eine gute Idee. Natürlich kann Ihr Mann auch die Tür einfach unverschlossen gelassen haben; vielleicht stand sie sogar einen Spalt auf. Besonders, wenn er jemand erwartete.«

»Aber *wen*?«

»War noch jemand im Hotel, den Roscoe kannte?«

»Einige Autoren. Gorman natürlich auch.«

»Gorman ist hier? In diesem Hotel? Er wohnt doch in einem Vorort Chicagos; warum bleibt er über Nacht hier im Hotel?«

Sie zuckte die Achseln. »Ich glaube, weil es einfach bequemer ist, während des ganzen Kongresses hierzubleiben als ständig hin- und herzufahren. Soweit ich weiß, hat er auch einen Stand gemietet.«

In einem Nebenraum wurden während des Kongresses seltene oder neu erschienene Bücher zum Verkauf angeboten.

»Wie gut kennen Sie Gorman?« fragte ich.

Sie verzog das Gesicht. »Zu gut. Ein penetranter Mensch. Ich weiß, daß Roscoe hier geschäftlich mit ihm zu tun hatte.«

»Ich glaube, ich werde den Hundesohn mal besuchen.«

»Oh, dann kennen Sie Gregg Gorman? Er ist *wirklich* ein reizender Mensch.«

»Nur, wenn Sie eine Schlange sind.«

»Mal, Sie müssen mir versprechen, den Gerichtsmediziner anzurufen. Diesen Myers. Sagen Sie ihm, Sie hätten mit mir gesprochen, und ich hätte Ihre Vermutungen sehr ernst genommen. Vielleicht hilft das.«

»Vielleicht. Fällt Ihnen sonst noch jemand ein, der etwas gegen Ihren Mann hatte und der vielleicht gerade im Hotel oder in Chicago ist?«

»Nein«, sagte sie. »Aber wenn Sie mit den Handtüchern recht haben . . . dann muß irgend jemand eine Menge gegen ihn haben.«

»Vielleicht kann ich diesen Jemand finden.«

»Ich hoffe, Sie finden ihn«, sagte sie.

Sie stand auf und umarmte mich, küßte mich mütterlich auf den Mund und strahlte mich an.

»Ich sehe schrecklich aus, was?«

»Sie sehen blendend aus. Sie sehen immer blendend aus.«

»Sie mögen mich, nicht wahr, Mal?«

»Natürlich mag ich Sie.«

»Besuchen Sie mich doch mal in Milwaukee. In ein paar Monaten vielleicht. Wenn wir beide . . . wenn es uns etwas besser geht.«

»Lieber nicht, Mae.«

»War das geschmacklos von mir, Mal? Kein Respekt meinem toten Gatten gegenüber? Ich will Ihnen was sagen. Ich habe Roscoe sehr geliebt. Aber unsere Beziehung . . . war schon lange nicht mehr körperlich. Ich möchte nicht, daß das alle Welt erfährt – und sich kaputtlacht, weil der Macho Roscoe Kane bei seiner hübschen Maus keinen mehr hochgekriegt hat –, aber ich glaube, es würde ihm nichts ausmachen, wenn Sie es wissen.«

»Ich glaube, es würde ihm doch etwas ausmachen«, sagte ich. Ich hatte plötzlich eine Gänsehaut.

»Vielleicht«, räumte sie ein; sie stand immer noch sehr dicht vor mir. Ihr Atem streifte über mein Gesicht; er roch leicht nach Gin, doch ich konnte ihr Verhalten und den Gin verzeihen, nach allem, was sie durchgemacht hatte. Meine Gefühle konnte ich mir nicht verzeihen.

Sie fuhr fort: »Sie sind wie Roscoe. Sie sind wie der junge Roscoe, den ich nie kannte. Sie . . . Sie haben ihn in den letzten Jahren sehr glücklich gemacht, Mal. Sie haben ihm . . . den literarischen Respekt erwiesen, den er schon nicht mehr zu bekommen hoffte. Als alle anderen ihn vergessen hatten, kamen Sie nach Milwaukee, als wäre es Mekka, und er war Ihr Guru.«

Sie hätte Mohammed sagen sollen, aber sie war keine Schriftstellerin, und deshalb ließ ich ihr die unpräzise Metapher durchgehen. »Sie waren für ihn wie ein Sohn. Er hat nicht oft an seinen schwulen Jungen, Jerome, gedacht . . . es klingt hart, wenn ich es so sage, aber Roscoe liebte es wirklich, Homosexuelle zu hassen. Und er und sein Sohn kamen sich nie richtig nahe, nicht so, wie Sie und Roscoe einander nahe kamen.«

Die Tränen quollen wieder aus ihren Augen; langsam rannen sie die Wangen hinab.

»Sie, Mal«, sagte sie, »Sie sind in gewisser Weise der junge Roscoe Kane. Der Roscoe, den ich nie kannte. Nicht im biblischen Sinne meine ich . . .« Das verdorbene kleine Lächeln paßte nicht zu den Tränen, aber es war sehr, sehr sexy. »Der Sohn, den er nie hatte, der Mann, den ich nie richtig hatte . . .«

»Bitte, Mae . . .«

»Mal. Sie müssen mich irgendwann besuchen. Das ist eher Mae West als Mae Kane, was? Nun, nehmen Sie's, wie Sie wollen. In ein paar Monaten werde ich jemand brauchen, dem ich nahe sein kann. Und ich möchte Roscoe nahe sein, aber er ist nicht mehr. Auch impotent war er mehr Mann als jeder andere Mann, den ich je kannte. Kommen Sie mich besuchen . . . damit ich Roscoe irgendwie wieder nahe sein kann. Könnten Sie das für mich tun?«

»Vielleicht«, sagte ich. *Nie im Leben. Auf keinen Fall; wie sehr ich es auch selbst wollte.*

»Und finden Sie heraus, was meinem Mann geschehen ist, ja?«

»Ich werde es versuchen.«

»Wenn es jemand herausfindet, dann sind Sie es«, sagte sie.

»Wir brauchen einen Gat Garson.«

»Ich bin mit einem Mallory zufrieden.«

Ich berührte einen Moment ihr feuchtes Gesicht und ging.

6

»Bouchercon, Erinnerung an Chicago«, war der offizielle Titel des diesjährigen Cons, doch schon in den Vorankündigungen war der Spitzname »Der Kriminaltango« geprägt worden. Chiacago, die »phantastische Räuberhöhle«, wie Fredric Brown die Stadt genannt hatte, bot die perfekte Kulisse für ein Treffen von Krimiautoren: Hier waren die Banden entstanden, hier war John Dillinger gestorben, hier hatte das Massaker vom St. Valentine Day stattgefunden, hier waren die Unbestechlichen, die staatlichen Cops, zu Hause, dies war der richtige Hintergrund für Geschichten von Gat Garson. Der richtige Ort für eine Versammlung von Kritikern, Verlegern und Fans, die über literarische Verbrechen und deren Bestrafung reden wollten.

Der Bouchercon wurde 1970 im Gedenken an den Kritiker der *New York Times*, Anthony Boucher, gegründet. Boucher war 1968 gestorben; sein richtiger Name lautete Anthony Parker White. Er schrieb Science Fiction, klassische Kriminalromane von der Art, wie Cynthia Crystall sie bevorzugte, und die mich genauso interessierten wie Spitzendeckchen und Neuinszenierungen von Gilbert und Sullivan. Doch Boucher war ein respektierter Kritiker, und er hatte viel dazu beigetragen, dem Kriminalroman einen Platz in der Literatur zu erkämpfen. Sein Name paßte gut zu diesem jährlichen Treffen von Krimiautoren.

Der Con fand im jährlichen Wechsel einmal in einer Stadt an der Westküste, einmal in einer Stadt im Osten und einmal im Mittelwesten statt. Meine finanzielle Lage hatte bisher verhindert, daß ich an den Treffen teilnahm, die nicht im Mittelwesten stattfanden, und ich hatte sogar von diesen den letzten verpaßt und damit die Chance verspielt, Mickey Spillane kennenzulernen, dessen Auftritt dem Vernehmen nach eine Sensation war. Spillane war, wie Roscoe Kane, bei den Kritikern meist sehr schlecht weggekommen, obwohl er bei den Lesern sehr beliebt war. Auch die Krimifans hatten Mick bislang nicht sehr gut behandelt, denn eine Fraktion sammelte sich um Agatha Christies Rätselspiele, die andere um Hammett und Chandler – das waren die harten, literarisch anspruchsvollen Schreiber. Spillane war ihr Hurenkind. Und da Kane das Hurenkind Spillanes war, kann man sich vorstellen, wie die Kritiker Gat Garson behandelten – soweit sie ihn überhaupt behandelten.

Es wäre schön gewesen, wenn Spillane auf dem Bouchercon eine Auszeichnung erhalten hätte, denn Anthony Bouchers Kritiken in der *New York Times* hatten zu den brutalsten der Anti-Spillane-Mafia gehört, die Spillane je bekommen hatte. In diesem Jahr wurden Roscoe Kane und Gat Garson durch den Life Achievement Award der Private Eye Writers of America geehrt, und das war fast genauso gut, denn Boucher hatte Kane und Gat Garson so schlimm behandelt, daß seine Spillane-Kritiken fast eine Schmeichelei waren.

Boucher war ein scharfsinniger Kritiker, doch bei Spillane irrte er (wie er in späteren Kolumnen auch zugab), und er irrte sich bei Roscoe Kane (das gab er allerdings nie zu). Da Roscoe nun tot war und posthum geehrt wurde, würde, wie es meist bei posthumen Ehrungen der Fall ist, die Wirkung um so größer sein, doch es blieb ein schaler Beigeschmack. Es ist leicht, einen Toten zu ehren. Und sinnlos.

Oder nicht? Immerhin bekommt jeder Autor, sogar ein Taschenbuchschreiber, den Messingring der Unsterblichkeit zu spüren. Man weiß es nie; etwas, das man schreibt, könnte die Zeit überdauern . . . vorausgesetzt, wir alle werden zusammen mit unseren Büchern nicht in der nächsten Sekunde in radioaktiven Staub verwandelt. Aber wenn das nicht passiert, hat jeder Schreiber, sogar populäre Autoren wie Roscoe Kane – die der Tradition so bekannten Autoren wie Shakespeare, Dickens und Dostojewski – alles Krimiautoren im weiteren

Sinne – folgen – eine ehrliche Chance, in seinen Werken zu überleben.

Andererseits sind Tantiemenabrechnungen, die für die Nachlaßverwalter ausgestellt werden, sicher nicht das, was sich ein Autor unter einem guten Leben vorstellt.

»Ist dies eine Privatunterhaltung, oder darf ich mich dazusetzen?«

Ich hob den Kopf.

Sie war klein – sehr zierlich –, und ihr glattes, schulterlanges Haar war von jenem dunklen Braun, das man für Schwarz hält, wenn die Beleuchtung nicht stimmt. Ihre Augen hatten dieselbe Farbe.

»Habe ich mit mir selbst gesprochen?« fragte ich verlegen. Ich saß allein in einer Nische im Artistic Café, das nicht weit vom Congress entfernt an der Michigan Avenue lag. Ich hatte vor dem Hotel und dem Bouchercon und den Menschen fliehen wollen und mich an das Artistic im Fine Arts Building erinnert, wo oft junge Schauspielerinnen und Ballettänzerinnen in Trikots und Legwarmers und anderen eng anliegenden, zu ihrem Beruf gehörenden Kleidungsstücken saßen und Kaffee tranken. Das Artistic schien mir ein guter Ort, um einfach herumzusitzen und nachzudenken; und wenn mir das Denken zuviel wurde, hatte ich mir überlegt, konnte ich mich immer noch mit den Ballerinas und Schauspielerinnen ablenken.

»Sie haben die Lippen bewegt«, sagte sie, während sie sich setzte. Sie hatte ein Elfengesicht, etwas frech und sehr hübsch; sie wäre vor zehn oder fünfzehn Jahren ein tolles Hippiemädchen gewesen.

»Habe ich laut gesprochen?« sagte ich.

»Sie haben gemurmelt«, sagte sie. Ihre Lippen verzogen sich zu einem spröden Lächeln, während die Worte herauskamen.

Aber sie war keine Tänzerin und keine Schauspielerin, wenigstens keine, die in den Studios des Fine Arts Building arbeitete. Sie trug ein *Noir*-Sweatshirt – schwarze, auf dem dunkelblauen Stoff kaum sichtbare, verschnörkelte Buchstaben –, und ihre Jeans saßen wie maßgeschneidert (nicht, daß ich es anders erwartet hätte). Das *Noir* war ein Krimimagazin, das ich vor einer Weile abonniert hatte, weil mir jemand erzählt hatte, der Hauskritiker hätte meine Bücher gut beurteilt; das gefiel mir, und ich schickte ihnen einen Scheck für ein Abonnement. Es war mir sogar egal, daß der Verleger Gregg Gorman hieß.

Jedenfalls dachte ich, sie wäre auch wegen des Bouchercons hier und sagte: »Sie sind sicher wegen des Bouchercons hier.«

»Eine scharfsinnige Schlußfolgerung«, sagte sie, während sie die Mundwinkel hochzog. Es war ein überwältigendes Lächeln. Dieses Mädchen hatte einen tollen Mund. Hoppla, ich meine: diese Frau. Ich sah auf den ersten Blick, daß es ihr nicht gefallen hätte, als Mädchen bezeichnet zu werden.

»Kennen wir uns?« sagte ich. »Oder wünsche ich es mir nur?«

»Komme ich Ihnen bekannt vor?«

»Ich hab Sie schon mal gesehen, oder jemand, der Ihnen sehr ähnlich sieht. Vielleicht ein Filmstar oder so.«

»Bruderherz, ich hoffe, Sie probieren nicht gerade einen Dialog für Ihre nächste Geschichte – normalerweise kriegt der Bursche in Ihren Romanen bessere Sätze.«

Ich bekam ein Grinsen zustande. »Die Dinge, die ich sage, sehen gedruckt oft viel besser aus.«

»Das Ding mit dem Filmstar aber nicht.«

»Vielleicht haben Sie recht. Na schön, Sie wissen also, wer ich bin.«

Sie erwiderte mein Grinsen; sie hatte tausend verschiedene Arten zu lächeln, und jede war einzigartig, und die meisten waren spröde. »Bilden Sie sich ja nichts ein. Es ist mein Job, zu wissen, wer Sie sind.«

Ich schnippte mit den Fingern. »Kathy Wickman!«

Sie nickte, deutete auf ihr *Noir*-Sweatshirt und gab mir damit eine ausgezeichnete Entschuldigung, mir anzusehen, wie das Wort *Noir* über ihre Figur rollte. Sie hatte die Sorte Brüste, die Gat Garson als »kecke Kugeln, bebend vor Lebenslust« bezeichnet hätte. Ich hätte es natürlich weniger sexistisch ausgedrückt, aber im Augenblick fiel mir nichts Besseres ein.

»*So* lange braucht man aber nicht, um das Wort *Noir* zu lesen«, sagte sie mit einem schiefen, spröden Lächeln. Es war das Lächeln Nummer Tausendundeins.

»Ich hab mich vor Evelyn Wood gedrückt«, erklärte ich.

Dann streckte ich eine Hand aus, die sie sofort nahm. Ihre Hand war schlank, kühl, geschmeidig. Meine war – egal.

»Vielleicht erinnern Sie sich, daß ich Ihnen zu Ihrem ersten Roman ein paar Zeilen geschrieben habe«, sagte sie. »Ich mußte Ihnen einfach persönlich mitteilen, was ich von den Jugendritualen Ihres Helden hielt.«

»Ich habe mich über den Brief gefreut, danke.«

»Ihre Antwort hat mich auch gefreut. Dieses Kapitel hatte mich wirklich gepackt; es ist schon ungewöhnlich, so etwas mitten in einem Krimi versteckt zu finden.«

»Das Kapitel war autobiographisch, jedes Wort war wahr«, sagte ich. »Ich konnte nicht einmal alles verwenden, was passiert ist – einige Dinge, die meine wirkliche erste Liebe gemacht hat, übertreffen die Schilderung im Buch bei weitem.«

»Tatsächlich? Sagen Sie – was halten Sie davon, wenn wir irgendwann während des Kongresses mal essen gehen? Ich würde gern hören, was Sie ausgelassen haben.«

»Meine Auslassungen interessieren Sie?« Ich schüttelte den Kopf. »Ich weiß nicht, ob ich Lust habe, über mich selbst zu sprechen; ich bin im Grunde sehr bescheiden und schüchtern. Wie wäre es mit heute abend?«

»Gern.« Sie lächelte, und es war überhaupt nicht mehr spröde, und ich freute mich darüber.

»Haben Sie schon gegessen? Ich hab vorhin einen Cheeseburger bestellt.«

»Nein, ich habe noch nicht gegessen.«

Ich winkte einer Kellnerin, und Kathy bestellte.

Ich sollte wohl noch erklären, daß Kathy die Herausgeberin des *Noir* war; sie hatte die erfreulichen Kritiken über meine Bücher geschrieben. Deshalb achtete ich sie natürlich intellektuell für ihre hohen Ansprüche und ihren guten literarischen Geschmack (es sei denn, sie verriß mein nächstes Buch, was alles wieder zunichte gemacht hätte). Doch es wäre eine Lüge, zu verschweigen, daß ich sie körperlich mindestens genauso anziehend fand.

Kathys Anziehungskraft, ihr junges, freches, frisches Wesen, half mir, die ungemütlichen Erinnerungen an Mae Kane zu verdrängen.

»Ihre Zeitschrift gefällt mir gut«, sagte ich zwischen zwei Bissen.

»Das sagen Sie und unsere etwa tausend anderen Leser auch.«

»Sie müßten eine höhere Auflage haben.«

»Ich weiß. Es liegt an diesem verdammten Verleger.«

Ich hob die Augenbrauen und senkte sie schnell wieder. »Ich bin froh, daß Sie das zur Sprache gebracht haben, und nicht ich.«

»Oh, wirklich?«

»Ihr Verleger. Gregg Gorman. Er ist ein Arschloch.«

Sie biß in ihren Cheeseburger, rollte mit den Augen und nickte. Als sie heruntergeschluckt hatte, sagte sie: »Da sagen Sie was. Aber er zahlt gut, und er läßt mich in Ruhe.«

»Es ist eine schöne, kleine Zeitschrift.«

»Wenn Gregg sich nur etwas für sie einsetzte, könnte sie eine größere, schöne kleine Zeitschrift werden. Aber er ist stur; er verkauft sie auf dem Krimimarkt, und er hat kein Interesse, sie auch an Zeitungsstände zu verteilen. Wir drucken Artikel und Geschichten von Nachwuchsautoren – Sie haben nicht zufällig eine Kurzgeschichte in der Schublade?«

»Ja, sicher. Was zahlen Sie?«

Sie verzog verlegen den Mund und schob das Kinn vor.

»Einen halben Cent pro Wort.«

»Aua. Ich wollte immer schon wissen, wie es sich anfühlt, ein altmodischer Pulpschreiber zu sein.«

»Jetzt werden Sie's erfahren. Es sei denn, Sie wollen kneifen . . .«

»Nun, ich habe Ja gesagt, und dabei bleibt's auch.«

Sprödes Lächeln; eine Neuauflage des ersten. »Tja«, sagte sie, indem sie auf einen früheren Gedankengang zurückkam, »das *Noir* ist ein nettes kleines Magazin, und Gorman bringt seine Bücher ins Dalton's und Walden's und andere Läden, und ich dränge ihn ständig, mehr für mein kleines Baby zu tun, aber er will einfach nicht.«

»Er ist ein Mann mit großer Phantasie. Manche Menschen sehen einen Sonnenuntergang und nur einen Sonnenuntergang – und Gorman sieht einen Sonnenuntergang und rülpst.«

Sie nickte. »Das ist Gregg. Er ist ein chauvinistisches kleines Arschloch, jawohl; er will mich jedesmal anmachen, wenn er mich sieht.«

»Darüber möchte ich beim Essen nichts hören.«

Sie wedelte mit einer Hand, an der ein Klecks Ketchup hing. »Keine Sorge, Gregg ist viel zu feige, um es wirklich durchzuziehen. Glücklicherweise trennt uns ein halber Kontinent, und wir sehen uns nur selten, so daß er seine Annäherungsversuche meist telefonisch losläßt. Aber es ist manchmal ziemlich übel, das können Sie mir glauben. Er kommt mir genau auf die schleimige, chauvinistische Art, die seit Gat Garson eigentlich passé ist.«

Ich hatte Roscoe Kanes Tod ganz gut verdrängt, doch ihre beiläufige Bemerkung brachte alles zurück. Sie sah es mir wohl an, denn sie sagte: »Oh, es tut mir leid. Das war nicht sehr taktvoll, was? Roscoe ist doch erst gestern abend gestorben. Offengestanden habe ich es nie über mich bringen können, diese dummen Bücher zu lesen.«

Zwischen uns war plötzlich eine Mauer.

»Ich liebte diese Bücher«, sagte ich. Etwas unterkühlt.

Sie nahm die Kälte nicht wahr. »Das liegt sicher nur daran, daß Sie ein Mann sind. Sie sind in den fünfziger Jahren aufgewachsen, das war Ihre Zeit, und es packt Sie auf einer Ebene, die ich einfach nicht habe. Ich sehe nur diesen chauvinistischen Privatdetektiv, und mein Magen dreht sich um.« Sie bemerkte den Ketchup auf ihrem Handrücken und leckte ihn ab. Die beiläufige, kleine Geste war sehr sexy. Als ich es sah, fiel es mir schwer, nicht auf der Stelle wieder mit ihr warm zu werden. Und das bewies, daß ich genau der chauvinistische Lümmel war, für den sie mich hielt.

Oder nicht?

»Sehen Sie«, sagte sie eifrig, während mich ihre dunklen Augen mit gespielter Naivität anblickten, »Ihre Bücher sind von diesen Romanen mit den harten Jungs Welten entfernt. Ihr Held ist empfindsam. Für ihn sind Frauen Menschen, nicht nur Sexobjekte . . . er sieht Frauen als . . .« Sie hob den Kopf, bevor sie weitersprach, und ich las noch einmal den Schriftzug

Noir. ». . . als reale Wesen, die in derselben absurden Welt festsitzen wie er. Meinen Sie nicht auch?«

Ich hob die Augen und bemühte mich, den Schriftzug zu vergessen. Ich strahlte sie an. »Absolut. Heißt das, wir zahlen getrennt?«

Sie hielt überrascht inne, dann langte sie in ihr reichhaltiges Repertoire und setzte ein neues sprödes Lächeln auf. »Sie halten mich für eine voreingenommene Ziege, was?«

Ich zuckte die Achseln. »Ich halte Sie für jemand, der Rezensionen für das *Noir* schreibt.«

»Gibt es da einen Unterschied?«

»Kommt darauf an«, sagte ich, während ich hinter dem Rücken die Finger kreuzte, »ob Sie den wundervollen G. Donaldson lobpreisen oder mich.«

Sie schüttelte den Kopf, und ihr Lächeln wurde etwas schief. »Ich verstehe einfach nicht, wie ein so empfindsamer Autor wie Sie Donaldson nicht mögen und zugleich Kane verehren kann.«

»Das letztemal hat mich jemand empfindsam genannt, als ich meine Grippeimpfung bekommen sollte. Zimperlich, genauer gesagt. Und wie ein so klarsichtiger Mensch wie Sie auf Donaldsons bombastischen Unfug hereinfallen kann, das kapiert Ihr sehr ergebener Johnny Dollar nun leider auch nicht.«

»Was?«

»Das ist eine alte Rundfunkserie. Sie sind zu jung, um sich daran zu erinnern, und zu gebildet, um jemals davon gehört zu haben. Donaldsons Hauptperson heißt übrigens Keats – ein Privatdetektiv, der nach einem Dichter benannt ist! Ich glaub, ich werd nicht mehr!«

»Das ist nicht schlimmer, als Ihren Helden Mallory zu nennen. Das ist vermutlich eine Anspielung auf Sir Thomas Malory und *Morte d'Arthur*. Sie haben Ihren Helden mit einem Ritter verbunden, und es ist ziemlich offensichtlich.«

»Verdammt! Ich heiße so!«

»Ach so. Aber warum benutzen Sie nur den Nachnamen? Sie haben doch sicher auch einen Vornamen, oder?«

»Alle nennen mich Mal.«

»Aber das ist eine Abkürzung von Mallory. Gibt es etwas Aufgeblaseneres als seine Bücher mit nur einem Namen zu unterzeichnen?«

»Immer noch besser, als eine Initiale, einen zweiten Vornamen und einen Nachnamen, oder, um Himmels willen, drei Namen auf einmal! Natürlich habe ich einen Vornamen, aber niemand, ich selbst eingeschlossen, benutzt ihn; es sei denn, es handelt sich um ein offizielles Dokument.«

»Wie lautet er denn?«

»Er würde sich gedruckt nicht gut machen.«

»So schlimm kann er doch nicht sein.«

»Sind Sie sicher?«

»Ach, kommen Sie, sagen Sie's mir. Wie heißen Sie? Ich sag's auch nicht weiter.«

»Versprochen?«

»Versprochen.«

»Sie bringen's nicht im *Noir*?«

»Nirgends.«

Ich sagte es ihr.

Sie wurde schlagartig sachlich.

»Ich verstehe, was Sie meinen«, sagte sie. »Vielleicht ist es doch klug, bei Mallory zu bleiben.«

»Vielleicht werden Sie mir in Zukunft mehr vertrauen. Und meine Bemerkungen über Donaldson sind ebenfalls nicht zur Veröffentlichung bestimmt. Einen Kollegen in einem Magazin in die Pfanne zu hauen, ist nicht gerade nett. Okay?«

»Klar«, sagte sie, während sie am Strohhalm ihrer Colaflasche saugte. Sie sah dabei aus wie fünfzehn, und ich freute mich, daß sie in Wirklichkeit zehn Jahre älter war. »Trotzdem, Sie haben anscheinend genau die Schreibe, über die die Leser des *Noir* begeistert wären.«

»Ich weiß nicht . . .«

»Aber ich. Ich möchte Sie irgendwann am Wochenende interviewen.«

»Ich möchte nicht . . .«

»Sie können Korrektur lesen, alles rausschmeißen, was Ihnen nicht gefällt oder bei dem Sie das Gefühl haben, es wäre gedruckt zu dumm oder zu hart.«

»Ich muß darüber nachdenken.«

»Bleibt es bei unserer Verabredung?«

»Sie kommen aus Pennsylvania, oder?«

»Ja. West Mifflin.«

Sprödes Lächeln Nummer 458. »Okay. Getrennte Rechnungen?«

»Ich geb Ihnen einen aus.«

»Okay.«

Wir standen auf, und ich deutete auf die Rechnung. »Die können Sie dann behalten.«

Sie lachte. »Oh, vielen Dank. Gehen Sie wieder zum Congress zurück?«

»Ja. Der Verkaufsraum müßte gleich geöffnet werden. Ich will mit Ihrem freundlichen Verleger sprechen; eigentlich müßte er da sein.«

Sie zahlte an der Kasse, und wir gingen auf die Straße hinaus. Es wehte ein kühler Wind, der die typische feuchte Kälte Chicagos mit sich brachte, und es war immer noch neblig. Ich trug nur eine leichte Jacke und schob die Hände tief in die Hosentaschen, um mich vor der Kälte zu schützen. Sie trug nur ihr Sweatshirt, und ihre Brustwarzen stachen durch den dicken Stoff und setzten zwei Punkte in den Schriftzug – doch da ich so empfindsam war, gab ich vor, es nicht zu bemerken.

»Nehmen Sie heute nachmittag an der Crime Tour teil?« fragte sie. Wir gingen Arm in Arm – es war kalt genug, um das zu rechtfertigen, obwohl unsere Beziehung noch nicht sehr weit gediehen war.

»Was für eine Crime Tour?«

»Eine Stadtrundfahrt zu verschiedenen Stellen in Chicago, an denen berühmte Verbrechen stattfanden. Wir haben hier die Geschichte direkt vor der Nase – die dunklen Wurzeln unseres Metiers werden enthüllt!«

»Sie sind wirklich die Herausgeberin des *Noir*, was?«

»Ja. Kommen Sie mit?«

»Ich glaube, ich lasse es aus.« Ich hatte für dieses Wochenende genug von Verbrechensschauplätzen. »Sie können mir ja heute abend bei einer Pizza Bericht erstatten.«

Wir blieben an einem Überweg stehen; das Congress lag direkt vor uns.

Sie schielte mich von der Seite an. »Sagen Sie – was ist zwischen Gregg und Ihnen vorgefallen?«

»Brauche ich einen Grund, um den Mann widerlich zu finden?«

»Nein.«

Die Ampel sprang um, und wir überquerten die Straße.

»Das ist eine lange Geschichte. Ich werde sie Ihnen irgendwann erzählen.«

Wir benutzten den vorderen Eingang, wo sich neben den Drehtüren ein Türsteher aufgebaut hatte, und gingen von der Lobby aus über eine Rampe zur Geschäftspassage hinauf. Eine schwer gebaute, etwa fünfzigjährige Frau in einem braunen Kleid rollte wie ein orangehaariger Panzer vorbei. Ihr Gesicht, das sicher einmal hübsch war, war jetzt zu einer grimmigen Grimasse verzerrt.

Ich blieb wie angewurzelt stehen.

Kathy ging ein paar Stufen weiter, bevor sie bemerkte, daß ich zurückgeblieben war; sie sah sich mit übertriebener Verwunderung um.

»Was ist los, Mal?«

»Nichts weiter. Gehen Sie nur zum Verkaufsraum vor; ich komme gleich nach.«

Sie zuckte die Achseln, lächelte spröde und ging zu den Aufzügen.

Ich ging in die andere Richtung, zurück zur Lobby, und folgte Roscoe Kanes zweiter Frau Evelyn.

7

Evelyn Kane brüllte die hübsche junge, mit einem Blazer bekleidete Schwarze an, die in der Portiersloge stand. Das Gesicht der Angestellten war genauso unbewegt und attraktiv, wie Evelyns Gesicht bewegt und unattraktiv war.

»Also, ich will sofort mit diesem Arschloch *reden*!« sagte Evelyn. »Wann *kommt* er denn endlich?«

»Da müssen Sie den Manager fragen«, sagte die Frau.

»Und wo *ist* der Manager?«

»Er ist im Augenblick nicht da.«

»Und wann *kommt* er?«

»Das weiß ich nicht. Kommen Sie doch nachher noch einmal vorbei, Ma'am.«

»Wie heißen Sie, mein Täubchen?« Das Täubchen war nicht begeistert.

Die schwarze Frau verzog ganz leicht einen Mundwinkel und deutete auf das Namensschild. »Mrs Brown.«

Evelyn drehte sich wütend um und sah mich.

»Genau der richtige«, sagte sie.

»Hallo, Evelyn.«

Sie zielte mit einem Finger auf mich; ihr Gesicht war eine gespannte Maske wie bei einem Menschen, der vor einem besetzten Klo steht. »Ich muß mit Ihnen reden, Mann.«

»Schön. Ich rede gern mit Ihnen.«

Sie marschierte auf den nächsten Ausgang los, und ich paßte mich ihrem Schritt an.

Während sie aufstampfte wie ein Kompanieführer, sagte sie ohne mich anzusehen: »Sie waren gestern abend mit Roscoe zusammen, was?«

»Ja.«

»Erzählen Sie mir, was passiert ist. In Ordnung?«

»In Ordnung«, sagte ich achselzuckend.

»Dann lassen Sie uns irgendwo was trinken.«

Vor dem Hotel blieb sie einen Augenblick stehen, als drohte sie dem Oktoberwind, sie ja nicht zu nerven. Er nervte mich.

Ich steckte die Hände in die Hosentaschen und folgte ihr die Straße hinunter. An der nächsten Ecke bogen wir ab und betraten eine schmierige kleine Bar. Das Americana-Congress war ein ziemlich gutes Hotel, doch man mußte nicht weit gehen, um etwas Verkommenes zu finden – das war nirgends in Chicagos Downtown besonders schwer. Die Gegend schien eine Studie in unpassenden, dicht nebeneinander existierenden Gegensätzen zu sein. Nicht gerade der kleinste dieser Gegensätze waren Evelyn Kane und ich, als wir in einer Nische Platz nahmen. Sie antwortete gerade auf eine Frage, die ich gar nicht gestellt hatte, und erklärte, warum wir nicht in eine der Hotelbars gegangen waren.

»Ich hasse Hotelbars«, sagte sie. »Da gibt's nur teure, verwässerte Drinks und Geschäftsleute mit wahnsinnigen Spesenkonten. Geschäftsleute sind keine Menschen – es sind ehemalige Menschen. Aber mit einem großen Spesenkonto wird jeder zum Blutegel.«

Ich mochte es, wie Evelyn redete – sie sprach wie eine Figur aus einem Buch ihres Exmannes –, doch sie selbst mochte ich nicht.

»Sie mögen mich nicht besonders, was?« fragte sie, während sie das Bier anstrahlte, das gerade vor ihr abgesetzt wurde. Sie nahm einen großen Schluck.

Ich trank einen Schluck von meiner Cola. »Ich glaube, Sie sind ein Traum, Evelyn. Für ein Pin-up von Ihnen, das ich mir übers Bett hängen könnte, würde ich mein letztes Hemd geben.«

Sie lachte, daß ihr das Bier aus der Nase spitzte. »Ich mag Sie, mein Junge. Sie haben Klasse.«

»Ich dachte immer, sie hassen meinen Mut.«

Sie zuckte die Achseln; mir fiel auf, daß ihre Augen stark gerötet waren. »Sie sind zu uns gekommen und haben mit Roscoe geredet und ihm in den Kopf gesetzt, daß er gut war. Es war damals eine schwierige Zeit für ihn; er begann gerade zu begreifen, daß niemand mehr seine Bücher drucken wollte, jedenfalls nicht in den USA. Sie hatten einen schlechten Einfluß auf ihn.«

»Ich dachte, ich hätte ihn aufgeheitert.«

»Klar. Ihre Heldenverehrung ist ihm in den Kopf gestiegen. Dann kam er wieder auf den Teppich. Er ist abgestürzt. In die Realität. Und das ist, wie Sie vielleicht wissen, für einen Schriftsteller die Hölle. Und ich hatte das Gefühl, Sie und ein paar andere wären Blutegel, die nur auf kostenlose Ratschläge, auf Hilfe und seine Verbindungen aus wären.«

»Darf ich Ihnen vielleicht auch sagen, warum *ich* glaube, daß Sie mich nicht mögen, Evelyn?«

»Kann ich es verhindern?«

»Sie waren eifersüchtig. Ihre Ehe war so gut wie im Eimer, und dann kam auch noch ich und gewann die Achtung Ihres Mannes, und Sie waren sauer.«

Sie dachte eine Weile darüber nach, während sie ihr Bier austrank. »Sie haben recht«, sagte sie. Dann winkte sie der Kellnerin, ihr noch eins zu bringen. Sie war selbst einmal Kellnerin gewesen, doch sie schien für unsere sehr junge Bedienung keine besondere Sympathie zu empfinden.

Sie hatte Roscoe in den fünfziger Jahren in Milwaukee kennengelernt – sie hatte in einer Bar in der Nähe seiner Wohnung bedient. Wie Roscoe gesagt hatte, war sie damals eine knackige Blondine gewesen; kaum zu glauben, wenn man ihr ausgebleichtes orangenes Haar und den bärenhaften Körper und das Gesicht sah, das mehr Falten hatte als ein Anzug aus der Altkleidersammlung. Doch in diesem Gesicht waren immer noch Züge verborgen, die ganz ansehnlich, vielleicht sogar hübsch waren, wenn man tief genug blickte. Vielleicht hätte ich wirklich Gefallen daran gefunden, mir ein Pin-up von ihr übers Bett zu hängen – aber im richtigen Winkel.

Ein Teil von mir wollte sie sympathisch finden. Doch ich erinnerte mich daran, wie zänkisch sie mit Roscoe gewesen war, und der Eindruck den ich damals hatte, als ich sie kennenlernte, war der, daß sie plötzlich einen Weg gesehen hatte, an die Fleischtöpfe der Oberschicht zu kommen. Sie war eine Goldgräberin, die nicht nur fett geworden war, sondern, als die Goldader versiegte, auch noch böse.

Aber wenn ich jetzt diese Frau vor mir sah, deren Augen nicht nur vom Trinken gerötet waren, fragte ich mich, ob ich sie nicht doch etwas falsch eingeschätzt hatte.

»Im Rückblick denke ich, daß Sie Roscoe doch etwas Gutes getan haben«, sagte sie. »Auf lange Sicht jedenfalls.«

»Was meinen Sie damit?«

»Nun, kurzfristig kam ein Hoch, auf das ein Absturz folgte. Aber insgesamt glaube ich, daß die Korrespondenz mit Ihnen und Ihre Besuche sein Selbstvertrauen wieder aufgebaut haben, so daß er seine Selbstachtung einigermaßen erhalten konnte. Ich möchte mich bei Ihnen entschuldigen, Mallory. Ich war damals sehr grob zu Ihnen. Was meinen Sie, können wir noch einmal von vorn anfangen?«

Ich fragte mich, warum sie mir so um den Bart ging. Ich dachte dabei sogar laut.

»Aha«, sagte sie. »Die Suche nach dem versteckten Motiv. Ihr Krimischreiber seid doch alle gleich. Ein Schriftsteller als Ehemann ist fast genauso schlimm wie ein Psychiater. Erinnern Sie sich an den alten Witz, wo ein Psychiater jemand auf der Straße begegnet? Der Mann sagt: ›Hallo‹, und der Psychiater denkt: ›Ich wüßte doch zu gern, wie er das meint.‹ So ist es, wenn man mit einem von euch analytischen Gaunern verheiratet ist. Ihr versucht, euer Leben zu verstehen. Ihr sucht immer nach Motiven und ›Verhaltensmustern‹, wenn ihr mit anderen Leuten zu tun habt. Aber das Leben ist nicht so, wie ihr es in den Büchern beschreibt. Es ist ein verdammtes Chaos, Mallory. Es ist nicht sauber durchkonstruiert, und die Menschen verhalten sich nicht rational. Und die Dinge entwickeln sich nicht immer so, wie man glaubt.«

Irgendwann während ihres Monologes hatte sie ihre geröteten Augen aufgerissen, und nun, da sie geendet hatte, starrte sie ins Bier und weinte.

»Sie mögen wohl gesalzenes Bier, was?« sagte ich.

»Leck mich«, sagte sie; es war freundlicher gemeint, als es herauskam.

»Sie lieben ihn immer noch, nicht wahr?«

»Sie nicht?«

Irgend jemand hatte Geld in die Musikbox geworfen. Willie Nelson sang *Blue Skies*.

»Das ist ein schönes altes Lied«, sagte sie.

»Vielleicht, aber ich mag Willie Nelson nicht.«

»Hören Sie doch auf den *Text,* Sie Trottel. Sie wollen Schriftsteller sein – dann hören Sie auf die Worte!« Sie hörte gedankenverloren zu. Dann sagte sie fast sehnsüchtig: »Und er singt auch gut, dieser Willie Nelson. Was für ein Sänger. Was für ein Mann. Irgendwie erinnert er mich immer an Roscoe.«

»Ja«, sagte ich. »Sie sehen beide aus, als wären sie aus dem Zug gefallen.«

Sie fand meine Bemerkung witzig; sie lachte nicht sehr laut, aber sie lachte.

»Wir hätten Freunde werden können, Mallory.«

»Vielleicht ist es noch nicht zu spät dazu.«

»Vielleicht. Erzählen Sie mir doch von gestern abend und von Roscoe.«

»Dazu komme ich noch. Aber sagen Sie mir vorher, was dieser Auftritt mit dem Mädchen im Hotel sollte.«

Ihr eingefallenes Gesicht spannte sich. »Ich will mit der Nachtaufsicht sprechen. Mit diesem stellvertretendem Manager, der die Leiche meines Mannes gefunden hat.«

»Er hat sie nicht gefunden.«

»Ja, klar, dieses Miststück hat ihn gefunden. Aber der Typ war der erste, der dazukam.«

»Mit dem Miststück meinen Sie sicher Mae.«

»Mae, dieses Miststück, na klar. Dieses verdammte Miststück, das alles kaputtgemacht hat.«

Es war seltsam, daß Evelyn Mae so nannte, nachdem sie Roscoe seiner ersten, inzwischen verstorbenen Frau ausgespannt hatte.

»Genaugenommen war der Typ der *dritte,* der dort auftauchte«, sagte sie. »Soweit ich weiß, war jemand bei dem Miststück, als sie Roscoe fand, aber ich bekomme einfach nicht heraus, wer es war – aber der Nachtmanager kann mir sicher sagen, wer bei ihr war. Das war bestimmt jemand, mit dem sie gebumst hat. Mit dem will ich auch reden.«

»Evelyn, *ich* war dabei, als Mae Roscoe fand.«

Sie riß die Augen auf. »Oh, das wußte ich nicht.«

»Jetzt wissen Sie's. Ich erzählte ihr die Geschichte, versuchte aber, meine Verdachtsmomente herunterzuspielen. Es zog nicht.

»Sie haben den richtigen Riecher«, sagte sie.

»Was meinen Sie?«

»Er wurde wirklich ermordet.«

»Wie können Sie da so sicher sein?«

Sie zögerte. »Roscoe hatte eine große Sache vor.«

Ich beugte mich vor. »Was denn?«

»Vielleicht sag ich's Ihnen.« Sie biß sich auf die Lippen. »Aber nicht jetzt. Ich muß erstmal über alles nachdenken.«

»Wenn Sie etwas wissen, das helfen könnte, die Polizei davon zu überzeugen, daß es ein Mord war – oder einer gewesen sein *könnte* –, dann dürfen Sie es nicht für sich behalten, Evelyn. Sagen Sie mir, was Sie wissen.«

Sie lächelte, doch das Lächeln war seltsam vertraulich. »Kommen Sie mir nicht damit. Ich lese Ihre Bücher, Mann.«

»Was soll das denn heißen?«

»Genau das, was ich sagte. Ich lese sie. Roscoe hat sie mir gegeben; er war stolz auf Sie. Sie waren sein Lieblingsschüler. Und der einzige.«

Die halbverdrängten Gefühle überschwemmten mich; ich schluckte und versuchte, mein Bier salzfrei zu halten.

Ich sagte: »Ich verstehe immer noch nicht, was das mit . . .«

»Diese Geschichten, diese Bücher, die Sie geschrieben haben, die waren *wahr*, oder?«

»Mehr oder weniger.«

»Das dachte ich mir«, sagte sie mit einem verschlagenen Lächeln.

»Kommen Sie zur Sache, Evelyn.«

»Ihre Bücher haben mir nicht gefallen.«

»Und?«

»Die Schreibe schien okay; ich schreibe nicht selbst, aber ich habe lange genug mit einem Autor gelebt, um eine gute Schreibe zu erkennen, wenn ich sie sehe. Mir hat aber nicht gefallen, was Sie damit gemacht haben. Es hat mir nicht gefallen, daß Sie diese beiden wirklichen Morde, über die Sie gestolpert sind, zu Kriminalromanen verarbeitet haben. Es ist genau wie ich sagte – Schriftsteller verwandeln immer das wirkliche Leben in Geschichten, hübsch ordentlich mit Anfang und Mittelteil und Ende, aber das Leben ist anders. Und, offengestanden, ich glaube, es war ziemlich eklig, daß Sie diese Tragödien aus dem wirklichen Leben in etwas verwandelt haben, mit dem Sie Geld verdienen konnten.«

»Ihr Einwand ist angekommen, Evelyn. Aber was hat das mit Roscoe zu tun?«

Sie lächelte mich über ihr Glas hinweg böse an. »Ich will damit sagen, daß Ihr Amateurdetektivscheiß hier nichts zu suchen hat. Wir sind hier in Chicago, und Sie stecken bis über beide Ohren mit drin. Sie sollten es der Polizei überlassen, Junge.«

»Ich würde es gern der Polizei überlassen. Unglücklicherweise glaubt aber niemand außer mir, daß Roscoe ermordet wurde.«

»Ich glaube es. Und ich werde mit der Polizei darüber reden, darauf können Sie sich verlassen. Aber das ist *meine* Sache, Mallory. Ich werde es auf *meine* Art tun, weil es mich was angeht und Sie nicht; außerdem weiß ich, was los ist, während Sie keine Ahnung haben. Also nehmen Sie meinen mütterlichen Rat an und halten Sie sich raus.«

»Oh, wirklich?«

»Suchen Sie sich einen anderen Mord, über den Sie Ihr nächstes Buch schreiben können.«

Meine Achtung für Evelyn war eine Eintagsfliege gewesen.

»Was tun Sie überhaupt hier?« fuhr ich sie an. »Sind Sie heute morgen von Milwaukee heruntergekommen, als Sie von Roscoes Tod hörten, oder was?«

Sie trank einen Schluck Bier. »Ich wollte sowieso kommen. Ich hab's unterwegs im Radio gehört.«

»Und *warum* sind Sie gekommen?«

»Um mich mit Roscoe zu treffen, natürlich.«

»Evelyn – Sie und Roscoe wurden vor langer Zeit geschieden, und zwischen Ihnen war nicht gerade eitel Sonnenschein.«

Sie fuhr auf und verschüttete etwas Bier aus ihrem Glas. »Sie wissen nichts über mein Leben. Sie haben mein Leben nicht geschrieben, ich bin keine Figur aus einem Ihrer verdammten Bücher. Also hüten Sie sich, Aussagen über mich oder mein Leben zu machen.«

»Schon gut, vielleicht war das nicht sehr taktvoll. Aber was . . . was hatten Sie hier mit Roscoe vor?«

Sie lächelte sphinxhaft. »Es war zum Teil geschäftlich. Aber vor allem war es Liebe.«

Die Musikbox fing wieder mit *Blue Skies* an.

»Liebe?«

»Roscoe und ich wollten wieder zusammenkommen. Er wollte sich von Mae scheiden lassen.«

»Ach, hören Sie auf, Evelyn . . .«

Sie war verletzt, wütend. Plötzlich kam die hübsche Frau, die sie einmal gewesen war, wieder an die Oberfläche. Die fette alte Frau verschwand vorübergehend, und der Geist der knackigen Blondine war wieder da.

»Sie dachten, Sie wüßten viel über Roscoe«, sagte sie. »Nun, hier ist etwas, das Sie nicht wußten. Wir hatten seit sechs Monaten eine Affäre. Das Miststück dachte, der alte Gat Garson würde keinen mehr hochkriegen, aber bei mir hat's prima geklappt. Sie zahlen, ja?«

Damit stand sie auf und rauschte hinaus, schneller, als man es einer dicken Frau wie ihr zugetraut hätte, und als ich bezahlt hatte und ihr folgen wollte, war sie schon lange verschwunden.

8

Ich fuhr mit dem Aufzug zum zweiten Stock des Hotels hinauf, wo der Verkaufsraum eingerichtet war. Die Konfrontation mit Evelyn Kane hatte in mir eine Benommenheit hinterlassen, als wäre ich verprügelt worden. Ich wußte nicht, was ich von ihren Bemerkungen halten sollte; die Enthüllung, sie hätte mit ihrem Exmann ein Verhältnis, schien mir völlig absurd. Das bedeutete natürlich nicht, daß es nicht wahr sein konnte. Ich hatte mich gerade beim Portier erkundigt. Evelyn hatte im Americana-Congress kein Zimmer genommen – oder noch nicht, dachte ich. Sie war in einer heißen Staubwolke verschwunden – und mehr konnte ihre Geschichte über ihre Wiedervereinigung mit Roscoe auch nicht sein. Oder?

Der Empfangstisch der Veranstaltung stand direkt vor dem Aufzug. Die beiden jungen Frauen und der junge Mann dahinter waren Krimifans, die sich für diese Handlangerarbeit zur Verfügung gestellt hatten; sie schwatzten aufgeregt über die Autoren, die sie kennengelernt hatten. Sie verwiesen mich auf meinen Platz, indem sie zu erkennen gaben, daß sie offenbar noch nie von mir gehört hatten. Ich hatte im voraus bezahlt, und so mußte ich mich nur noch melden und mein Namensschild an meinen Pullover heften und mich durch ihre Unkenntnis erniedrigen lassen. Damit hatte der Bouchercon für mich begonnen.

Der Verkaufsraum, der sich genaugenommen über mehrere Räume hinter dem großen Goldsaal ausbreitete, wo der größte Teil des Cons stattfinden sollte, war noch nicht lange geöffnet, und einige Händler bauten noch ihre Stände auf. Auch der Tisch vom Mystery House war noch nicht fertig; einer von Gormans Lakaien war gerade mit Aufbauen beschäftigt. Es war ein dürrer, pickliger Junge in einem karierten Hemd; die große Freude, Gregg Gorman selbst zu sehen, würde noch etwas auf sich warten lassen.

Freitags war auf den Bouchercons noch nie viel losgewesen – nur die professionellen Autoren und knochenharten Fans, die aus allen Himmelsrichtungen angeflogen kamen, waren da. Am Sonnabend würden die Fans aus Chicago und Umgebung kommen und an den Veranstaltungen teilnehmen – Vorträge, Diskussionen, Filme –, und erst dann wäre der Chicagoer Bouchcon in vollem Gange.

Trotzdem schlenderten etwa fünfundzwanzig oder dreißig Leute zwischen den Ständen der fast ebensovielen Händler herum. Ich traf Sardini und Murtz, die beide neu erworbene Bücherstapel trugen. Beide sagten, nach dem Con müßten sie sofort nach Hause fahren und sich an den Schreibtisch setzen, um wieder hereinzuholen, was sie hier ausgegeben hatten. Einige Händler verkauften Neuerscheinungen von Donald. E. Westlake, Joe Gores und Lawrence Block – außerdem Studien und Biographien über Rex Stout, Dorothy Sayers und John D.

MacDonald. Und natürlich gab es die Bücher der Autoren, die am Con teilnahmen, was den Fans die Chance gab, die Bücher zu kaufen und signieren zu lassen. Cynthia Crystal saß an einem Tisch und tat im Augenblick genau dies mit ihrer Hammett-Biographie. Um sie hatte sich eine Traube von Fans gesammelt. (Alle trugen Brillen – sehen Sie, wohin es führt, wenn man zuviel liest?) Einige Händler boten auch meine Bücher an, und ich dankte ihnen für ihre Unterstützung. Die meisten Händler sind auch Krimi*fans*, und ein paar hatten ein oder zwei Exemplare meiner beiden Bücher beiseitegelegt, um sie von mir signieren zu lassen, was ich gerne tat. Wenn mich jetzt nur der Typ aus der Bank in Port City sehen könnte, dem ich immer meinen Ausweis zeigen mußte, ehe er meinen Scheck einlöste . . .

Die Hauptattraktion waren allerdings alte Bücher: Hardcoverbände in Staubschutzhüllen mit Preisen zwischen vierzig und hundert Dollar – *The Long Goodbye* von Raymond Chandler mit einem surrealistischen Titelbild, das eine kleine, blutüberströmte Figur zeigte; *Galatea* von James M. Cain, purpurn gebunden und mit dem Bild eines Wasserturms. Irgendwie ging die Ausstrahlung dieser Stücke an mir vorbei. Ich war kein Sammler – jedenfalls nicht der Typ, der unbedingt die Erstausgaben haben muß. Ein Roman ist ein Roman, und es ist mir egal, wie das Cover aussieht oder welche Ausgabe es ist, solange er in Englisch geschrieben ist. Aber es machte mir Spaß, die seltenen Taschenbücher aus den vierziger und fünfziger Jahren mit ihren grellen Titelbildern anzusehen.

Ich hatte vor Jahren in Secondhandläden eselsohrige Taschenbuchausgaben von Spillane, Prather und Roscoe Kane und anderen gesammelt. Die alten Bücher hatten prächtig aufgemachte Titelbilder – Busen, Blut und Ballermänner –, und was mehr konnte sich ein unruhiger Teenager wünschen? Und ich hatte einen Nickel oder einen Dime für das Stück bezahlt. Hier forderten (und bekamen) die Händler zehn Dollar und mehr. Es war nicht ungewöhnlich, daß ein Paperback (zum Beispiel *The Marijuana Mob* von James Hadley Chase oder *Five Murders* von Raymond Chandler) für dreißig Dollar oder mehr über die Theke ging.

Und die Roscoe-Kane-Taschenbuch-Erstausgaben – die gestern vielleicht noch fünf Dollar pro Stück gebracht hätten – waren mit fünfundzwanzig Dollar und mehr ausgezeichnet. Im richtigen Augenblick zu sterben, ist manchmal ein wahrer Segen für die Karriere. Gat Garson hätte die Händler, die sich über Nacht in Grabräuber verwandelt hatten, mit Freuden erschossen, aber Gat Garson war nicht da, und so erschoß ich sie. Meine Munition waren giftige Blicke statt 38er Kugeln. Nicht, daß es einer von ihnen bemerkte oder irgendwie reagierte.

Ich holte Kathy und ihr *Noir*-T-Shirt an einem Tisch ein, auf dem eine üppig ausgestattete Taschenbuchauswahl mit schreienden Farben und gewagten, blutrünstigen Motiven den Besuchern fast die Augen aus den Köpfen kullern ließ. Ich kannte den Händler. Es war Bob Weinberg, ein bärtiger Typ mit Brille und einem so trockenen Humor, daß man erst einen Tag später lachte; seine Preise waren wie üblich nicht übertrieben, und er hatte auch nicht die Preise für die Bücher von Roscoe Kane erhöht. Ich beglückwünschte ihn dafür.

»Ach, sei nicht albern«, sagte er. »Er war mit seinem grünen Pullover, dem beigen Hemd darüber und der grauen Hose ein konservativer Kontrast zu den aufdringlichen Titeln, die er verkaufte und die vor ihm ausgebreitet waren wie eine Kitschausstellung.

»Es ist einfach schön, einen Händler zu sehen, der sich nicht wie ein Leichenfledderer benimmt.«

»Es gibt ein Gerücht, daß Händler auch Menschen sind«, sagte er, aber es klang, als sei er selbst nicht ganz sicher. »Ich hab was von Roscoe Kane, das dich interessieren dürfte. Ich hab es sogar extra deinetwegen mitgebracht.«

»Ich hab alle seine Bücher, Bob. Und ich hab nicht die Geduld, die Kurzgeschichten in den Pulpmagazinen zusammenzusuchen.«

»Nein, das hier ist was ganz Besonderes. Ich glaube, es wird dir gefallen. Ich will nur rasch meine Frau fragen, wo es geblieben ist.«

Bobs Frau war zugleich seine Geschäftspartnerin.

Kathy betrachtete unterdessen das Cover eines Buches von Kane mit dem Titel *Hearse Class Frail.*

»Sagen Sie's nicht weiter«, sagte sie, »aber ich muß zugeben, daß mir die Titel gefallen.«

Das Bild, das sie gerade betrachtete, zeigte eine wunderschöne, vollbusige Blondine in einem Negligé, die aus ihrem Schlafzimmerfenster blickte. Unten, im blauen Halbdunkel der Nacht, verprügelte Gat Garson gerade einige Banditen.

»Die Bücher gefallen Ihnen nicht, aber sie mögen die Cover?« fragte ich.

Sie zuckte die Achseln. »Es erinnert mich an eine Ära . . . und ich muß Ihnen etwas gestehen.«

»Ich bin ganz Ohr.«

»Ich habe diese Gat-Garson-Bücher nie bis zum Schluß gelesen. Vielleicht sollte ich mir mal die Mühe . . .«

»Ich kaufe Ihnen eins von den besseren.«

»Das wäre schön. Ich würde Roscoe Kane gern noch eine Chance geben.«

»Als freundliche Geste mir gegenüber.«

Sie schenkte mir das spröde Lächeln Nummer 764. »Vielleicht versuche ich nur, Sie bei Laune zu halten. Ich rechne fest mit dem Interview.«

»Ihr Verleger könnte was dagegen haben, wenn Sie ein Interview mit mir machen.«

»Gregg läßt mir völlig freie Hand. Bleibt es bei dem Interview?«

»Klar, warum nicht?«

»Nachdem Sie mich zum Abendessen eingeladen haben?«

»Gern. Ich bin immer dafür zu haben, Journalisten vor dem Interview zu bestechen; das ist gut für mein Image.«

»Welches Image ist das denn?«

Ich sah sie düster an. »Der Gat Garson der achtziger Jahre.«

Weinberg kam zurück und brachte einen flachen, in Papier gehüllten Gegenstand mit. Das Ding war etwa vierzig mal fünfzig Zentimeter groß, und durch das Papier konnte ich undeutlich etwas sehen – etwas, das mir sofort sehr gefiel.

»Ich sammle so was nicht«, sagte ich nicht sehr überzeugend.

»Es liegt ganz bei dir«, sagte Weinberg, und es war kein Verkaufstrick.

»Es ist schön«, sagte Kathy. In ihrer Stimme schwang etwas wie Ehrfurcht mit.

Es war die Originalvorlage für das Titelbild von *Murder Me Again, Doll,* meinem Lieblingsroman mit Gat Garson; es war das Bild, das das Cover der Erstveröffentlichung im Jahre 1958 geschmückt hatte. 1961 hatte ich ein halbzerfetztes Exemplar gelesen; es war der erste Roman von Roscoe Kane, den ich in die Hände bekommen hatte, und durch dieses Buch war mein Gat-Garson-Fieber entflammt.

Das Bild zeigte Gat auf einer Feuerleiter. Eine schlanke blonde Schönheit in einem Negligé klammerte sich an ihn, während er mit seiner 38er auf mehrere bewaffnete Gangster schoß, die zu ihm heraufklettern wollten. Es war eine nächtliche Szene: Blautöne, die von roten und orangenen Flammen aus Gats Kanone durchbrochen wurden.

»Es ist von Kinstler«, sagte Weinberg. »Er ist jetzt ein bekannter Portraitmaler, und seine Paperback-Titelbilder werden sammelwürdig.«

»Das glaube ich gern.«

»Stell dir nur vor«, sagte Weinberg. »Ein Bild von jemand, der Gerald Ford *und* Gat Garson gemalt hat.«

»Ich glaube nicht, daß ich es mir leisten kann.« Ich hielt das Bild mit zitternden Händen – Gat schien sich zu bewegen, und ich konnte fast seine Kanone knallen hören . . .

»Eigentlich wollte ich zweihundert dafür haben; das heißt, wenn du es nicht willst. Für dich sollten es hundertfünfundsiebzig sein. Das war natürlich, bevor Roscoe Kane von uns ging.«

»Und wieviel willst du *jetzt*?«

»Hundertfünfundsiebzig.«

»Da Roscoe jetzt tot ist, könnte es leicht das Doppelte wert sein.«

»Ich hab es mitgebracht, um es dir für hundertfünfundsiebzig anzubieten. Willst du es oder nicht?«

Ich gab ihm das Bild zurück und stellte einen Scheck aus.

»Kann ich es bei dir lassen, bis ich mich hier umgesehen habe, Bob?«

»Klar«, sagte er achselzuckend, als hätte ihm der Handel nichts weiter bedeutet. Aber er hatte sich bemüht, mir entgegenzukommen und es geschafft, dem Gerücht, daß manche Händler doch Menschen seien, neue Nahrung zu geben.

Kathy und ich schlenderten weiter und betrachteten die verschiedenen farbenprächtigen Auslagen mit Taschenbüchern und Pulpmagazinen.

»Ist Ihnen aufgefallen, daß das Mädchen, das Gat auf dem Bild reitet, Ihnen sehr ähnlich sieht?« fragte ich sie.«

»Ich wollte es nicht sagen, weil es überheblich geklungen hätte«, sagte sie. »Das Mädchen ist sehr hübsch.«

»Meinen Sie nicht ›die Frau‹?«

Sie lachte mich schelmisch an. »Nein, Mal. Das war eindeutig ein Mädchen.«

»Dagegen sind Sie . . .«

»Eindeutig eine Frau. Ist das wirklich so schlimm?«

»Ich habe mich nicht beschwert.«

Wir kauften auf unserem Rundgang einige Bücher – sie eine Sonderausgabe vom letzten Roman unseres Ehrengastes Donaldson – *Poisonous Wine* –, die sie später signieren lassen wollte, und ich fand ein paar Romane von Jim Thompson, nach denen ich schon lange gesucht hatte. Er war ein weit unterschätzter Krimiautor der fünfziger Jahre, dessen geradlinige Bücher James M. Cain wie Loisa May Alcott erscheinen ließen. Phyllis White, die Witwe von Anthony Boucher, der dem Con den Namen gegeben hatte, und die alle Cons besuchte, schwatzte am Tisch der Mysterious Press mit Otto Penzler. Kathy und ich blieben einen Augenblick stehen, weil ich die Spillane-Collech'on kaufen wollte, die Penzler vor kurzem herausgebracht hatte. Otto und Mrs. White begrüßten uns mit einem Lächeln. Tim Culver hatte sich zu Cynthia am Autogrammtisch gesellt; sie waren freundlich zu den Fans, aber ich spürte immer noch die Spannung zwischen ihnen.

Dann kamen wir zum Tisch vom Mystery House, an dem verschiedene Veröffentlichungen von Gorman ausgestellt waren – einschließlich der Kassette von Carroll John Daly, die Tom Sardini und ich per Post bestellt hatten. Gorman war auch da.

Soviel zu menschlichen Händlern.

Ich hatte nicht bemerkt, daß er gekommen war, und das war fast dasselbe, als wäre mir entgangen, daß ein Müllkahn in den Yachthafen einfuhr. Ich war wohl gerade vom Handel mit Weinberg um das Bild gefesselt gewesen, und Gorman mußte in den letzten Minuten untypisch still gewesen sein, denn normalerweise hätte sich seine nervtötende Stimme wie ein schlechter Geruch in einem kleinen Raum ausgebreitet.

»Hallo«, sagte er. »Mallory, das Arschloch.«

Er war nicht groß; vielleicht einen Meter siebzig. Er hatte einen Bierbauch und einen Ziegenbart, in dem Kleckse seiner letzten Mahlzeiten hingen wie böse Erinnerungen. Sein schütteres Haar war ausgebleicht, ein fadenscheiniges Rot, und seine Nase war dunkelrot. Die Augen waren kleine Knöpfe, die unter buschigen Augenbrauen hervorlugten wie Käfer, die sich im Unkraut versteckten. Seine dicke Oberlippe war unter dem Bart geschürzt und entblößte Zähne, die gelb waren wie die Sonne, wenn sie auch nicht so hell leuchteten.

»Ich liebe dich auch, Gorman.«

Er deutete mit dem Daumen auf seine Brust, die in einem hellgrünen, bunt betupften Pullover steckte, auf dem ebenfalls Essensreste klebten. Der Pullover war über dem dicken Bauch so straff gespannt, daß man einzelne Fäden sah. Eine Hälfte des Hemdkragens stach aus dem Pullover hervor wie ein Messer, die andere steckte darunter. Für einen Burschen, der eine halbe Million im Jahr verdiente, sah er ziemlich mies aus.

»Wann immer du etwas von mir willst, du Arsch, kannst du dich vertrauensvoll an mich wenden. Wir können auch rausgehen, wenn du willst.«

»Gern«, sagte ich.

Er stand nervös und verblüfft hinter seinem Tisch; er überlegte sich wohl, was er nun tun sollte, da ich seine Herausforderung angenommen hatte.

Dann grinste er lahm. »Du fällst auch auf alles herein, Mallory. Du bist vielleicht ein Arsch.«

»Oh, jetzt verstehe ich. Du hast nur Spaß gemacht. Du willst gar nicht mit mir rausgehen und mich verprügeln.«

»Ich hab was Besseres zu tun.«

»Zum Beispiel Leute übers Ohr hauen?« sagte ich.

Er wurde knatschig. »Das ist ein schwerer Vorwurf, du Arsch. Du . . . du solltest das besser zurücknehmen.«

Ich blickte zu Kathy, deren Gegenwart Gorman bisher noch nicht zur Kenntnis genommen hatte, obwohl sie eine seiner Publikationen herausgab. Ich sagte zu ihr: »Wollen Sie wissen, warum der König der Verleger mich nicht leiden kann?«

Zwischen mir und ihrem Chef in der Klemme, setzte Kathy einen nichtssagenden Ausdruck auf und schwieg.

Ich fuhr fort: »Es gab einmal einen alten Krimiautor namens Raoul Wheeler. Er war nicht der beste Autor der Welt, aber er hatte in den vierziger Jahren eine Serie von Kurzgeschichten über einen Mann geschrieben, den man als Vorläufer von James Bond bezeichnen kann. Erik Flayr hieß der Held, ein Geheimdienstmann, der sich mit übergroßen Halunken herumschlug.«

Kathy nickte; sie hatte von Wheeler und seinem Geschöpf gehört.

Obwohl sie das meiste bereits wußte, wollte ich ihr alles sagen, denn um uns hatten sich einige Leute gesammelt, die die Raoul-Wheeler-Story sicher noch nicht kannten.

»Wheeler war ein Autor wie Carroll John Daly; er wird in der Sekundärliteratur häufig erwähnt, aber er hat damals nicht den ganz großen Durchbruch geschafft. Sein Held Flayr wurde durch die Pulpmagazine eine Zeitlang sehr populär, und die Columbia Pictures drehte sogar ein Serial über ihn, aber das war's dann auch für Wheeler – damit war seine Karriere vorbei. Dann kam der James-Bond-Boom der sechziger Jahre, und einige Krimihistoriker erinnerten sich an Wheelers Werk und brachten seinen Namen wieder ins Gespräch. Doch während der James-Bond-Zeit wurde keine einzige Wheeler-Geschichte mit Eric Flayr nachgedruckt, weil Wheeler nie Romane, sondern immer nur Kurzgeschichten über seinen Helden geschrieben hatte, und die Taschenbuchverlage veröffentlichten lieber Romane als Kurzgeschichtensammlungen . . .«

Der Rest von Gormans Gesicht wurde langsam genauso rot wie seine Nase.

»Wheeler schrieb gegen Ende seiner Karriere Softpornos und Familienromane, doch er hatte nicht viel Erfolg . . . aber auf Eric Flayr war er wirklich stolz. Er lebte damals in Clinton, Iowa, ganz in der Nähe meiner Heimatstadt. Als ich hörte, daß er dort lebte, besuchte ich ihn. Er wohnte in einer Zweizimmerwohnung, und er war krank – er starb an Krebs. Ein zierlicher kleiner Mann mit einem Schnurrbart. Abgemagert. Aber er war ein freundlicher alter Herr, der viele Geschichten über die Leute zu erzählen hatte, die er damals in den Pulp-Tagen kennengelernt hatte – Hammett, Chandler, Daly, Fred Nebel, Frank Gruber und so weiter – und er hatte eine komplette Sammlung von *Thrilling Detective Adventure,* in denen alle seine Eric-Flayr-Geschichten abgedruckt waren. Eines Nachmittags schenkte er mir die Sammlung. Es war ein großes Geschenk, ein Vermächtnis.«

Gorman begann mit seinem Lakaien, diesem jungen Pickelburschen in dem karierten Hemd, zu sprechen. Er gab vor, mich zu ignorieren, während sich um uns weitere Menschen sammelten.

»Ich hatte damals noch keine Ahnung – es war vielleicht vor sechs Jahren. Alles, was ich über Gregg Gorman wußte, war, daß er seltene, wichtige Kriminalromane nachdruckte und damit die eingefleischten Krimifans versorgte. Ich schrieb ihm, erzählte ihm, daß ich eine vollständige Sammlung der Flayr-Geschichten hätte, und schlug ihm vor, sie zu einem Buch zusammenzustellen. Gorman rief mich an – er war etwas ruppig, aber ich dachte, das wäre eben der Unterschied zwischen Chicago und Port City, Iowa. Was kümmerte es mich, wenn er ein Widerling war, solange er eine Sammlung von Wheelers Geschichten veröffentlichte – was er, wie er sagte, vorhatte. In Wirklichkeit hatte der die Idee schon gehabt, bevor ich mich an ihn gewendet hatte, doch er hatte sie nicht verwirklichen können, weil die Magazine einfach zu selten waren – nicht einmal die Top-Sammler wie Blackbeard und Pronzini hatten komplette Ausgaben von *Thrilling Detective Adventures!* Deshalb war er sehr dankbar.«

Gorman gab es auf, so zu tun,, als beachte er mich nicht, und verlegte sich darauf, mich böse anzustarren.

»Wir trafen uns in Chicago und einigten uns: ich sollte ihm Fotokopien aller Geschichten schicken – es waren insgesamt über vierzig –, und er würde Wheeler für jedes Buch tausend Dollar Vorschuß zahlen. Gorman plante vier Sammelbände mit Eric-Flayr-Geschichten. Viertausend Dollar sind nicht die Welt, aber für Wheeler hätten sie eine Menge bedeutet – finanziell, und weil sie ihm seine Selbstachtung zurückgegeben hätten, denn das Geld hätte ihm gezeigt, daß er etwas geschrieben hatte, das die Zeit überdauert hatte und ihm auch heute noch, im Alter, ein paar Dollar einbringen konnte. Außerdem erklärte Gorman sich einverstanden, mich als Herausgeber der vier Bücher zu nennen. Ich sollte Vorworte schreiben und hundert Dollar pro Buch bekommen. Das bedeutete mir damals eine ganze Menge, denn ich hatte bisher nur ein paar Kurzgeschichten in *Mike Shance's Mystery Magazine* veröffentlicht, und es konnte mir nur nützen, wenn mein Name ins Gespräch kam.«

»Verschwinde«, sagte Gorman. »Du blockierst meinen Tisch – ich hab hier zu tun.«

»Was dann kam, war vorauszusehen. Gorman sah an den Copyrightvermerken in *Thrilling Detective Adventure*, daß die Rechte erloschen waren, so daß die Eric-Flayr-Geschichten frei waren. Er stellte aus dem fotokopierten Material die Bücher zusammen, und weder Wheeler noch ich selbst sahen je auch nur einen Cent.«

Gorman sagte: »Du hattest keinen Vertrag, du Arsch.«

Ich zielte mit dem Finger auf ihn. »Sag das noch *ein* einziges Mal.«

Er zog eine höhnische Grimasse, sagte aber nichts.

»Wheeler starb, bevor der erste Band erschien«, sagte ich zu Kathy und der kleinen Menschenmenge. »Und Gorman begründete auf diesen Büchern sein Verlagsimperium.«

»Imperium«, schnaubte Gorman. »Ich bin nur ein kleiner Geschäftsmann, ich leite ein mittelständisches Unternehmen, und ich bin selbst Krimifan. Wer außer mir hätte schon den Mist dieses alten Lohnschreibers gedruckt? *Ich* hab ihm den

Ruhm verschafft. Du heulst ja nur, weil dein Name nicht auf dem Einband stand.«

Ich schwieg.

Die Menge begann sich zu zerstreuen – und alle schüttelten den Kopf.

»Danke, Mann«, sagte er. »Ich sollte dich wegen Rufschädigung verklagen.«

»Dazu brauchst du erst mal einen«, sagte ich.

Außerdem – diese Fans würden Gorman nicht boykottieren; sogar *ich* kaufte seine Bücher, obwohl ich es bei einem anderen Händler tat, um ihm nicht die Genugtuung zu geben, daß er Geld von mir erhielt. Trotz aller seiner Fehler war Gorman einer von ganz wenigen Verlegern, die seltene, für die Fans wichtige Bücher neu auflegten; und er war wirklich der Verleger, der verhindert hatte, daß die Eric-Flayr-Geschichten vergessen wurden. Außerdem war er der erste amerikanische Verleger, der nach mehr als einem Jahrzehnt Roscoe Kane herausbringen wollte . . .

»Ich will mit dir über Roscoe Kane sprechen«, sagte ich.

»Leck mich«, sage er.

»Ich muß zugeben, daß ich mich freue, daß du Roscoes letzte Garson-Romane herausbringen willst.«

»Ich bin der erste in den Staaten, der sich daran wagt«, sagte er geschmeichelt.

»Vielleicht könntest du durch Roscoes Tod und der damit verbundenen Publicity an diesen Büchern sogar eine schöne Stange Geld verdienen.«

»Was soll das heißen?«

»Das ist nur eine Beobachtung.«

»Verschwinde hier, Mallory! Mach, daß du fortkommst!« Er blickte zu Kathy. »Du bist doch wohl nicht mit *dem* da zusammen, oder?«

Kathy, die durch unser beider Verhalten wie betäubt war, konnte nur stumm nicken.«

»Du bist in schlechter Gesellschaft, Baby«, sagte er zu ihr.

Sie wurde wütend. »Das ist noch gar nichts gegen gewisse Verleger.« Sie wandte sich abrupt ab und entfernte sich rasch.

Ich zielte wieder mit dem Finger auf Gorman. »Wir werden uns noch sprechen«, sagte ich.

»Ich zittere wie Espenlaub«, sagte Gorman, während er sich bewegte wie ein kleiner Junge, der von einem anderen Jungen bedroht wird. Was vielleicht auch der Fall war.

Als ich Kathy eingeholt hatte, funkelte sie mich an. »Hätte das nicht warten können?«

»Äh, was denn?«

»Ihr Auftritt bei Gorman. Er ist mein Boß!«

»Ach, kommen Sie – der Typ ist ein Frosch. Er ist . . .«

»Er ist mein Verleger!« Sie baute sich vor mir auf und starrte mich wütend an. »Das *Noir* bedeutet mir sehr viel. Ich verdiene nicht viel damit, aber es ist der Teil meines Lebens, der den Rest meines Lebens lebenswert macht. Und Gorman ist mein Verleger. Er ist vielleicht nicht Hugh Hefner, aber er ist mein Verleger!«

»Er ist nicht einmal Larry Flynt, Kathy.«

»Das ist mir egal! Hätten Sie nicht so rücksichtsvoll sein können, diese Schau ohne mich abzuziehen? Das war sehr gedankenlos!«

Ich seufzte. »Ja. Sie haben wohl recht. Es tut mir leid.«

»Lassen Sie mich in Ruhe.«

Sie ging zum Aufzug.

Sie drückte auf den AUFWÄRTS-Knopf und wartete mit verschränkten Armen. Ich folgte ihr und sagte: »Bleibt es bei dem Abendessen?«

Ihre Antwort riß mir fast den Kopf vom Hals. »Wieso? Wollen Sie kneifen?«

»Nein.«

»Ich auch nicht«, sagte sie. Als sie in die Kabine trat, sah ich den Hauch eines neuen, spröden Lächelns, bevor sich die Türen schlossen.

9

Ich lehnte das Titelbild von *Murder Me Again, Doll* direkt neben meinem Bett gegen die Wand; das Einwickelpapier ließ ich darüber, doch die grellen Farben schrien hindurch und erinnerten mich an Roscoe Kane. Ich drehte es mit der Vorderseite zur Wand und begann mich zu fragen, ob es nicht doch ein Fehlkauf gewesen war.

Nein, sagte ich mir, eines Tages werden die häßlichen Umstände von Roscoe Kanes Tod in meinem Gedächtnis zu verblassen beginnen, und Kane, der Autor und Gat Garson, die Romangestalt, werden in den Vordergrund treten und alles andere in den Hintergrund schieben, wo es auch hingehörte. Dann konnte ich mein Bild genießen . . .

Schließlich konnte ich ja auch wieder die Beatles hören, oder? Ich konnte mir »Hard Days Night« oder »Eight Days a Week« anhören und lächeln und mitsingen. Eines Abends, vor gar nicht so langer Zeit, war der alte Film mit Mamie van Doren, den ich gerade angesehen hatte, unterbrochen worden (es war *Sex Kittens Got to College* gewesen), und ich hatte sofort gewußt, daß ich von diesem Augenblick an nie wieder würde Mamie van Doren sehen können, ohne an John Lennon zu denken, und ich glaubte, ich könnte nie wieder die Beatles hören, jedenfalls nicht fröhlich . . .

Aber auch das war vergangen, und jetzt waren die Beatles neben anderer Musik, die ich in meiner Zeit auf der Junior High und der Highschool kennengelernt hatte, fast das einzige, das ich aushalten konnte; die Musik erinnerte mich an jene Zeit. Ich hatte ein kleines Cassettendeck von Sony, das jetzt vor mir auf der Kommode stand. Ich schob eine Kassette hinein – Bobby Darin – und ließ mich aufs Bett zurückfallen, um mich zu entspannen und Roscoe Kane für eine Weile zu vergessen.

Aber Bobby Darin ließ mich nicht.

»Splisch splash«, sang er. *»I was taking a bath . . .«*

Ich setzte mich wieder auf.

»Sehr witzig, Bobby«, sagte ich. Ich stand auf und schaltete das kleine Gerät aus.

Dann wählte ich die Nummer von Maes Zimmer.

»Ja . . .«, sagte sie zögernd. Nach dem Klang ihrer Stimme zu urteilen – ganz zu schweigen von den acht Freizeichen, die verklungen waren, ehe sie abgenommen hatte – hatte sie reichlich Anrufe von der Presse und von anteilnehmenden Mitmenschen bekommen, und so langsam hatte sie anscheinend die Nase voll.

»Mae, ich bin's, Mal.«

Die Stimme wurde warm, rauchig. »Mal. Von wo aus rufen Sie an?«

»Aus meinem Zimmer.«

»Sie hätten bei mir hier oben vorbeikommen sollen, wenn Sie reden wollen. Ich könnte etwas Gesellschaft gebrauchen. Ich mußte alle Mahlzeiten im Zimmer einnehmen; der Zimmerkellner ist inzwischen mein bester Freund.«

Ich wollte nicht zu ihr hinaufgehen – teils, weil ich, sexuell gesprochen, mir selbst nicht traute, wenn sie in der Nähe war, und teilweise, weil ich auch ihr nicht so ganz traute, denn möglicherweise ging es ihr ähnlich.

Aber das sagte ich nicht.

Statt dessen sagte ich: »Ich bin vorhin Evelyn Kane begegnet.«

Es gab eine lange Pause, eine schwangere Pause – aber ich brauchte nicht neun Monate zu warten, um zu sehen, mit was die Pause geschwängert war: es war Haß. Haß, der aus dem Hörer strömte wie heiße Luft aus einem Fön.

Maes herausgepreßte Worte waren allerdings eher eiskalt.

»Was macht dieses Miststück denn hier?« sagte sie.

Sie und Evelyn hatten auch eine Sprache gemeinsam.

»Seien Sie fair, Mae. Sie war schließlich einmal Roscoes Frau. Sie hat das Recht, zu trauern.«

»Dann soll sie zur Andacht kommen. Montag in Milwaukee; hier hat sie nichts zu suchen.«

»Vielleicht haben Sie recht. Sagen Sie, hat sie sich in den letzten Monaten mit Roscoe getroffen?«

Ihre Stimme klang besorgt, als sie fragte: »Was meinen Sie damit?«

Offenbar war ich dabei, gefährliches Terrain zu betreten. »Oh, Sie wissen schon«, stotterte ich, während ich versuchte, meiner Stimme einen beiläufigen Klang zu geben. »Man trifft sich um der guten alten Zeiten willen, um den Graben zu überbrücken und das Kriegsbeil zu begraben. So was in der Art.«

»Tja.« Sie schwieg eine Weile, und der Haß verschwand, oder sie hielt ihn unter Kontrolle; sie fing sich langsam. »Ich glaube, sie haben sich einige Male getroffen. Einmal zufällig in einem Geschäft, glaube ich. Und anscheinend haben sie sich ganz vernünftig benommen. Danach haben sie sich noch ein- oder zweimal auf einen Drink verabredet. Die Ehe . . . es gab viel böses Blut, wie Sie sich vielleicht erinnern. Vielleicht hatten sie das Gefühl, daß nach all den Jahren . . . daß sie wenigstens wieder vernünftig miteinander reden sollten.«

»Und weiter ging es nicht?«

»Natürlich nicht. Was hätte sonst auch sein sollen?«

»Evelyn hat behauptet . . . ich weiß nicht, ob ich darüber sprechen kann. Es geht mich ja auch nichts an . . .«

Mae lachte; es klang etwas sarkastisch. »Hat Sie das jemals davon abgehalten, etwas zu tun?« Außerdem klang ihre Stimme nach Gin; der Zimmerkellner war anscheinend wirklich ihr bester Freund.

»Sie haben recht. Evelyn hat gesagt – sie sagte, sie und Roscoe hätten eine Affäre.«

Schweigen.

»Mae?«

Schweigen.

Und dann platzte sie heraus.

»Mae?« sagte ich laut in den Hörer, um das andauernde Lachen zu übertönen.

Schließlich konnte sie sich lange genug zusammennehmen, um zu sagen: »Das ist ja ein Ding. Oh, ist das ein Ding.«

»Kann ich das als ›Nein‹ auffassen?«

»Mal, Sie haben uns doch gesehen, Evelyn und mich. Mit wem würden *Sie* denn eher . . . Sie hatte noch nicht genug Gin getrunken, um den Satz zu beenden. Sie fuhr rasch fort: »Sie kannten Roscoe ziemlich gut. Was meinen Sie? Glauben Sie, er hätte mich betrogen und wäre mit Madame LaFarge ins Bett gegangen?«

»Mae, er war einmal mit ihr verheiratet. Wahrscheinlich hat er sie geliebt. Liebe macht blind.«

»Vielleicht, aber sie macht nicht dumm. Mal, sie ist ein verrücktes, gemeines Miststück. Was kommt als nächstes? Ein Testament, das ihr den Bungalow zuspricht, und das in kreolisch abgefaßt ist? Sie ist verrückt. Roscoe war nett zu ihr, weil sie Pech gehabt hatte; sie tat ihm leid. Vielleicht – vielleicht fühlte er sich sogar etwas schuldig, weil er sie sitzengelassen hatte. Roscoe hatte manchmal schwere Depressionen. Er fühlte sich wegen Evelyn und Winnie schuldig.«

Winnie war Winifried, Roscoes erste Frau, die schon vor vielen, vielen Jahren gestorben war.

»Also«, sagte ich, »dann war seine erneute Annäherung an Evelyn von seiner Seite reines Mitgefühl.«

»Mal, er ist ab und zu mal auf einen Drink mit ihr ausgegangen. Es war kein Verhältnis.«

»Mae, es fällt mir schwer, weiterzufragen.«

»Sie werden es schon schaffen . . .«

»Sie sagten, Sie und Roscoe wären, nun ja, Sie wären in der letzten Zeit sexuell nicht sehr aktiv gewesen.«

»Er war impotent, Mal.«

»Könnte es nicht das Verhalten eines Mannes gewesen sein, der ein Verhältnis mit einer anderen Frau hat?«

»Mal! Mein Gott, er hatte Schwierigkeiten mit der Prostata und hat sich deshalb behandeln lassen. Muß ich ins Detail gehen?«

»Nein«, sagte ich. Ich wünschte mir einen Felsen, unter dem ich mich verkriechen konnte.

»Außerdem, wenn Roscoe mich verlassen wollte, dann konnte er es ganz einfach tun. Roscoe und ich haben – hatten – ein paar tausend Dollar gespart, und wir hatten ein kleines Haus. Es war nicht genug, um sich ernsthaft darum zu streiten. Mal, Evelyn Kane ist eine Verrückte. Warum hören Sie auf sie?«

»Mae, Sie waren einverstanden, daß ich mich umhöre, was die Leute zu Roscoes Tod zu sagen haben. Und Evelyn ist hier.«

»Stimmt. Entschuldigung. Ich wollte Sie nicht anfahren.«

»Schon gut. Ich hab's ja irgendwie auch verdient.«

»Wann ist sie angekommen, Mal?«

»Bitte?«

»Evelyn. Wann ist sie angekommen?«

»Heute, sagte sie.«

»Was glauben Sie, wo sie gestern abend war?«

»Das weiß ich nicht; es ist eine gute Frage. Aber ich weiß ja nicht einmal, wo sie jetzt ist.«

»Warum nicht?«

Ich erklärte ihr, daß Evelyn kein Zimmer im American-Congress genommen hatte, wenigstens nicht in den letzten Stunden.

»Sie hat wohl ein anderes Hotel«, sagte ich. »Durch den Con ist das Hotel vielleicht überfüllt.«

»Vielleicht schläft sie auch im Wagen«, sagte Mae bissig. »Sie ist eine tolle Frau.«

»Sie erwähnten eine Möglichkeit, Roscoes Sohn zu erwischen«, erinnerte ich sie.

»Jerome?« Sie lachte; es war fast ein Kichern. »Ich bin sicher, daß er es gern hat, egal, wo Sie ihn erwischen. Kein Problem.«

»Mae, trinken Sie nicht zuviel Gin, ja?«

»Das war ziemlich böse, was? Jerome ist bei einem Typen namens Troy oder so ähnlich; ich hab's irgendwo notiert . . .«

Sie suchte einen Augenblick, dann gab sie mir den Namen und die Telefonnummer und fragte: »Haben Sie schon den Gerichtsmediziner angerufen?«

»Nein. Ich wollte das direkt nach dem Gespräch mit Ihnen erledigen.«

»Gut. Sollen wir heute abend essen gehen?«

»Nein, danke, Mae. Ich habe schon eine, äh . . .«

»Eine Verabredung? Kenne ich sie?«

»Ich glaube nicht. Eine junge Frau.«

»Ich bin eifersüchtig«, sagte sie; sie wollte damit vorspiegeln, daß sie es nicht war. »Sie hätten bei mir den Zimmerservice übernehmen können.« Sie sagte es gleichmütig, ohne besonderen Unterton, aber die Anspielung war deutlich.

»Das wäre schön gewesen«, quetschte ich heraus.

»Vielleicht können Sie später mal raufkommen.«

»Ich werde versuchen, es einzurichten.« Auf keinen Fall!

»Besonders, wenn Ihre Nachforschungen zu irgend etwas führen.«

»Sie werden die erste sein, die es erfährt.«

»Danke, Mal. Ich wußte, daß ich auf Sie zählen kann.«

»Ich verspreche Ihnen, daß ich später anrufe.«

»Bitte tun Sie es, Mal.«

Wir legten auf.

Ich rief das gerichtsmedizinische Institut in Chicago an und erreichte Myers, den bulligen Gerichtsmediziner, den ich in der vergangenen Nacht kennengelernt hatte. Ich stellte mich vor, und er grunzte. Ich erzählte ihm von dem Mädchen und den nassen Handtüchern, und er sagte, das ist sehr interessant und vielen Dank auch. Dann legte er auf.

Ich hatte gewußt, daß er so reagieren würde, aber ich hatte Mae versprochen, die Sache mit den nassen Handtüchern weiterzugeben, und damit hatte ich meiner Pflicht genüge getan.

Ich rief den Empfang an und fragte, ob Evelyn Kane ein Zimmer genommen hätte, doch das hatte sie nicht. Dann erkundigte ich mich, ob das Hotel durch die Convention ausgebucht wäre, und so war es auch.

Das erklärte, warum Evelyn kein Zimmer im Hotel genommen hatte. Oder? Wenn sie im voraus geplant hatte, von Milwaukee herunterzukommen und sich mit Roscoe zu treffen, hätte sie doch ein Zimmer reservieren können, oder?

Ich rief bei Jerome Kanes Freund an, der tatsächlich Troy hieß. Unter der Nummer meldete sich ein Anrufbeantworter, und eine sehr maskuline Stimme sagte: »Hier ist Troy. Ich bin im Augenblick nicht zu erreichen. Bitte hinterlassen Sie nach der Musik eine Nachricht.« Nach der Ansage kam eine Instrumentalversion der Titelmelodie aus dem Film *Arthur*; ich hinterließ keine Nachricht, sondern legte während der Melodie auf.

Ich mußte mit Gorman sprechen. Im Verkaufsraum hatte ich es verpatzt; ich hätte so tun sollen, als wäre zwischen mir und dem alten Gregg alles vergeben und vergessen, um ihn dann mit einigem harten Fragen zu überraschen. Zum Beispiel: Wo warst du eigentlich in der Nacht, als Roscoe starb?

Jetzt mußte ich auf eine günstige Gelegenheit warten, am besten an einem Ort, wo ich mir Gorman allein schnappen konnte.

Vorher wollte ich noch mit Roscoes Sohn Jerome sprechen, doch er und Troy waren nicht zu Hause.

Ich legte mich hin und wollte schlafen, doch nach knapp zehn Minuten schreckte ich wieder auf, als es an der Tür klopfte.

Ich stand auf und öffnete. Vor mir stand ein großer, dünner und gebräunter Mann, etwa vierzig Jahre alt, dessen blendend weißes Haar sehr kurz geschnitten war. Er trug einen beigenen Anzug und ein hellblaues, am Kragen offenes Hemd. Auf der unbehaarten Brust lag eine schlanke, elegante Goldkette.

Das Gesicht kam mir bekannt vor, obwohl ich dem Mann noch nie begegnet war.

Es war Roscoe Kanes Gesicht.

Oder besser, es war Roscoe Kanes Gesicht, bevor die Zeit und der Schnaps und das Alter ihre Spuren hinterlassen und es in das Antlitz eines Basset verwandelt hatten. Die hellblauen Augen waren dieselben wie Roscoes.

Er streckte eine schlanke Hand aus, die ich nahm. Sein Händedruck war fest.

»Es tut mir leid, daß wir uns unter so tragischen Begleitumständen begegnen müssen, Mr. Mallory.« Es klang mehr nach gespielter als nach echter Trauer. »Ich bin . . .«

»Ich weiß, wer Sie sind«, sagte ich. »Troys Freund.«

10

Wir saßen direkt neben dem Tisch, an dem ich am vergangenen Abend mit seinem Vater gesessen hatte. In der Nähe entdeckte ich einige vertraute Gesichter – Tom Sardini und Peter Christian waren da; sie saßen in einer großen Gruppe von Autoren, von denen ich nur wenige kannte. Aber ich brauchte nicht jeden einzelnen zu kennen, um zu wissen, daß sie Autoren waren –

viele Bärte und langes Haar und Brillen und etwas ramponierte Kleidung. Wir waren ein Völkchen, das man leicht erkennen konnte. Ich hatte keinen Bart oder Schnurrbart, aber es hatte einmal eine Zeit gegeben, damals, als Woodstock mehr war als eine Figur aus den *Peanuts*, als ich auch meinen Urwald im Gesicht hatte. Der leicht unkonventionelle Anblick der Krimiautoren in meinem Alter erinnerte mich schwach an die links orientierten politischen Aktivitäten, denen wir damals nachgegangen waren. Einige von uns waren republikanische Stammwähler (ich allerdings nicht), doch man konnte uns ansehen, zu welcher Generation wir gehörten. Wir sahen aus wie Professoren auf Probe an kleinen Colleges – die Sorte, die nie in eine höhere Position gewählt wird, sondern nur gegen den Widerstand anderer und durch ihr Sitzfleisch die volle Professur erreichen.

Tom und Pete winkten mir zu, mich zu ihnen zu setzen, doch ich winkte zurück und schüttelte lächelnd und so freundlich wie möglich den Kopf und wandte mich Jerome Kane zu.

Jerome gehörte nicht zur Woodstock-Generation; er gehörte in die Eisenhower-Zeit und war gerade zu jung für Korea und gerade zu alt für Vietnam. Es war eine konservative Zeit gewesen, eine sichere Zeit. Doch eine Zeit, die ihre Schicksalsschläge gehabt hatte – jedenfalls Schicksalsschläge, gemessen an den Maßstäben jener Zeit. Heute, in den aufgeklärten achtziger Jahren ist Homosexualität schließlich kein Schicksalsschlag mehr.

Ich konnte Jerome Kane trotzdem nicht leiden. Er hatte im Aufzug höflich und mit weicher Stimme gesprochen, und sein Benehmen war makellos. Er bewegte sich anmutig, aber keineswegs weibisch. Ich glaube, meine instinktive Ablehnung gegenüber Homosexuellen – soweit sie vorhanden war – war nicht der Grund für meine Abneigung. Abneigung? Das Wort war zu stark. Vorbehalte. Ich hatte Vorbehalte gegenüber diesem Mann.

Warum?

»Ich beneide Sie«, sagte er unvermittelt.

Wir bestellten unsere Drinks – er Scotch und Tonic wie sein Vater, während ich mich für eine Coke entschied. Ich wollte keinen Alkohol trinken, um einen klaren Kopf zu behalten, sondern lieber Koffein, um auf Touren zu bleiben. Wir schwiegen, während wir auf die Drinks warteten. Ich hatte einige Fragen, doch er hatte sozusagen diese Sitzung einberufen, und deshalb sollte er das erste Wort haben. Ich wollte ihm die Führung überlassen, solange ich es für richtig hielt.

Und jetzt beneidete er mich plötzlich.

»Warum?« sagte ich.

»Sie kannten meinen Vater, wie ich ihn nie kennen konnte. Und jetzt ist er tot.«

»So nahe standen wir uns gar nicht.«

Die Drinks kamen. Eine hübsche Serviererin, noch vollbusiger als die Bedienung vom vergangenen Abend, gewährte mir einen großzügigen Einblick, als sie die Gläser auf den Tisch stellte. Ich lächelte sie an, und sie erwiderte höflich mein Lächeln, und dann bemerkte ich, daß ich es überzogen hatte und kam mir sehr dumm vor. Ich saß mit einem Homosexuellen am Tisch und hielt es für nötig, meine Heterosexualität unter Beweis zu stellen.

Die hellblauen Augen strahlten. »Ein hübsches Mädchen.«

»Ist es Ihnen auch aufgefallen?«

»Ich bin schwul, aber nicht blind. Und woher wissen Sie, daß ich nicht ab und zu auch das schönere Geschlecht schätze? Haben Sie in Iowa noch nichts von Bisexuellen gehört?«

»Nein, aber in Kalifornien habe ich davon gehört.«

»*Touché*. Wie ich schon sagte.«

»Was sagten Sie?«

»Sie können mich nicht leiden, Mr. Mallory.«

»Das haben Sie gesagt.«

»Nein, das haben Sie gesagt.«

»Ich kann mich nicht erinnern, viel gesagt zu haben.«

»Genau auf diese Weise haben Sie es gesagt.«

»Ersparen Sie mir das kalifornische Gelaber, ja?«

»Nennen Sie das in Iowa so?«

»Eigentlich nennen wir es blödes Geseiere. Ich wollte nur höflich sein.«

»Ach so. Verachtung wird oft durch gespielte Höflichkeit ausgedrückt.«

Ich trank einen Schluck Coke. »Sie können mich mal, Jerome.«

Die Augenlider schoben sich halb über die hellblauen Augen. »Das interessiert mich. Warum können Sie mich nicht leiden? Ich bin ziemlich sicher, daß es nicht an meinen sexuellen Neigungen liegt.«

»Das ist richtig.«

»Was ist es dann?«

Ich suchte nach einer Antwort, nach einer schlauen Bemerkung, um ihm rasch den Ball zurückzuspielen. Doch ich fand keine.

Und er saß mir gegenüber und starrte mich mit den Augen seines Vaters an, und auf seiner gebräunten Haut lag die Goldkette und reflektierte die Lampen.

Schließlich sagte ich: »Ich weiß es nicht. Ich weiß nicht, warum ich Sie nicht leiden kann. Sie scheinen ganz vernünftig zu sein. Ich glaube, ich . . . vielleicht gefällt es mir nicht, daß Sie Ihrem Vater nicht die nötige Achtung entgegenbringen . . . oder dem, was er war.«

»Ist das alles?«

»Nun, ich glaube, Sie verstellen sich etwas . . .«

»Sie nicht? Verwirren Sie sich nicht selbst mit dem billigen Abklatsch von Philip Marlowe, den Sie in Ihren Büchern schildern?«

»Ich weiß, wo die Fiktion endet und wo die Realität anfängt.«

»Oh, wirklich? Und wo?«

»Irgendwo östlich von San Francisco.«

Er verzog den Mund zu einem schiefen Lächeln, und seine Augen schienen breit zu grinsen. »Jetzt reden Sie wie ein billiger Abklatsch von Gat Garson.«

Ich mußte lächeln. Ich mußte aufpassen; es war möglich, daß ich diesen Mann plötzlich mochte.

»Haben Sie die Bücher Ihres Vaters gelesen?«

Er nickte. »Ja, und ob. Sie sind gut; das Beste, was es in dieser Art gibt. Mein Vater war ein weit unterschätzter, verkannter Autor. Eines Tages wird man ihn wiederentdecken. Vielleicht wird sein Tod dazu führen, daß man ihn wiederentdeckt. Das wäre die einzige glückliche Folge seines Todes.«

Verdammt. Ich begann ihn wirklich zu mögen.

»Ich habe sogar eins *Ihrer* Bücher gelesen«, sagte er. »Und es hat mir gut gefallen. Ich kann verstehen, warum mein Vater stolz auf seinen Schüler war.«

»Sie sagten, Sie würden mich beneiden«, sagte ich, durch seine Schmeichelei etwas verlegen, »weil ich Ihrem Vater näher stand als Sie. Aber so war es nicht. Er hatte um sich eine Mauer errichtet, die ich nie wirklich durchdringen konnte.«

Jerome nickte. »Ich glaube, seine Frauen könnten dasselbe sagen – vielleicht mit Ausnahme von Evelyn, der Grotesken.«

Als er ihren Namen aussprach, machte er ein Gesicht, als hätte er in eine Zitrone gebissen. Er bemerkte, wie überrascht ich angesichts seiner Bitterkeit war und beantwortete eine Frage, die ich nicht gestellt hatte.

»Evelyn hat meiner Mutter den Mann genommen. So einfach ist das. Für mich ist sie eine Diebin, und, um es kurz und bündig zu sagen, eine Mörderin. Aber sie verstand Roscoe Kane. Sie konnte auf seiner Ebene mit ihm umgehen und lockere Sprüche klopfen wie Gat Garsons Braut. Und natürlich hat sie mit ihm getrunken. Sie waren beide Säufer. So was kann ein starkes Band schaffen. Das ist ein Club, aus dem man nicht mehr austreten kann.«

»Er hat sie dann aber doch verlassen.«

Jerome zuckte die Achseln. »Sie gaben beide das Trinken auf und fingen mehrmals wieder damit an. Eine Zeitlang blieben sie sauber. Es ist schrecklich, wenn man ernüchtert und den Menschen sieht, mit dem man verheiratet ist, wenn dieser Mensch im gleichen Augenblick nüchtern wird und einen selbst ansieht. Keiner von beiden kannte die nüchterne Version des Partners, und, nun ja, es kam, wie es kommen mußte.«

»Und was dann kam, war Mae Kane.«

Er zog die Mundwinkel hoch. »Gott segne ihr gieriges kleines Herz. Sie war, ohne es selbst zu wissen, der Racheengel meiner Mutter. Sie war Evelyns Karma, das auf sie selbst zurückfiel. Diese Jahre der Trinkerei hatten Evelyn in ein plumpes Faß mit Beinen verwandelt. Und Mae war und ist, vorsichtig ausgedrückt, eine attraktive Frau. Ist Ihnen das auch aufgefallen?«

Ich rieb mir die Stirn. »Es ist mir aufgefallen.«

»Mae hat Evelyn meinen Vater gestohlen, genau wie Evelyn ihn meiner Mutter gestohlen hatte. Mein Vater hatte immer eine

Schwäche für vollbusige Babys, wie Gat gesagt hätte. Vielleicht wurden durch seine Begierden Mädchen für mich uninteressant, und da ich ein Mutterkind war . . . das alte Klischee: der Junge wird von Mami erzogen und ist ihr bester Freund, was in meinem Fall genau zutraf. Bis sie starb.«

»Ich, äh . . . ich wußte bisher nicht, unter welchen Umständen Ihre Mutter starb. Roscoe hat nie darüber gesprochen. Das war eines der Dinge, die er hinter der undurchdringlichen Mauer hütete.«

»Da waren auch Schuldgefühle«, sagte Jerome. »Die Schuld ist eine andere Sache, die hinter der Mauer war. Er klagte sich selbst an. Aber meiner Meinung nach gab es da nicht viel anzuklagen; sie tötete sich erst zehn Jahre, nachdem er sie verlassen hatte.«

»Mein Gott«, sagte ich. »Ich wußte nicht . . . es tut mir leid . . .«

»Ihr Beileid ist registriert und akzeptiert«, sagte Jerome. »Wenn es auch ein paar Jahrzehnte zu spät kommt. Meine Mutter, Winifred Kane, tötete sich mit einer Pistole, die mein Vater ihr gegeben hatte, damit sie Schutz hätte. Eine dieser Gat-Garson-Kanonen, von denen er ein halbes Dutzend besaß.«

Ich schluckte. »Eine langläufige 38er.«

»Ja.« Jerome lächelte. »Die Sorte, mit der mein Vater auf den Einbänden seiner Bücher posierte.«

Mir wurde plötzlich kalt. »Das ist eine Information, auf die ich ganz gut hätte verzichten können.«

»Man könnte dasselbe über meine Mutter sagen. Oh, Fräulein?«

Er bestellte bei der Kellnerin noch einen Scotch mit Tonic. Ich bat um eine neue Coke, aber diesesmal wollte ich einen Schuß Bourbon darin haben.

»Jerome, es fällt mir schwer, Sie zu fragen . . .«

»Fragen Sie nur, fragen Sie.«

»Warum . . . warum hat sich Ihre Mutter das Leben genommen? Hat . . . hat sie eine Nachricht hinterlassen? Aus welchem Grund sie . . .«

Jerome zuckte wieder mit den Achseln. »Ich war damals ein Teenager und mit meinen pubertären Ängsten beschäftigt. Ich hatte kaum Zeit, die Schwierigkeiten meiner Mutter zu bemerken. Oh, wir standen uns schon nahe. Sehr nahe. Aber sie trug mir gegenüber eine Maske. Eine mütterliche Maske. Die Frau darunter wurde mir nie völlig enthüllt. Was sie schließlich ausrasten ließ, ist ein Geheimnis, das auch Gat Garson nicht lösen konnte. Ich weiß, daß sie etwas hatte, das man verschleiernd als ›Probleme mit ihrer geistigen Gesundheit‹ bezeichnen könnte. Ein Arzt stellte eine Diagnose auf Schizophrenie, und sie war mehrmals in Anstalten, wo sie Schockbehandlungen bekam; sogar schon, als sie noch mit meinem Vater verheiratet war. Mein Vater erklärte mir einmal, daß er in jener Zeit mit der Trinkerei anfing. Und ich kann verstehen, warum für ihn die Aussicht, sich mit der geistig stabilen Evelyn zusammenzutun, unwiderstehlich war. Außerdem hatte sie größere Titten als Mutter.«

Die Bitterkeit unter dem saloppen Äußeren brach jetzt voll durch. Ich wußte, daß es zum größten Teil Verstellung gewesen war, doch ich hatte nicht verstanden, was dahinter lag. Ich hatte bisher nicht erkannt, wie traurig und wütend der wirkliche Mann hinter Jerome Kanes Mauern war.

Ich nippte an meiner Coke mit Bourbon und wartete, bis die Spannung abgeklungen war.

Dann sagte ich: »Sie waren gestern abend mit Ihrem Vater zusammen.«

Er nickte. »Wir haben in einem italienischen Restaurant in der North Side zu Abend gegessen; im Augustinos, in das er gern ging. Es ist ziemlich gut. Aber Sie haben ihn doch auch gesehen, oder? Direkt vor seinem Tod? Deshalb wollte ich Sie sprechen, Mallory. Ich wollte Sie fragen, wie Ihre letzte Begegnung mit ihm war . . .«

»Ich möchte Ihnen einen Vorschlag machen. Ich erzähle Ihnen meine Geschichte, nachdem Sie mir Ihre erzählt haben.«

»Ich erzähle Ihnen meine, und Sie erzählen mir Ihre? Na gut. Wir sitzen alle im selben Boot. Ich habe meinen Vater in den letzten zwanzig Jahren nur selten gesehen. In meiner Jugend hat er mich jeden Sommer zu sich geholt, doch als ich vom College geflogen und nach San Francisco gezogen war, ahnte er, wie ich lebte . . . und unsere Kontakte wurden, nun, sehr unregelmäßig.«

»Roscoe konnte nicht akzeptieren, daß Sie schwul waren, nicht wahr?«

Jerome nickte und blickte in seinen rauchfarbenen Drink. »Genau. Ich kann Ihnen nicht mal sagen, warum es so war. Vielleicht fühlte er sich dadurch zurückgesetzt. Gat Garson war eine idealisierte Version seiner selbst, wie Sie sicher wissen – oh, Gat war eine Erfindung, ein Schwindel, aber trotzdem . . . Gat war ein Macho, und er war nicht völlig satirisch angelegt. Gat Garson war ein harter Bursche, genau wie Mike Hammer oder James Bond. Und mein Vater war selbst ein Macho, ein Zankhahn, und er führte immer große Reden. Und wie Gat hatte er nur Frauen im Kopf. Er mochte vor allem die blonden mit den großen Bällen – wenigstens war es früher so. Bei den paar Gelegenheiten, die ich ihn in den letzten Jahren sah, bemerkte ich jedoch, daß sein Interesse an Blondinen nachließ; seine Begierde war zu einer Erinnerung verblaßt. Übrigens, da wir gerade von – Miß?«

Er bestellte einen dritten Scotch mit Tonic; ich hatte mein Glas noch nicht geleert.

Dann fuhr er fort. »Nun ja, mein Vater hat meinen Lebensstil vielleicht als bewußte Zurückweisung von allem aufgefaßt, was er war, nämlich ein Mann. Und natürlich war es nicht so.« Er lachte kehlig. »Es war eine *unterbewußte* Zurückweisung.« Er lachte wieder, diesesmal sehr verhalten. »Bewußt fühlte ich eine Verbitterung über den Tod meiner Mutter. Ich warf es ihm vor, zumindest teilweise. Aber ich wollte ihn nicht aus meinem Leben verdrängen. Er war der einzige Elternteil, den ich noch hatte. Ich hätte mich gefreut, wenn er mich so akzeptiert hätte, wie ich bin. Darüber hätte ich mich wirklich gefreut.«

Der dritte Scotch mit Tonic kam, und er machte sich sofort darüber her.

Ich sagte: »Ich glaube, Ihr Vater war stolz auf das, was Sie erreicht haben.«

Er hob eine Augenbraue. »Vielleicht haben Sie recht. Ich spürte, oder besser, ich hoffte zu spüren, daß er sich über meine Erfolge freute und auf meine Modeentwürfe, die hier und in Europa in großen Städten verkauft wurden, stolz war, und darauf, daß ich einen gewissen Ruf erworben hatte. Und ich war finanziell erfolgreich, besonders finanziell. Für ein Kind der Depression wie Roscoe Kane ist Geld das Maß aller Dinge.«

»Vermutlich haben Sie Ihre künstlerische Neigung von ihm geerbt.«

»Zweifellos«, sagte er. »Von meiner Mutter habe ich sie jedenfalls nicht. Sie hatte nur wenige Vorzüge – nur ihr gutes Aussehen, und das änderte sich auch, als ihre psychischen Probleme die Oberhand gewannen. Aber darüber haben wir schon gesprochen; lassen Sie uns das Thema wechseln.«

»Worüber haben Sie mit Ihrem Vater gesprochen?«

»Gestern abend, meinen Sie? Wir . . . man könnte sagen, daß wir Buße taten. Ich könnte nicht so weit gehen und sagen, daß er mich endlich als das akzeptierte, was ich bin, und einräumte, daß er wußte, daß ich schwul bin, und daß er mich damit akzeptierte. Aber er sagte etwas, das dem sehr nahe kam. Genaugenommen waren es sogar zwei Dinge.«

»Was war das?«

Er lächelte schief, und als er weitersprach, imitierte er perfekt die grantige Stimme seines Vaters. »Erstens, Jerome, wird der Sex weit überschätzt.«

Ich lächelte. »Und das zweite?«

Jerome zuckte die Achseln und blickte in seinen Drink. »Einfach, daß es schön sei, einen Sohn zu haben.«

Ich starrte in meine Coke mit Bourbon und tat so, als bemerkte ich nicht, wie er sich eine Träne aus einem hellblauen Auge wischte.

»Als ich ihn so um halb zehn in der Lobby verließ, sprach er mit Cynthia Crystal«, sagte er. »Das war das letztemal, daß ich ihn gesehen habe.«

»Cynthia Crystal?«

»Ja – die Autorin.«

»Ich kenne sie. Aber woher kennen Sie sie, Jerome?«

»Ich kenne sie nicht persönlich, aber ich hab sie mal in einer Talkshow gesehen. Sie schreibt gut.«

»Ja, das tut sie.«

»Komisch – als ich mich noch einmal umsah, hatte ich das Gefühl, daß sie sich sehr hitzig unterhielten.«

»Wirklich? Sie stritten sich?«

Er dachte nach. »Nein, so weit würde ich nicht gehen. Es sah eher nach einer beruflichen Meinungsverschiedenheit aus.«

»Woher kannte Ihr Vater Cynthia Crystal?«

Er leerte achselzuckend sein Glas. »Ich weiß nichts darüber.«

Als ich am Morgen mit Cynthia gesprochen hatte, hatte sie nicht erwähnt, daß sie mit Roscoe Kane gesprochen hatte. Es hatte so beiläufig geklungen, daß ich nicht auf die Idee gekommen wäre, daß sie ihm je begegnet war.

»Ich weiß, warum ich Sie beneide«, sagte Jerome unvermittelt und leise.

»Warum?«

»Nicht, weil Sie ihm nahe standen. Niemand außer vielleicht Evelyn, der Grotesken war ihm jemals nahe. Und dann auch nur, wenn sie im Bett lagen . . .«

Schweigen.

Dann sagte er: »Sie waren der Sohn, den er sich in mir immer gewünscht hat.«

Ich versuchte, das unbehagliche Schweigen zu überbrücken. »Hören Sie – so war es nicht . . . ich war nur ein Fan.«

»Nein. Sie waren viel mehr als das. Sie waren ein Ersatzsohn. Und Sie hatten einen Zugang zu ihm, den ich nie hatte. Sie haben ihn auf eine Weise erfreut, die mir nicht möglich war. Und darum beneide ich Sie. Ich lehne Sie deshalb sogar ab.«

Darauf gab es nichts zu sagen, und ich hielt den Mund.

Er sagte: »Also – wir haben einen Handel abgeschlossen. Jetzt erzählen Sie, was Sie letzte Nacht mit meinem Vater erlebt haben.«

»Sind Sie mißtrauisch?«

Er blinzelte. »Mißtrauisch?«

»In bezug auf die Begleitumstände seines Todes? Wollen Sie mich deshalb ausfragen?«

»Ich weiß nicht, was Sie damit meinen«, sagte er. Es klang aufrichtig. »Ich will nur wissen, was mein Vater gesagt hat.«

»Was er gesagt hat?«

Er beugte sich über den Tisch und blickte mich mit den Augen seines Vaters und der Ernsthaftigkeit und der zitternden Unterlippe eines Kindes an. »Über mich. Hat er mich erwähnt? Hat er etwas über mich gesagt?«

Ich war einer der letzten Menschen, der seinen Vater lebend gesehen hatte; er wollte wissen, ob sein Vater an ihn gedacht hatte.

Also erzählte ich ihm, daß Roscoe erwähnt hätte, daß er mit ihm einen wundervollen Abend verlebt hätte; es sei offensichtlich, daß er große Stücke auf Jerome gehalten hätte.

Und Jerome seufzte und bedankte sich und sagte, ich könnte ihn bei Troy erreichen, bis er am Montag zur Andacht nach Milwaukee führe. Dann ging er.

Ich blieb kopfschüttelnd zurück.

Als ich aufgestanden war, legte sich eine schwere Hand auf meine Schulter, und ich sah mich um.

»Laß uns reden, Arschloch.«

Und ich schlug Gregg Gorman in den Magen.

11

Eigentlich sieht es mir gar nicht ähnlich, Leute in den Magen oder sonstwohin zu schlagen. Nicht einmal Typen wie Gregg Gorman. Es war mir sofort peinlich, und es tat mir leid – obwohl das Gefühl, als meine Faust in seinem Bierbauch versank, auf eine dumme Art angenehm war. Ich fühlte mich einen Augenblick wie Gat Garson.

Er ging nicht zu Boden oder so; er krümmte sich nur. Niemand außer den Leuten bei Sardini und Christian und ein paar andere hatten es gesehen. Kein Manager kam herbeigerannt, um mich hinauszuwerfen. Und es brach auch keine Kneipenschlägerei im Stil John Waynes aus, mit zerbrochenen Tischen und Stühlen und allem Drum und Dran. Gorman war nicht der Typ, der zurückschlug, oder wenn, dann nur verbal – oder mit einem Totschläger, wenn man schlief.

Er hielt sich den Magen und keuchte und gab vor, schlimmer getroffen zu sein, als es tatsächlich der Fall war. Die Knopfaugen unter den buschigen Brauen waren voller Dollarzeichen, als er sagte: »Ich werde dich verklagen, Mallory, du kleine Ratte.«

»Solltest du nicht vorher die Cops rufen und mich wegen tätlicher Beleidigung und Körperverletzung festnehmen lassen?«

»Vielleicht werde ich das tun. Vielleicht werde ich es tun.«

»Dann such dir besser ein paar Zeugen zusammen.«

Er blickte zu dem Tisch hinüber, an dem Sardini und die anderen lachten; sie unterhielten sich inzwischen wieder über andere Dinge. »Das sind alles deine Freunde«, sagte er.

»Richtig.«

»Vielleicht sollten wir nach draußen gehen«, sagte er, sich aufplusternd wie ein fetter kleiner Bär, »und diese Sache zu Ende bringen, du . . .« Er machte eine Pause, in die seine liebste Beleidigung für mich gepaßt hätte, doch er hatte nicht die Courage, es noch einmal auszusprechen.

Ich nickte in die Richtung der Tür. »Hinter dem Hotel ist eine wenig belebte Gasse.«

Er rieb sich mit der Hand über das Gesicht, und von seinem Spitzbart flatterten unbestimmbare Flocken herunter – Schuppen, Speisereste, alles mögliche.

Und dann setzte er sich an den Tisch.

Ich blieb stehen und sah ihn an.

Er blickte zu mir hoch und setzte ein falsches Lächeln auf. »Vielleicht habe ich diesen Schlag in den Bauch verdient. Vielleicht hätte ich dich nicht so nennen dürfen. Und vielleicht habe ich dich damals ein wenig übers Ohr gehauen, was deinen Freund Wheeler anging. Deshalb bin ich willens und bereit, diesen kleinen Zwischenfall zu vergessen. Komm, Mallory – setz dich.«

Ich setzte mich. Aber ohne etwas zu vergeben oder zu vergessen.

»Du sagtest, du wolltest mit mir reden«, sagte ich. Ich wollte auch mit ihm reden, aber ich wollte ihm den Vortritt lassen . . .

Er zuckte gekünstelt die Achseln. »Ich wollte dir nur einige Flausen ausreden.«

Nicht schlecht, dieser Typ – ein großer Verleger, der sich deutlich ausdrücken konnte. Früher hatte er Gebrauchtwagen verkauft und angeblich einen Haufen Geld verdient, ehe er seiner heimlichen Leidenschaft nachgab und Verleger wurde und sich damit einen Jugendtraum erfüllte. Ich kaufte seine Bücher, aber ich hätte nie im Leben einen Gebrauchtwagen bei ihm gekauft.

»Welche Flausen willst du mir austreiben, Gorman?«

»Sag doch Gregg. Und ich sage . . .«

»Arschloch?«

Er schob das Wort mit beiden Händen beiseite. Es war eine beschwichtigende Geste, die ich ihm nicht glauben konnte.

»Wir wollen es hinter uns lassen«, sagte er mit seinem Gebrauchtwagenhändlerlächeln.

»Na gut. Was willst du mir austreiben, Gregg?«

»Ich hab meine Vergangenheit in Ordnung gebracht, Mallory«, sagte er. »Ich hab mein Image gesäubert.«

Vielleicht sogar seine Unterwäsche.

»Ich muß zugeben, daß ich . . . daß ich ab und zu mit schmutzigen Tricks gearbeitet habe. Ich bin nur ein kleiner Fisch. Ich muß sehen, daß ich irgendwie zurechtkomme. Aber du mußt mir doch auch zugute halten, daß ich gut gearbeitet habe – ich habe einige Bücher neu aufgelegt, die dir sehr wichtig waren, oder?«

Das konnte ich ihm zugestehen.

»Ich bin sozusagen ein Einmannunternehmen«, sagte er. »Ich versuche, mein kleines Boot über Wasser zu halten. Der Markt, den die Krimifans bieten, ist auf lange Sicht nicht groß genug – und das weißt du so gut wie ich.«

Hört, hört.

»Es ist ein kleiner Markt«, sagte ich. »Aber du gibst teure Bücher heraus. Diese Kassette mit Romanen mit Race Williams von Carrol John Daly hast du einige tausendmal verkauft – für einen Großverlag ist das Kleinvieh, aber für einen Spezialverlag wie deinen? Zweihundert Dollar pro Stück? Das ist eine Menge Holz.«

Er zuckte die Achseln, nicht mehr so übertrieben wie gerade noch. »Am Anfang konnte ich es mir noch nicht erlauben, gute Bücher zu bringen. Und du kennst die Qualität meiner Bücher –

der Druck, die Bindung, das Papier und so weiter – das ist alles Spitzenklasse.«

Das war richtig; seine Bücher waren genauso attraktiv, wie er unattraktiv war.

»Aber Gregg, alter Junge«, sagte ich, »du tust niemand einen Gefallen, wenn du teure, schöne Bücher herausbringst. Vielleicht bietest du den eingefleischten Fans, die sich für so etwas interessieren, eine Art Service, aber wenn deine Bücher nicht diese hohe Qualität hätten, könntest du nicht diese Preise verlangen. Also jammer nicht. Bei mir kannst du damit nichts gewinnen.«

Er winkte eine Kellnerin herbei und bestellte zwei Bier (beide für ihn).

Er sagte: »Ich will nur sagen, daß ich am Anfang nicht so teure Bücher bringen konnte. Ich hab diese übergroßen, handelsüblichen Paperbacks gemacht.«

»Ja, ich weiß. Die Bücher von Raoul Wheeler kamen als Paperbacks. Du hast fünftausend verkauft, das Stück zu acht Dollar, und ohne Tantiemen zu bezahlen. Du hast dich auf Kosten eines alten Mannes bedient, der an Krebs starb. Jammer doch mal *darüber*.«

Gorman zuckte wieder die Ascheln. »Ich bin nicht stolz darauf«, räumte er ein. »Übrigens, ich werde die Wheelers noch einmal als Hardcover bringen. Willst du die Einführungen schreiben, wie wir es damals besprochen haben? Du würdest auch auf dem Titel erwähnt. Ich werde bezahlen. Es liegt ganz bei dir.«

»Jetzt, da ich selbst ein paar Bücher veröffentlicht und einen gewissen Ruf habe, willst du mir diesen Gefallen tun. Du bist ein Schuft, Gorman.«

Die Biere kamen; Gorman trank das erste mit wenigen, großen Schlucken, nippte am zweiten und sagte: »Ich wollte rasch zur Sache kommen, aber du läßt mich einfach nicht. Ich wollte dir sagen, daß ich nicht stolz darauf bin, daß ich früher mit schmutzigen Methoden gearbeitet habe. Aber diese Tricks haben mir genug Geld gebracht, um einen kleinen Verlag aufzuziehen, der den Krimifans wunderschöne Bücher schenkt. Meine Daly-Kassette wurde von den Mystery Writers of America ausgezeichnet. Ein Edgar Allan Poe Award. Hast du schon mal einen Edgar bekommen, Mallory?«

»Nein«, sagte ich. »Aber meine Philosophie ist, daß ein Edgar nicht jede Methode rechtfertigt.«

»Dummer Junge«, sagte er, indem er mich über das Bierglas hinweg angrinste. Von einer Schnurrbartspitze rann Schaum.

»Wisch dir das Gesicht, Gorman«, sagte ich, »bevor ich es dir auswische.«

Er schnaubte. »Du hast zu viele Gat-Garson-Bücher gelesen, Mallory. Übrigens . . . du solltest mir dankbar sein, daß ich die Bücher deines Idols neu herausgebe, statt mir deshalb Vorwürfe zu machen.«

Darum ging es also.

»Oh, sagte ich, »anscheinend hat dir mein Kommentar nicht gefallen, daß Roscoes Bücher jetzt, da er tot ist, wertvoller sind.«

»Es ist gemein, so etwas zu sagen. Und nicht unbedingt wahr. Die paar tausend Exemplare, die wir verkaufen werden, sind kaum eine Begründung für . . .« Er suchte im Bier nach dem richtigen Wort, doch er fand es nicht.

Ich half ihm. »Für einen Mord?«

Er hob abrupt den Kopf. »Glaubst du das wirklich, Mallory?«

»Was glaube ich?«

»Daß Roscoe . . . ermordet wurde, oder so.«

»Und wenn es so wäre?«

»Ich hörte, daß du . . . daß du oben warst, als . . .« Er trank einen kleinen Schluck. »Ich habe gehört, du hättest die Leiche gefunden.«

Na endlich. Er kam zur Sache.

»Vielleicht«, sagte ich.

»Also, äh . . . was glaubst du? War es Mord?«

»Was kümmert es dich? Warum interessierst du dich für Roscoe?«

»Er war mein Freund. Er war ein Kollege! Ich mochte ihn.«

»Du magst Geld.«

»Ich mag Geld, aber ich mag auch Menschen. Ich mochte Roscoe. Teufel, ich mag sogar dich, Mallory.«

»Und dir brach das Herz, als du von Roscoes Tod erfuhrst.«

Er schüttelte traurig den Kopf. »Ein schwerer Verlust für die Krimigemeinde.«

»Mein Gott, Gorman, du könntest glatt seine Grabrede halten. Du mußt dir nur einen sauberen Pullover anziehen.«

»Laß . . . laß nur nicht öffentlich verlauten . . . was du . . . was du angedeutet hast, sonst werde ich dich wirklich verklagen.«

»Wovon sprichst du?«

»Du deutetest an, ich . . . das ist eine Dummheit. Ich liebte Roscoe.«

»Gerade mochtest du ihn noch. Liebst du *mich* jetzt auch, oder magst du mich nur?«

»Leck mich doch.«

»Es muß Liebe sein. Ich sag dir was. Ich werde dich nicht öffentlich beschuldigen, Roscoe ermordet zu haben. Ich werde es nicht einmal andeuten. Es sei denn, natürlich, ich finde heraus, daß du es warst.«

Er spielte die beleidigte Leberwurst. »Sei nicht dumm. Welches Motiv hätte ich dafür haben sollen? Um meine Bücher besser verkaufen zu können? Dafür begeht niemand einen Mord.«

»Wo warst du?«

»Wo war ich . . . wann?«

»Als Roscoe ermordet wurde.«

Er schluckte. Die rote Nase schien im Halbdunkel zu pulsieren. »Du glaubst wirklich, daß es Mord war, was?«

»Das glaube ich.«

»Hast du es den Cops gesagt?«

»Ich hab's versucht.«

»Und?«

»Und sie schienen sich nicht besonders darum zu kümmern. Noch nicht.«

Er verzog das Gesicht und winkte der Kellnerin. »Also *weißt* du nicht, ob es Mord war«, sagte er. »Es könnte auch ein Unfall gewesen sein.«

»Könnte sein«, räumte ich ein. »Ein ähnlicher Betriebsunfall wie bei Nixon, als seine Sekretärin zufällig das Band löschte.«

»Ich glaube, du solltest dich da heraushalten.«

»Ich glaube, du solltest meine Frage beantworten.«
»Welche Frage?«
»Wo warst du in der letzten Nacht? Als Roscoe in der Badewanne starb?«
Die nächsten zwei Bier kamen, doch er beachtete sie nicht; er starrte sie an und setzte einen vertrauensvollen Gesichtsausdruck auf, dem ich wohl auf den Leim gehen sollte. Ich hielt nicht viel davon. Er sagte: »Ich war bei meinen Engeln.«
Es fiel mir schwer, mir Gorman bei irgendwelchen Engeln vorzustellen, von seinen eigenen ganz zu schweigen.
»Bei deinen Engeln«, sagte ich.
»Ja, du weißt schon. Bei meinen Engeln. Meinen Förderern. Die Jungs, die in mein Unternehmen investieren und die Schecks unterschreiben.«
Jetzt fiel es mir wieder ein; ich hatte von irgend jemand davon gehört, wahrscheinlich von Sardini. Gormans finanzieller Rückhalt, das Kapital, mit dem er arbeitete – soll heißen, das Kapital, das er nicht selbst erworben und mit dem er Ahnungslose wie mich und Oldtimer wie Raoul Wheeler übers Ohr gehauen hatte –, kam von zwei alten Chicagoer Krimifans; sie waren um die vierzig und an mehreren Buchläden beteiligt. Buchläden, deren Fenster verhangen und mit x-förmigen Kreuzen geschmückt waren.
Gormans Engel waren Pornographen.
Oder zumindest Pornoverkäufer. Und mit der Unterwelt in Verbindung, wie es hieß, und dadurch kam auch Gorman etwas ins Zwielicht.
»Du warst bei deinen Engeln«, sagte ich.
»Ja, wir haben im Berghoff gegessen.«
Das Berghoff war ein bekanntes deutsches Restaurant in der Innenstadt; es existierte schon, als Bürgermeister Daley noch in den Windeln lag.
»Dann wurdest du von vielen Menschen gesehen«, sagte ich.
Er lächelte. »Wir wurden von vielen Menschen gesehen.«
»Wie schön, daß du gesehen wurdest.«
»Ich wollte sagen, daß *wir* gesehen wurden! Hör auf, Mallory. Hör bloß auf.«
»Oder?«

»Sagte ich ›oder‹? Ich kann mich nicht erinnern, ›oder‹ gesagt zu haben. Es ist nur ein freundlicher Rat von deinem Lieblingsverleger: Hör auf.«

»Ich möchte mit deinen Engeln sprechen.«

»Laß sie in Ruhe; es ist zu deinem Besten. Es sind freundliche Herren, aber sie sind nicht so freundlich wie ich. Und da ich gerade dabei bin: Laß auch mich in Ruhe. Hör auf, mir deinen Quatsch zu erzählen. Und übrigens, Kathy Wickmann solltest du auch in Ruhe lassen.«

»Oder?«

Er nickte; ein gelbes Lächeln lugte durch seinen struppigen Ziegenbart. »Allerdings. *Oder*.«

»Sag, Gorman – deine kleine Firma läuft doch ganz gut. Du hast einen Edgar gewonnen, du machst eine Menge Geld, und einige deiner Titel laufen in den größten Buchhandlungen. Erzähl mir etwas über diesen unveröffentlichten Hammett-Roman, den du entdeckt hast. Warum gibst du ihn nicht selbst heraus? Warum überläßt du ihn einem großen Verlag und verzichtest auf die Kohle?«

Sein Gesicht wurde, mit Ausnahme der roten Nase und des Ziegenbartes, kreidebleich.

Er stand auf und wackelte ohne ein weiteres Wort hinaus. Die beiden Biergläser ließ er unberührt stehen.

12

Ich trat in den kalten Nachmittag hinaus und zog den Reißverschluß meiner leichten Jacke zu. Regentropfen sprühten mir ins Gesicht. Es war ein ekelhafter Nachmittag für eine Besichtigungstour. Trotzdem stieg ich in den alten Bus – ein ehemaliger Greyhound mit der Aufschrift »Crime Tour« im Kasten über den Frontscheiben. Ein Dutzend anderer beherzter Fans, unter ihnen auch Kathy Wickmann, die im hinteren Teil saß, befanden sich bereits im Bus. Als sie mich sah, lächelte sie überrascht und klopfte auf den freien Sitz neben sich. Ich setzte mich.

»Ich dachte, Sie wollten bei dieser Tour nicht mitmachen«, sagte Kathy mit einem neuen spröden Lächeln.

»Vielleicht konnte ich es nicht aushalten, Sie bis zum Abendessen nicht zu sehen.«

»Ich bin geschmeichelt. Aber warum sind Sie so angespannt?«

»Was?«

»Auf Ihrer Stirn ist eine so tiefe Furche, daß man einen Dime darin verstecken könnte.«

»He – das stammt von Roscoe Kane.«

Sie nickte. »Ich weiß. Ich hab mir im Verkaufsraum eine Ausgabe von *The Dame Dealt Death* gekauft – passenderweise von einer Händlerin. Die ersten Kapitel habe ich in meinem Zimmer gelesen, während ich auf den Bus wartete.«

»Und?«

»Bisher hat's mir gefallen. Irgendwie ist es auf eine altmodische Art ganz witzig.«

»Chandler ist auch altmodisch.«

»Das finde ich eigentlich nicht, aber ich muß zugeben, daß Kane besser ist, als ich vermutet hätte. Das Lesen macht mir Spaß.«

»Ich freue mich, daß Sie so offen dafür sind.«

Vorn stieg gerade Cynthia Crystal ein. Sie nickte und lächelte dem großen, schlaksigen Fahrer/Führer zu, der einen Frank-Zappa-Bart hatte. Cynthia trug immer noch die graue, modische Hose; obwohl sie den ganzen Tag von Fans und anderen Leuten in Anspruch genommen worden war, wirkte sie taufrisch. Tim Culver war nicht bei ihr.

»Ich bin wirklich offen«, sagte Kathy, »aber nicht so offen, daß ich es weniger schmeichelhaft finde, wenn Sie Ihre Aufmerksamkeit einer anderen Frau zuwenden.«

»Tja, Cynthia ist eine alte Freundin.«

»Sie haben schon wieder diese Furche auf der Stirn.«

»Kathy, Cynthia ist der Grund dafür, daß ich hier bin. Ich muß mit ihr sprechen. Ich hab sie auf ihrem Zimmer angerufen und erfahren, daß sie an der Crime Tour teilnehmen wollte.«

Von Tim Culver nämlich, und zwar in ziemlich knappen Worten.

»Mal«, sagte Kathy, spröde wie immer, »natürlich bin ich jetzt verletzt – aber das werde ich bis zum Abendessen überwunden haben.«

Ich lächelte wieder, nickte und stand auf. Ich ging durch den Mittelgang nach vorn und setzte mich neben Cynthia.

»Hallo, Mal«, sagte sie. Ihr kurzes blondes Haar federte leicht, als sie den Kopf drehte. »Wie schön. Ich hatte gehofft, daß wir an diesem Wochenende mal ein paar Minuten für uns haben.«

Der Bus setzte sich in Bewegung.

Ich lachte leise. »In einem Bus mit zwanzig oder dreißig anderen Leuten, meinst du?«

»Ohne Tim, meinte ich.«

»Wie lange seid ihr schon, äh . . .«

»Zusammen? Seit anderthalb Jahren. Seit sechs Monaten leben wir zusammen.«

»Ich beneide ihn.«

»Vielleicht dauert es nicht mehr lange.« Sie sagte es völlig kühl, anscheinend ohne besondere innere Beteiligung. Sie hätte genausogut über das Wetter oder die neueste Schuhmode sprechen können.

Doch hinter Cynthia Crystals glatter Fassade war eine empfindsame, intelligente Frau. Ich sah den Schmerz in ihren hellblauen Augen.

»Was ist denn das Problem zwischen dir und Tim? Wenn es dir nichts ausmacht, daß ich frage.«

»Eifersucht. Ganz einfach. Leider ist es ihm selbst nicht klar.«

»Eifersucht? Hoffentlich doch nicht, weil ich heute morgen zu euch an den Tisch gekommen bin, oder? Hast du Tim erklärt, daß zwischen uns nie was gelaufen ist?«

»Sprich für dich selbst, Darling«, sagte sie, mich auf den Arm nehmend. »Bei mir ist jedenfalls was gelaufen, und das ist das Problem.«

»Was meinst du damit?«

Sie seufzte. »Es ist keine Eifersucht der üblichen Sorte. Tim ist eifersüchtig auf meinen Erfolg – besonders auf meinen finanziellen Erfolg. Mein letzter Roman – und die Hammett-

Biographie – wurde öfter verkauft als alle seine Bücher zusammen.«

Unser Führer meldete sich über die leicht rauschenden Lautsprecher zu Wort. »Sehr verehrte Damen und Herren, ich möchte Sie bei der Hagenauer Chicago Crime Tour herzlich begrüßen. Unglücklicherweise sind viele berühmte und berüchtigte Gebäude Chicagos Neubauten gewichen oder einfach verfallen. Das Hotel Metropole, wo Al Capone Hof hielt, und Big Jim Colosimos Four Deuces, ein Nachtclub, in dem auch George M. Cohan und Enrico Caruso verkehrten, sind heute Brachland beziehungsweise ein Parkplatz. ›Das schlimmste Hurenviertel westlich von Barbary Coast‹, die bekannte Levee, ist heute leider nur mehr eine Erinnerung; dort ist ein Bauprojekt im Gange – genau an der Stelle, an der früher der Everleigh Club stand. Statt diese blassen Schatten zu besichtigen, werden wir lieber zur North Side fahren, und auf dem Weg werde ich Sie auf einige für die Verbrechensgeschichte Chicagos wichtige Gebäude hinweisen, die heute noch stehen.«

Wir fuhren jetzt auf der State Street nach Norden; vor uns kroch ein CTA-Bus. Cynthia blickte aus ihrem Fenster zu dem dichten Gedränge auf den Gehwegen hinaus; die Schaufenster waren schon weihnachtlich dekoriert.

Wir schwiegen eine Weile. Dann, ohne mich anzusehen, sagte sie nachdenklich: »Ich wollte Tim nicht schlechtmachen; er ist nicht so oberflächlich. Es ist nur . . .« Jetzt sah sie mich an. »Es gab mal eine Zeit zwischen ihm und seinem Bruder Curt, da hatte Curt Erfolg, zumindest großen finanziellen Erfolg, und er nicht.«

»Aber Tim hat den Ruhm bekommen.«

Sie zuckte die Achseln. »Er hatte bei den Kritikern Erfolg. Aber seine Anhängerschaft bildet eine Art Kult, und Tim selbst hat einmal geschrieben: ›Ein Kult ist eine Gruppe von Menschen, die um sieben Personen zu klein ist, um einen Schriftsteller zu ernähren.‹«

Wir schwiegen wieder. Nach einigen Augenblicken meldete sich unser Führer über den krächzenden Lautsprecher: »Aus diesem Gebäude floh Terrible Tommy.«

Er meinte ein sechsstöckiges Gebäude aus groben, großen

Steinen, das direkt vor uns lag; wir näherten uns dem Gebäude von der Seite, an der die Feuerleitern angebracht waren.

»Heute beherbergt es einige Regierungsbehörden«, fuhr er fort, während er die Geschwindigkeit zurücknahm. »Das Gebäude zu unserer Rechten, das aus Natursteinen erbaut ist, war damals der Sitz des Criminal Court, aus dem Terrible Tommy – ein Mörder, der zum Tod durch Erhängen verurteilt worden war – ausbrach. Er rannte über den daran anschließenden Gefängnishof, auf dem jetzt die neue Feuerwache steht. Die Behörden sind durch das damalige Urteil verpflichtet, den für Terrible Tommy bereits errichteten Galgen aufzubewahren, bis er gefaßt wird. Er wird im Keller des Gebäudes aufbewahrt.«

Wir hatten das Gebäude passiert und mußten die Hälse verrenken, um noch etwas zu sehen.

Der Fahrer sagte: »Da Terrible Tommy 1921 floh, müßte er heute etwa neunzig Jahre alt sein; es ist unwahrscheinlich, daß der Galgen tatsächlich noch gebraucht wird.«

Kurz danach waren wir wieder auf der State Street zur nächsten blutigen Landmarke unterwegs.

»Ich wußte gar nicht, daß du dich für so was interessierst.«

Sie zog eine Grimasse. »Ich bin, wie jeder Krimiautor, ein eingefleischter Fan. Chicago ist das Disneyland des Verbrechens; ich will nichts verpassen.«

»Außerdem wußte ich nicht, daß du Roscoe kanntest.«

Sie sah aus dem Fenster; ihr Gesicht spannte sich etwas, doch sie erwiderte meinen Blick nicht. »Eigentlich kannte ich ihn gar nicht.«

»Sein Sohn Jerome sagte, du hättest gestern abend in der Lobby mit Roscoe gesprochen. Kurz vor Roscoes Tod.«

»Das stimmt.«

»Warum hast du es heute morgen nicht erwähnt?«

Sie sah mich an; das kühle Blau ihrer Augen wurde noch kühler. »Und ich dachte, du hättest ganz andere Gründe, dich an mich heranzumachen und dich neben mich zu setzen. Ich fühlte mich wieder wie ein junges Mädchen.«

»Ich dachte, wir hätten heute morgen beschlossen, Freunde zu sein. Als ich das letztemal versuchte, mehr zu sein als ein

Freund, endete es mit einem Desaster, wie du dich vielleicht erinnerst.«

»Ich hab einfach keine Lust auf schnelle Nummern. Ich hab nie gesagt, daß es mir *unmöglich* wäre, dich mehr als nur gut leiden zu können.«

»Nett zu hören.«

»Im Augenblick bin ich allerdings nicht sicher, ob ich dich überhaupt noch mag. Ich fühle mich etwas ausgenutzt.«

»Das ist nicht fair. Es sah dir gar nicht ähnlich, daß du es heute morgen vermieden hast zu erwähnen, daß du mit Roscoe gesprochen hast. Warum?«

»Das stimmt einfach nicht, Mal. Ich hab nur nicht daran gedacht.«

Der Lautsprecher unterbrach uns. »Auf dem Parkplatz, den Sie jetzt links sehen, befand sich früher Dion O'Banions Blumenladen – wo Al Capones Handlanger am 10. November 1924 den Gangster, der sich als Blumenhändler getarnt hatte, mitten zwischen seinen Rosen erschossen. Auf der anderen Straßenseite ist die Holy Name Cathedral. Wenn Sie genau hinsehen, können Sie immer noch die Spuren der Maschinenpistolenkugeln sehen; auch dies waren Al Capones Männer, und der Gruß galt nicht dem Papst, sondern Hymie Weiss, den es hier am 11. Oktober 1926 erwischte.«

Cynthia sagte, den Mund ironisch verzogen: »Unser Führer spricht, als hätte dein geistiger Vater Roscoe Kane ihm den Text geschrieben.«

»Er spricht sehr farbig. Was ist mit Roscoe, Cynthia? Woher kanntest du ihn?«

Sie sah mich scharf an. »Ich kannte ihn *nicht*, Mal. Ich erkannte ihn in der Lobby, weil ich die Einbände seiner Bücher kenne. Und ich sprach ihn an und stellte mich vor, und wir redeten eine Weile. Das ist alles.«

»Worüber habt ihr gesprochen?«

»Belanglosigkeiten. Nichts Besonderes.«

»Jerome meinte, ihr hättet sehr erregt gesprochen. Ihr habt euch gestritten.«

Sie sah wieder aus dem Fenster. »Wir haben uns nicht gestritten.«

»Dann hat Jerome die Situation verkannt.«

»Ja.«

»Worüber habt ihr gesprochen, Cynthia?«

Sie starrte mich an. »Wirklich, Mal, ich verliere so langsam die Geduld mit dir – ganz zu schweigen von dem bißchen Zuneigung, das bisher vielleicht noch übrig war. Warum interessierst du dich so für meine Unterhaltung mit Roscoe Kane?«

»Weil ich glaube, daß Roscoe ermordet wurde.«

Sie erschrak, doch sie fing sich sofort wieder. Und dann lachte sie leise. Es war ein Partylachen.

Ich sagte: »Was ist daran so witzig?«

»Nur die Vorstellung, daß du deine eigenen Romane nachahmst. Du rennst herum und spielst den Amateurdetektiv, als wärst du eine Figur aus einem dummen Buch.«

»Wie die Figuren aus deinen dummen Büchern, meinst du.«

»Nein; ich habe eher an die Figuren aus *deinen* dummen Büchern gedacht, mein Lieber. Geh wieder nach hinten und setz dich neben die kleine Brünette, die uns seit einer Weile beobachtet. Bei ihr wirst du bestimmt landen können; sie wirkt so einsam.«

»Worüber hast du mit Roscoe Kane gesprochen?«

»Ich habe mich ihm einfach vorgestellt und ihm gesagt, daß mir seine Bücher sehr gefallen hätten. Und er hätte mir fast den Kopf abgerissen, dieser undankbare kleine Hund.«

»Warum wollte er dir den Kopf abreißen?«

»Weil ich in meinem Buch über Hammett etwas wenig Schmeichelhaftes über ihn geschrieben habe; ich habe ihn als ›eins der kleinen Lichter unter den ehemaligen Mitarbeitern der *Black Mask*‹ bezeichnet. Er war beleidigt.«

Das paßte zu Roscoe.

»Und das war alles?«

»Das war alles«, sagte sie, knapp wie ein Telegramm.

»Warum hast du mir das nicht gleich gesagt?«

»Geht es dich was an?«

Da hatte sie recht.

»Tut mir leid, wenn ich unhöflich war«, sagte ich. »Ich dachte, wir wären Freunde. Ich dachte, es würde dir nichts ausmachen, wenn ich . . .«

»Wenn du mich wie einen Verdächtigen in einer Perry-Mason-Geschichte behandelst? Oh, ich bin begeistert. Es ist witziger als ein Kreuzworträtsel. Und jetzt laß mich in Ruhe, du langweilst mich.«

Ich stand auf und trat in den Gang; Cynthia beugte sich herüber und berührte mich am Arm.

»Mal, entschuldige bitte. Ich weiß, was Roscoe dir bedeutet hat. Ich will das nicht auf die leichte Schulter nehmen, und ich verstehe auch, daß du . . . Fragen stellst, da er nun tot ist.«

»Schon gut, Cynthia, ich kann dich auch verstehen.«

»Nein, ich glaube nicht. Es war in der letzten Zeit ziemlich schwierig mit Tim, und dieses Wochenende sollte ein Versuch sein, unsere Probleme zu lösen. Aber bisher haben wir uns nur gezankt. Und du hast einige Dinge abbekommen, die gar nichts mit dir zu tun haben. Entschuldige bitte.«

»Du brauchst dich nicht zu entschuldigen.«

»Vielleicht tut es mir auch leid, daß ich dich damals auf dem Bouchercon nicht an mich herangelassen habe.«

Ich lächelte. »Ich weiß, daß es *mir* auf jeden Fall leidtut.«

»Klar. Und jetzt verzieh dich. Setz dich zu deiner kleinen Brünetten mit dem niedlichen Sweatshirt.«

»Sie ist übrigens die Herausgeberin des *Noir* und kein Teenager, den ich irgendwo aufgelesen habe.«

»Na, das trifft sich doch«, sagte sie. Wie üblich war ihre Bosheit mit viel Humor gepaart. Sie konnte schon gemein sein, meine Cynthia, aber niederträchtig war sie nicht.

Kurz danach saß ich wieder neben Kathy, und der Bus schob sich über die Lincoln Avenue. Unser Fahrer zeigte uns die Stelle, an der John Dillinger* gestorben war – es war das Biograph-Kino –, und nach all den Jahren war das Gebäude immer noch eine Art-Deco-Studie in Schwarzweiß; allerdings wurde jetzt *Fanny und Alexander* von Ingmar Bergman gespielt, und nicht

---

* Die Geschichte des Gangsters Dillinger ist Teil der Handlung des Nate-Heller-Romans »GANGSTERBRÄUTE 1934« (Bastei-Lübbe 13036) von Max Allan Collins.

Manhattan Melodram. Ein paar Minuten später erreichten wir, im westlichen Teil der Clark Street, die Stelle, an der das Massaker vom St. Valentine's Day stattgefunden hatte.

»Die beiden Säulen dort drüben sind alles, was von der S-M-C-Cartage Company übriggeblieben ist«, erklärte unser Führer. An der Stelle der Garage stand jetzt ein modernes Altenwohnheim.

Kurz darauf rumpelte der Bus über eine schwere Zugbrücke mit hochaufragenden Stahlverstrebungen, und der Fahrer sagte: »Zu unserer Linken sehen wir jetzt das La-Salle-Wacker-Building, in dem Bürgermeister Cermaks persönliche Leibwächter, die Polizisten Miller und Lang, im Dezember 1932 einen Mordanschlag auf Frank Nitti verübten. Der Versuch schlug fehl, doch wenige Wochen später fiel Bürgermeister Cermak selbst einem Anschlag zum Opfer.«*

Wir fuhren jetzt durch den Betoncanyon der La Salle Street, und der Fahrer wies uns auf die große City Hall hin: »Der Schauplatz vieler Verbrechen.« Direkt dahinter stand das Board of Trade Building; der Fahrer verschwieg uns leider, ob es ebenfalls ein Verbrechensschauplatz war.

»Tja«, sagte Kathy, als der Bus nach links abbog, um uns zum Congress zurückzubringen, »damit können wir sagen, daß wir Chicago mitgenommen haben.«

»Noch nicht.«

»Oh?«

»Das können wir erst nach der Pizza sagen.«

Wir grinsten uns an und hielten Händchen wie verliebte Teenies; Cynthia drehte sich nur einmal zu uns um.

Sie schien etwas traurig.

---

* Wer darüber näheres wissen möchte, dem sei der Roman »CHICAGO 1933« (Bastei-Lübbe 13015) von Max Allan Collins empfohlen.

13

Das Gino's auf der Rush Street lag etwas vom Gehweg zurück. Im Innern erstreckte sich ein weitläufiges Höhlensystem von niedrigen, miteinander verbundenen Räumen, deren Wände mit Graffiti bedeckt waren. Auch die holzverkleideten Nischen waren mit Sprüchen geschmückt, und so voller Menschen, daß man in dem Gewimmel Platzangst bekommen konnte. Es war Freitagabend; vermutlich waren deshalb soviele Gäste da. Der Duft nach Tomatensoße war so durchdringend, daß man schon beim Atmen zunahm, und er mischte sich mit dichtem Zigarettenqualm, so daß man gleichzeitig Lungenkrebs bekommen konnte. Das Gino's war eines von einem halben Dutzend Lokalen, die von sich behaupteten, die Erfinder der typischen Chicagoer Pizza zu sein. Ich wußte nicht, ob diese Behauptung der Wahrheit entsprach, aber ich wußte, daß ich seit zwanzig Jahren keinen Aufenthalt in Chicago vorübergehen ließ, ohne Beweismaterial zu sammeln.

Kathy Wickman war zum erstenmal im Gino's. Sie trug graue Hosen und eine rosa Bluse mit ausgestopften Schultern; sie sah aus wie eine Frau aus den Vierziger Jahren, was hervorragend zu ihrer Position als Herausgeberin des *Noir* paßte. Und es paßte zu der Zeit, in der das Gino's vermutlich zum letztenmal renoviert worden war. Ich führte sie am Arm bis zum schmalen Mittelgang; danach mußten wir hintereinander gehen. Während wir einer rothaarigen, eiligen Kellnerin mit roter Schürze durch das Ganglabyrinth folgten, sah Kathy sich mit großen Augen und einem gequälten Lächeln um; vermutlich überlegte sie, ob ich noch bei Trost sei, sie hierher zu schleppen.

Endlich setzten wir uns, einander gegenüber, in eine kleine Nische, und sie begann die Schnitzereien an der Holzwand zu lesen – *ComicCon '84, Spock lebt* und *Ed liebt Carol* – und sagte: »So was stellen Sie sich also unter ›Atmosphäre‹ vor?«

»Es ist eine Frage der Einstellung.«

Mit einer gutmütigen Grimasse sagte sie: »Eher eine Frage der Bauvorschriften, würde ich sagen.«

»He, immerhin sind wir in Chicago. Schnellebig, gemein und kalorienreich. Und lustig.«

»Ich dachte, Sie mögen keine Großstädte.«

»Doch, ich mag Großstädte. Ich mag sogar New York. Aber ich tue so, als könnte ich es nicht leiden, wenn Leute von dort in der Nähe sind.«

»Aber offenbar gefällt Ihnen Chicago besser als New York.«

»Das ist vielleicht nur so, weil ich Chicago besser kenne. Ich komme ein- oder zweimal im Jahr her, seit ich die High School abgeschlossen habe. Die Stadt gefällt mir.«

»Ihnen und Sinatra. Und in Ihrer Art von Stadt ist dies das Ihre Art von Restaurant, soso. Und welchen Spaß kann man sonst noch in der großen Stadt haben?«

»Das werde ich Ihnen zeigen. Wir werden eine Tour machen, die die Crime Tour völlig in den Schatten stellt. Wir fahren nach dem Essen mit dem Taxi zur Altstadt hinunter, und von dort aus können wir zum Second City laufen.«

Sie verzog das Gesicht. »Müssen wir dafür nicht reservieren?«

»Ich habe Verbindungen; ich hab heute nachmittag angerufen und uns Plätze reserviert.«

»Toll! Ich wollte schon immer mal Second City sehen.«

»Es ist immer eine gute Show – die haben praktisch die improvisierten Komödien erfunden. Ich geh schon seit Jahren immer wieder hin.«

»Sie verderben Ihr Image der Unschuld vom Lande.«

»Wirklich? Ich hatte gehofft, meinen Büchern wäre die Landluft anzumerken – Sie wissen schon: Iowa ist ein einziges großes Maisfeld mit einem Kramladen und zwei alten Männern, die davorsitzen und Schach spielen.«

Ihre Augen funkelten belustigt. »Ich glaube, Ihre Romane stellen dieses Klischee zumindest teilweise in Frage. Aber das Ambiente der Kleinstadt dringt dennoch durch.«

»Ambiente. Ist das französisch?«

»Schon gut, schon gut. Ich bin eine eingebildete kleine Herausgeberin . . . und fragen Sie bitte nicht, wer kleiner ist, ich oder die Zeitschrift. Aber es ist ein Unterschied, ob man eine Geschichte liest, die in Port City, Iowa, spielt, oder eine, die in New York oder L.A. oder Chicago angesiedelt ist. Tun Sie mir den Gefallen und schreiben Sie keine Geschichten, die in einer Großstadt spielen; bleiben Sie bei Ihren Kleinstädten.«

»Das verspreche ich Ihnen«, sagte ich.

Die Kellnerin kam, um unsere Bestellung aufzunehmen. Ich orderte eine kleine Pepperoni, zwei Salate und zwei Bier.

»Nun«, sagte Kathy, »Sie versuchen wohl, mich mit Ihrer Chicagoer Gerissenheit davon zu überzeugen, daß dieser Keller ein Restaurant wäre, und die Wände, die an U-Bahntunnel erinnern, Atmosphäre.«

»Fühlen Sie sich wirklich nicht wohl hier?«

Sprödes Lächeln Nummer 459. »Absolut nicht. Es gefällt mir gut. Es ist nur nicht das, was ich unter Atmosphäre verstehe. Es ist eher ein . . . Ambiente.«

Unsere Biere kamen gerade rechtzeitig, um auf den Laden anzustoßen.

»Wahre Worte der Herausgeberin des *Noir*«, sagte ich.

Ihr Gesichtsausdruck veränderte sich; der Schatten eines spröden Lächelns blieb, doch plötzlich wirkte sie ernüchtert und düster.

»Als ich vorhin zur Lobby unterwegs war, wo wir uns verabredet hatten, bin ich meinem Verleger begegnet«, sagte sie.

»Ich bin ihm auch begegnet. Ich habe ihn, genauer gesagt, in den Magen geschlagen.«

Sie hätte fast ins Bierglas gebissen. »Ehrlich?«

»He, ich bin im Grunde gar nicht stolz darauf. Normalerweise renne ich nicht herum und verprügele Leute.«

Ihr sprödes Lächeln verbreiterte sich wieder, und sie sagte: Warum denn nicht? Gat Garson hat das doch auch gemacht.«

»Gat Garson ist ein toller Typ in einem Buch. Aber nur eine stahlharte Stereotype.«

»Was ist denn zwischen Gregg und Ihnen passiert?«

»Wir haben uns einige Schimpfworte an den Kopf geworfen und versucht, das Kriegsbeil zu begraben – jeder im Kopf des anderen. Das übliche. Und wie ist Ihre Unterhaltung mit ihm gelaufen?«

Sie hielt inne, dann sagte sie: »Er hat mich in der Halle aufgehalten und mich für heute abend zu einer Cocktailparty auf sein Zimmer eingeladen.«

»Wann?«

»Der Con zeigt heute um Mitternacht die erste Filmfassung von *Der Malteserfalke* – die Version von 1931 mit Ricardo Cortez. Gregg hat den Film noch nie gesehen, deshalb will er mit einigem Leuten zusammen hingehen und danach in seinem Zimmer mit ihnen einen ausgedehnten Schlummertrunk nehmen.«

»Sind Sie sicher, daß Sie nicht die einzige sind, die er eingeladen hat?«

Sie lachte leise. »Gregg hat nicht den Mut, sich mir offen zu nähern. Er versucht es mit kleinen Spielchen. Er ist eher auf einem väterlichen Trip.«

»Dann wäre es Inzest.«

»Eigentlich nicht. Wenn ich wirklich auf seine hintergründige Anmache einginge, würde er zusammenfallen wie ein Klappstuhl; seine Frau ist krank, und er behandelt sie wie eine Prinzessin. Das ist wohl die einzige gute Seite, die er noch hat. Ich glaube, er ist ihr sogar treu.«

»Das klingt aber gar nicht nach dem Gregg Gorman, den ich hassen gelernt habe.«

»Niemand ist vollkommen, Mal, und niemand ist vollkommen schlecht. Auch Gregg nicht. Natürlich kann ich mich auch irren, wenn ich glaube, daß er ein treusorgender Gatte ist. Aber trotzdem glaube ich nicht, daß er es sich mit mir verderben würde; ich bin für ihn zu wertvoll. Das *Noir* ist eine Feder an seinem Hut, und – ich will nicht zu egoistisch sein, aber ich *bin* das *Noir*. und, wie Gregg sagen würde, man verrichtet seine Notdurft nicht dort, wo man speist.«

»Das ist aber nicht *ganz* genau das, was Gregg gesagt hätte.«

»Sicher. Aber Scheiße auch, ich habe einen größeren Wortschatz als er.«

Diesesmal lächelte *ich* spröde, und wir stießen noch einmal mit unseren Biergläsern an.

»Übrigens hat er mich gewarnt, mich mit Ihnen abzugeben«, sagte sie vorsichtig. »Er meinte, ihm wäre es lieber, wenn ich mich nicht mit Ihnen träfe.«

»Hat er sich genauso ausgedrückt?«

»Nicht genau so. Das ist wieder die elegante Version. Aber er sagte, Sie würden mich benutzen.«

»Das würde ich gern mal tun.«

»Lassen Sie uns nichts überstürzen, Mal. Oh, da kommen unsere Salate.«

Wir begannen zu essen, und ich sagte: »Was meinte er damit eigentlich?«

»Womit?«

»Damit, daß ich Sie ›benutze‹?«

»Oh! Um an ihn ranzukommen.«

»Um an ihn ranzukommen?«

»Er sagte, Sie wollten ihm irgendwas ans Zeug flicken. Das ist alles.« Sie zuckte die Achseln und machte sich wieder über ihren Salat her.

»Er meint den Mord an Roscoe«, sagte ich.

Sie hob den Kopf, musterte mich mit einem scharfen, erstaunten Blick. »Mord?«

Ich stocherte seufzend in meinem Salat herum. »Ja. Mord.«

Und dann erzählte ich ihr die Geschichte.

»Teufel!« sagte sie. »Sie spielen Detektiv, was? Genau wie in Ihren Büchern . . .«

»Bitte, fangen Sie nicht *damit* an.«

»Was meinen Sie damit?«

»Alle glauben, ich interessiere mich für Roscoes Tod, weil ich Stoff für einen neuen Roman suche. So ist es aber nicht.«

»Wie ist es dann?«

»Ach, kommen Sie, Kathy – Roscoe war mein Freund. Er war . . . sogar mehr. Er war . . . nun, einige haben gesagt, er sei mein Mentor gewesen.«

»Er war Ihr Held.«

»Ja. Er war mein Held.«

»Und ein Mann muß tun, was ein Mann zu tun hat.«

»Scheiße. Wenn der Gerichtsmediziner auf mich gehört und die Cops eingeschaltet hätte, wäre ich sofort von der Bildfläche verschwunden. Glauben Sie, Mord ist für mich ein Freizeitvergnügen? Mein Gott!«

Sie beäugte mich mit kaum verhohlenem Mißtrauen und stach mit der Gabel nach den letzten Salatblättern am Rand der

Schüssel, verfehlte sie jedoch weit. Sie sagte: »Benutzen Sie mich wirklich? Oder planen Sie, mich zu benutzen, um Gorman auszuspionieren oder so?«

»Das ist mir bisher noch gar nicht eingefallen.«

»Gut.«

»Aber es wäre keine schlechte Idee.«

Sie mußte lächeln; es war ein seltenes, offenes Lächeln, bei dem zuviele Zähne zu sehen waren; wie Norma Jean Baker, bevor sie sich mit Hollywood verschwor, um Marilyn Monroe zu erfinden.

»Sie«, sagte sie, »Sie sind unverbesserlich.«

Ich zuckte die Achseln. »Dann verbessern Sie mich eben nicht.«

Sie lächelte immer noch, aber jetzt war es ein gewohntes sprödes Lächeln. Sie schüttelte den Kopf und schob die leere Salatschüssel beiseite. »Vielleicht könnte ich Ihnen helfen.«

»Ich werde darüber nachdenken. Wenn mir was Wichtiges einfällt, frage ich vielleicht.«

»Und ich werde vielleicht antworten. Aber Sie müssen mir etwas versprechen . . .«

»Gern.«

»Versprechen Sie mir, daß Sie kein Buch über diese Sache schreiben.«

»Gut.«

Die Pizza kam, dampfend und heiß, und sie roch sehr, sehr gut. Kathy hatte bisher noch nie Pizza à la Chicago gegessen – nur einen billigen Abklatsch in einem Schnellrestaurant –, und sie war sofort begeistert. Ginos Pizza war saftig, mit reichlich Käse und einer dicken, süßen Kruste – eine italienisch-amerikanische Wiedergutmachung für die Mafia.

Und genauso gefährlich: eine kleine Pizza hatte uns beide völlig gesättigt. Wir tranken ein zweites Bier, und jeder Schluck tat uns weh.

»Ich hab noch nie im Leben soviel gegessen«, sagte Kathy.

»In einer Woche haben Sie alles verdaut«, sagte ich. »Kathy, macht Ihnen außer Ihrem vollen Magen noch etwas Sorgen?«

Sie seufzte und sagte nickend: »Sie haben Gregg doch

nicht . . . äh . . . ernsthaft im Verdacht . . .?« Sie konnte es nicht aussprechen.

Ich lächelte. »Sie als Herausgeber einer Zeitschrift, die sich mit erfundenen Verbrechen und Gewalttaten beschäftigt, können das einfache Wort nicht aussprechen, das auf sovielen Titeln von Büchern steht, die Sie rezensieren: Mord.«

Sie schauderte. »Fiktion ist eine Sache . . . aber das hier ist etwas anderes. Unangenehm real.«

»Es war auch nicht gerade angenehm, als ich Roscoes Leiche fand.«

»Haben Sie wirklich Gregg im Verdacht?«

»Ich verdächtige ihn. Aber nicht des Mordes – jedenfalls noch nicht.«

»Worauf bezieht sich Ihr Verdacht dann?«

»Betrug.«

»Wie das?«

»Das Buch von Hammett. Ich halte es für einen Schwindel.«

»Das ist doch nicht Ihr Ernst.«

»Doch, das ist es. Ich glaube, es ist eine Fälschung. Wahrscheinlich eine sehr gute, eine sehr gut geschriebene Fälschung. Aber trotzdem eine Fälschung.«

»Von wem, um Himmels willen?«

»Es gibt da mehrere Möglichkeiten. Tim Culver ist der Hauptverdächtige – er ist der wichtigste moderne Autor in der Tradition Hammetts. Seine Lebensgefährtin Cynthia Crystal hatte Zugang zu Hammetts Nachlaß – vielleicht auch zu anderen Fragmenten, die sich als wertvoll erwiesen haben. Außerdem ist Cynthia eine gute Autorin, die Hammett sehr schätzt – in gewisser Weise lebt er auch in ihren Werken fort. Sie kommt selbst als Fälscherin in Frage. Oder sie und Culver zusammen.«

»Dann meinen Sie, einer von beiden oder beide zusammen . . .«

»Nein. Ich glaube, es war jemand anders.«

»*Wer*?«

»Was meinen Sie denn, wer es gewesen sein könnte?«

Sie dachte darüber nach. »Das kann doch nicht Ihr Ernst sein!«

»Das haben Sie schon mal gesagt.«

»Aber Sie verdächtigen doch nicht . . .«

»Doch«, sagte ich. »Ich glaube, Roscoe Kane hat *The Secret Emperor* von Dashiell Hammett geschrieben.«

Sie schüttelte den Kopf. Dies zu schlucken fiel ihr schwerer als eine zweite Pizza. »Aber – hat Kane denn überhaupt gut genug geschrieben, um einen *Hammett* zu imitieren und damit durchzukommen?«

Ich nickte. »Ja. Die meisten wissen es nicht, aber es ist so. Er hat gut genug geschrieben.«

»Und Sie glauben, das hätte etwas damit zu tun, daß Roscoe . . .«

»Ermordet wurde. Höchstwahrscheinlich. Kathy, dies ist ein Riesending; es geht mindestens um ein paar hunderttausend Dollar.«

Die Kellnerin brachte unsere Rechnung.

Kathy sah mich belustigt an; sie wackelte mit dem Kopf, und ihr langes braunes Haar federte in weichen Wellen um ihren Kopf. »Aber Sie wissen nicht, ob es wirklich so ist. Es könnte ohne weiteres ein authentischer, unveröffentlichter Roman von Hammett sein; wenn es eine Fälschung ist, dann wären ja alle Experten, die das Manuskript bisher gesehen haben, zum Narren gehalten worden.«

»So war es auch mit den Hitler-Tagebüchern, bis die richtigen Experten kamen.«

Sie sah mich nachdenklich an. »Glauben Sie, Sie könnten den Unterschied feststellen, wenn Sie ein Exemplar in die Finger bekommen?«

»Ich bin vielleicht einer der ganz wenigen Menschen, die mit Roscoe Kanes *und* mit Hammetts Werk vertraut genug sind, um es zu bemerken. Warum?«

Sie verzog das Gesicht. »Ich hab nur darüber nachgedacht. Wollen wir gehen? Die Altstadt wird nicht jünger, wenn wir noch länger warten.«

»Richtig«, sagte ich. Ich legte das Geld auf den Tisch, und wir standen auf. Wir drängten uns langsam, vom Gewicht der Pizza behindert, durch Ginos Katakomben nach draußen und die Treppe zur Rush Street hinauf.

»Wir nehmen da unten an der Ecke ein Taxi«, sagte ich, indem ich einen Arm über ihre Schultern legte. Es war ein kühler

Abend, der durch die Neonreklamen auf der Rush Street nur scheinbar erwärmt wurde. Chicago war eine wundervolle Stadt.

Eine Hand packte meinen Arm, und sie gehörte nicht Kathy.

Ich drehte mich um und sah einen stämmigen Mann von etwa vierzig Jahren hinter mir stehen. Er trug eine blaue Flickenjacke, und er sah aus, als hätte man ihm vor langer Zeit einen Sack mit Münzen ins Gesicht geschlagen, und als wären die Wunden nicht richtig verheilt; er grinste mich mit falschen, zu weißen Zähnen an. Er hatte graue, schüttere Haare, die aussahen wie eine sterbende Wiese; seine Augen waren vom gleichen Grau und wirkten noch abgestorbener als das Haar.

Und er drückte meinen Arm so fest, daß es schmerzte.

»Was wollen Sie?« fragte ich. Ich versuchte, meiner Stimme eher einen verärgerten als einen verängstigten Klang zu geben.

Er sagte nichts; er zerrte mich einfach mit.

Kathy rannte fassungslos hinter uns her.

Bevor ich mir eine kluge Bemerkung ausdenken oder mich wehren konnte, hatte er mich quer über die Straße in eine gegenüberliegende Gasse gezogen, wo noch zwei Typen warteten. Einer von ihnen, ein vierschrötiger Kerl in einer Rindslederjacke, hatte lange Haare wie ein Hippie, aber ich war sicher, daß er sich nicht auf die Kraft von Blumen verließ; der zweite, ein jüngerer Mann, der ein AC/DC/-T-Shirt trug und Pickel am Hals und viel kürzere Haare hatte, packte Kathy, als sie die Gasse betrat. Ein paar Meter hinter dem Eingang drückte er sie gegen die Wand und hielt ihr die Hand vor den Mund und legte den anderen Arm um ihre Hüfte. Sie trat und wehrte sich, aber er hielt sie eisern fest. Ein paar Meter weiter wanderten Menschen über den Gehweg, doch niemand bemerkte die Spiele, die in der Seitenstraße gespielt wurden. Viele von ihnen knabberten Schokoladenkekse, die sie bei Mrs. Field's Cookies neben dem Eingang der Gasse gekauft hatten.

Und ich, ich war kurz davor, rückwärts zu essen. Der Typ, der mich vor ein paar Sekunden, vor unendlich langer Zeit, über die Straße gezerrt hatte, drückte mich gegen die Mauer und versenkte seine Faust in meinem Magen. Ich ging in die Knie und begann meine Pizza à la Chicago auszuspucken.

»Geh auf deine Farm zurück, Schnüffler«, sagte der Typ, der

mich geschlagen hatte. Seine Stimme war genauso rauh wie der Kies, auf dem meine Hände lagen. Ich packte eine Handvoll und warf ihm die Steine ins Gesicht, und er konnte einen Augenblick nichts mehr sehen – der Augenblick reichte mir, um ihm die Faust zwischen die Beine zu knallen. Er krümmte sich.

Ich stand auf und schlug ihm, so fest ich konnte, die Faust an die Schläfe. Er hatte genug und stürzte in das, was einmal meine Pizza gewesen war.

Blieben noch zwei. Ich fühlte mich ausgesprochen tapfer und selbstsicher, nachdem ich meinen ersten Gegner mit einem Tiefschlag ausgeschaltet hatte, und griff den vierschrötigen Burschen mit der Lederjacke an, der im Eingang der Gasse stand und aufpaßte, daß sich niemand einmischte, was in Chicago ohnehin kaum zu erwarten war. Ich stürzte mich auf ihn, und er wedelte mich wie eine lästige Fliege in einige Mülltonnen.

Ich schlug hart auf, aber es klang schlimmer, als es sich für mich anfühlte. Kathy riß verängstigt die Augen auf, und der Vierschrötige drang mit einem häßlichen Lächeln und ausgebreiteten Armen auf mich ein; er wollte mich sicher nicht umarmen, oder wenn, dann bestimmt nicht sehr liebevoll. Ich tastete nach einer Waffe und fand den Griff eines Mülltonnendeckels. Ich knallte ihm den Deckel vor die Brust, als wäre ich Prinz Eisenherz, der mit seinem Schild einen Barbaren abwehrt. Er setzte sich auf den Hintern, sprang aber sofort wieder auf, und ich erwischte ihn noch einmal mit dem Deckel. Der Deckel bekam eine Beule, und der Typ war abgemeldet.

Ich drehte mich zu dem Burschen um, der Kathy festhielt; meine Kleidung war mit Blut und Müll und den Resten der Pizza bespritzt, und ich hatte noch den zerbeulten Mülltonnendeckel in der Hand, so daß ich wohl gefährlicher aussah, als ich wirklich war, denn er ließ Kathy sofort los und rannte weg.

»Laß uns die Polizei rufen«, sagte Kathy.

Ich bückte mich und zog dem Vierschrötigen die Brieftasche aus der Jacke und sah seine Ausweise durch; er hatte einige Visitenkarten dabei, von denen ich eine an mich nahm.

Kathy klammerte sich an meinen Arm, und ich grinste sie an. »Hab ich wirklich gesagt, Gat Garson wäre nur eine Stereotype?«

In ihren Augen flackerte Panik. »Hast du nicht gehört? Laß uns die Cops rufen!«

»Damit du deinen Job verlierst?« sagte ich.

»Was meinst du damit?«

Ich deutete auf die beiden bewußtlosen Männer.

»Hast du schon einmal Engel gesehen?«

Sie wußte nicht, was ich meinte, doch ihre Bestürzung war eine Hilfe; bevor sie wußte, wie ihr geschah, saßen wir in einem Taxi.

14

Natürlich kamen wir an diesem Freitagabend nicht mehr in die Altstadt; die heißbegehrten Reservierungen für das Second City ließen wir verfallen. Ich war mit Blut bespritzt und sah schrecklich aus, und Kathy war ziemlich hysterisch. Wir fuhren also mit dem Taxi ins Hotel und landeten schließlich in meinem Zimmer. Es tat mir leid, daß wir die North Wells Street mit den prächtigen Geschäften und Restaurants und die Show im Second City verpaßt hatten; was mir überhaupt nicht leid tat, war, daß ich mit Kathy Wickman allein in meinem Zimmer war.

Sie saß auf meinem Bett.

»Ich wußte ja, daß Gregg ein gemeiner kleiner Hundesohn ist«, sagte sie, während sie ungestüm gestikulierte, »aber ich hätte mir nie träumen lassen, daß er zu so etwas fähig wäre.«

»Wozu?« sagte ich. Ich stand im Badezimmer am Waschbekken und überlegte mir gerade, ob ich mir einen kalten Umschlag für die Lippe machen sollte; die Schnittwunde stammte von meiner Begegnung mit den Mülltonnen.

»Daß er Leute schickt, um dich zu verprügeln«, sagte sie, etwas verärgert über meine beiläufige Frage. Im Taxi hatte ich ihr die Karte gezeigt, die ich dem Mann in der Gasse abgenommen hatte. Sie gehörte einem gewissen Mr. Harry DiAngeli, DiAngeli Adult Books Inc. Er war also in mehrfacher Hinsicht ein Engel, aber ich war sicher, daß Petrus trotzdem nicht von ihm begeistert gewesen wäre.

Ich verließ das Badezimmer und zog mir das Hemd aus; ich versichere Ihnen, daß ich nicht meine Richard-Gere-Nummer abziehen wollte. Ich habe zwar ein paar Haare auf der Brust, aber deshalb ist noch nie eine Frau schwach geworden, und eine Goldkette habe ich nie besessen. Ich wollte einfach nur das Ding ausziehen, das man als »Gino's Pizza-T-Shirt« hätte beschreiben können.

»Ich dachte«, sagte ich, während ich ein graues, kurzärmeliges T-Shirt anzog, »du meintest diese andere Sache, die Gorman sich vermutlich ausgedacht hat.«

Sie verzog nachdenklich den Mund. »Du meinst das Buch von Hammett.«

Ich setzte mich neben ihr aufs Bett. »Ich meine das höchstwahrscheinlich gefälschte Hammett-Buch.«

Sie berührte mitfühlend und etwas abwesend meine Lippe. »Glaubst du, daß es eine Verbindung zu Roscoe Kanes Tod gibt?«

»Ich will es so sagen: Gorman hat sich die Mühe gemacht, in aller Öffentlichkeit seine Engel auf uns zu hetzen. Nicht, daß so etwas in Chicago irgendwie auffiele, aber immerhin.«

»Worauf willst du hinaus?«

»Paß auf. Ich würde nicht sagen, daß Gorman nicht fähig wäre, so etwas aus reiner Bosheit zu tun. Dieser gefallene Engel hat mir wirklich einen guten Schlag in den Magen verpaßt; vielleicht, um eine Rechnung zu begleichen.«

Sie dachte darüber nach. »Aber er sagte auch, du sollst aus der Stadt verschwinden.«

»Genau – *darauf* will ich hinaus. Es hätte nur noch gefehlt, daß er mich in eine Postkutsche setzte.«

»Aber warum?«

»Elementar, meine liebe Wickman. Ich untersuche Roscoe Kanes vorzeitiges Hinscheiden. Die örtlichen Behörden sprechen von einem Tod durch Unfall. Da ich aber nun herumschnüffle, könnten sie die Ermittlungen wieder aufnehmen; jedenfalls,, wenn ich hartnäckig genug bin und etwas Krach schlage. Und Gorman weiß genau, daß ich verdammt hartnäckig bin und gelegentlich auch etwas laut werde.«

Sie war jetzt sehr bleich, und sie begann etwas zu zittern. »Und du glaubst, Gorman sei fähig . . .«

»Einen Menschen zu ermorden? Wer weiß schon, was der Schurke plant?«

»Wie kannst du nur so locker damit umgehen?«

»Mit einem Mord? Mit dem Tod? Ah, Unsinn, Madame. Schwierigkeiten sind mir eine Lust. Ich gehe auf Streife und suche Morde, die ich zu Papier bringen kann. Ich suche nach dem nächsten Mord für meinen nächsten Bestseller.«

Sie musterte mich.

»Du willst damit nur vertuschen, wie dir wirklich zumute ist, was? Roscoe Kanes Tod macht dir wirklich zu schaffen, und . . .«

Ich stand auf und schaltete meinen Kassettenrekorder ein. Bobby Darin sang: »Beyond the Sea.« Ich liebte dieses Lied, aber jetzt war es mir zu melancholisch. Seit Darin gestorben war, erschien es mir wie eine Metapher. *Irgendwo jenseits des Meeres* . . . Ich blickte aus dem Fenster zur Michigan Avenue und zum Park hinunter; ich konnte alles deutlich sehen, doch die Straßenlaternen tauchten die Szene in ein unwirkliches, künstliches Licht. Der Straßenlärm drang, zugleich klar und gedämpft, von unten herauf. Unterwassergeräusche.

Ohne mich zu ihr umzudrehen sagte ich: »Verdammt, wenn ich herausbekomme, was Roscoe passiert ist und wer es getan hat . . . und warum . . . aber er ist und bleibt tot. Und eines Tages werde ich sterben, und du auch. Was soll das Ganze? Verdammt, wohin zielt das alles?«

Ich spürte ihre kühle Hand auf meinem Arm.

Ich hatte nicht gehört, daß sie aufgestanden und zu mir herübergekommen war. Ich drehte mich zu ihr um. Sie hatte das rosa T-Shirt ausgezogen.

»Wer sagt denn, daß es ein Ziel geben muß?« sagte sie.

Ich betrachtete ihre Brüste. Oder, wie Gat gesagt hätte, ihre hübschen Möpse, ihre appetitlichen Vanilleeiskugeln mit den Kirschen auf der Spitze.

»Wenn es kein Ziel geben muß, dann ziele nicht mit diesen Dingern auf mich«, sagte ich. Ich mußte grinsen.

»Weil sie vielleicht geladen sind, Gat?« sagte sie mit einem spröden Lächeln (Nummer 569). Dann fiel sie mir in die Arme.

Sie strahlte mich mit ihrem hübschen Gesicht an, daß es mir wehtat. »Vergiß doch dieses dumme Theater und genieße den Con und meine Gesellschaft und fahre danach nach Hause. Wenn du willst, kannst du den größten Teil der beiden nächsten Tage mit mir im Bett verbringen.«

»Ich habe schon schlechtere Angebote bekommen.«

»Und noch nie ein besseres.«

Noch nie. Sie war süßer als Gat Garsons alberne Eiskreme-Metapher. Sie war das Heilmittel für alles, was mich schmerzte. Sie war hundert Pfund geballte Zuneigung mit schimmerndem braunem Haar und schimmernden braunen Augen, und als ich sie in den Armen hielt, war mir plötzlich egal, ob das Leben oder die Ewigkeit einen Sinn oder ein Ziel hatte oder nicht.

»Ist das nicht der Augenblick für die Zigarette danach?« fragte sie. Sie saß, beide Kissen hinter dem Rücken, aufrecht im Bett. Die Decken hatte sie sich um die Hüfte gelegt, doch die Eiskremekugeln schwebten darüber; es würde noch Jahre dauern, ehe sie zu schmelzen beginnen würden.

»Natürlich. Aber ich rauche nicht.«

»Ich auch nicht.«

»Dann lassen wir's.«

»Gut.«

»Außerdem«, sagte ich, »ist es überhaupt nicht schlimm, wenn wir ein paar Klischees auslassen. Die obligatorische Sexszene haben wir gerade hinter uns, und die rituelle Gewalt haben wir auch erlebt.«

Sie lächelte spröde und sah mich neugierig an. »Was meinst du mit ritueller Gewalt?«

»Gormans Geschäftspartner mit ihrer harten Nummer. Das kam wie auf Stichwort. In einem Detektivroman braucht man auch etwas Action.«

»Wirklich?«

Unten auf der Straße heulte die Sirene eines Krankenwagens.

»Ich versuche es so zu sehen«, sagte ich. »Wenn ich einen

Roman darüber schriebe, wäre ich versucht, die Sexszene und die rituelle Gewalt auszulassen. Vielleicht wirken sie ganz gut, aber irgendwie ist es überlebt. Also würde ich es wahrscheinlich streichen. Töte deine Lieblinge, weißt du?«

»Was?«

Ich grinste sie an. »Hast du diesen Spruch noch nie gehört? Als Herausgeberin des *Noir*? Schande über dich. Das ist der Leitsatz der Krimiautoren.«

»Töte deine Lieblinge?«

»Ja. Das soll heißen: streiche dein Werk rücksichtslos zusammen; bearbeite es schonungslos. Wirf alles Selbstverliebtes hinaus. Diesen freundlichen Rat habe ich das erstemal von Roscoe Kane gehört, als er mir zeigte, was ich in meinem ersten Roman alles streichen mußte.«

Sie legte den Kopf schief und zog eine amüsierte, erstaunte Grimasse. »Ich bin immer noch nicht sicher, ob ich es verstanden habe.«

Ich stützte mich auf einen Ellbogen, gestikulierte mit der anderen Hand und erklärte es ihr wie ein Oberlehrer. »Weißt du, die Dinge, auf die ein Autor bei seinen Geschichten besonders stolz ist – eine raffinierte Metapher hier, ein Bonmot dort, eine ganze Szene mit einem witzigen, aber sinnlosen Dialog –, das sind genau die Stellen, die gestrichen werden müssen. Natürlich – wenn ich alles Selbstverliebte aus meinen Romanen streichen würde, wären sie plötzlich Kurzgeschichten. Aber die alten Krimiautoren haben recht, wenn sie sagen, daß man seine Lieblinge umbringen muß – und der Mordfall Roscoe Kane betrifft mich so persönlich, daß ich so langsam glaube, daß die ganze Geschichte nichts taugt.«

»Sei nicht albern, Mal . . .«

Ich zog ihr ein Kopfkissen hinter dem Rücken weg, damit ich bequem aufrecht sitzen konnte wie sie. Nichts gegen postkoitale Ritterlichkeit, aber sie ist ziemlich unbequem.

Ich sagte: »Es ist, wie Sardini und sogar Gorman es sagten: Ich habe zuviele Krimis gelesen. Und vielleicht auch zuviele geschrieben.«

Sie musterte mich.

Ich sagte: »Ich würde mich freuen, wenn du energisch widersprechen würdest.«

Sie lächelte leicht. »Dann gehe davon aus, daß ich energisch widerspreche.«

»Danke. Es bedeutet mir viel, wenn es so von Herzen kommt wie bei dir. Aber wie auch immer, vielleicht sollte ich jetzt *wirklich* das Handtuch werfen.«

»Genau wie Roscoe Kanes Mörder.«

»Was?«

Sie stupste mit einem langen, schmalen Finger vor meine Brust. »Der hat auch das Handtuch geworfen, erinnerst du dich? Genauer gesagt, sogar mehrere. Er hat mit ihnen das Wasser aufgewischt, nachdem er Roscoe ertränkt hatte. Das war doch deine Theorie, oder?«

Ich stand auf und ging wieder ans Fenster. Bobby Darin sang von künstlichen Blumen; in dem Lied wird ein kleines Mädchen beschrieben, das sich zu Tode friert, während es an einer Straßenecke Blumen verkauft.

»Genau das meine ich, Kathy«, sagte ich, während ich zu der unwirklichen Straße hinabsah. »Es ist so verdammt schwach. Das ist ein Beweis für einen Krimi, aber nicht für das wirkliche Leben. Nein, ich sollte versuchen, die Möglichkeit zu akzeptieren . . . mich damit abfinden . . . daß Roscoe wirklich durch einen Unfall ums Leben kam. Ich mache mir nur vor, daß er ermordet wurde, weil ich ihn auf diese Weise irgendwie am Leben erhalte.«

Diesesmal hörte ich, wie sie hinter mir den Raum durchquerte. »Wie meinst du das, Mal?«

Ich drehte mich zu ihr um. Der Raum wurde nur vom Fenster hinter uns beleuchtet, und die Schatten und das fahle Licht gaben ihrem schlanken Körper dasselbe unwirkliche Aussehen wie der Straße unter uns.

»Verstehst du es nicht? Solange ich Gat Garson spiele und Roscoes Tod untersuche, bleibt Roscoe in gewisser Weise bei uns . . . bis der Mord an ihm aufgeklärt ist, lebt er weiter. Seine Geschichte ist noch nicht zu Ende. Und das ist vielleicht genau das, was ich erreichen will.«

Sie streichelte meinen Arm. »Das ist nicht wahr. Du hast

wirklich versucht, diesen Mord aufzuklären und die Geschichte zu beenden. Du klammerst dich nicht auf eine dumpfe, kranke Weise an ihn. Du tust nur, was deine alberne, romantische Natur dir sagt – du versuchst, den Sinn der Dinge zu erfassen und den Tod und das Leben zu verstehen. Das ist vielleicht ein hoffnungsloses Unterfangen, aber es ist . . . etwas Edles.«

»Du sprichst wie eine Person in G. Roger Donaldsons Buch«, sagte ich mit einem kleinen Lächeln.

Das Lächeln, das sie mir zurückgab, war schief und etwas traurig. »Vielleicht habe ich auch zuviele Krimis gelesen.«

Ich umarmte sie. »Du bist das einzig Reale, das ich hier erlebt habe. Alles andere ist wie ein schlechter Traum.«

Sie knabberte an meinem Ohr. »Du meinst wohl, ich bin im Bett ein Traum.«

»Ein feuchter Traum, wollte ich sagen.«

»Gat, du sagst immer so reizende, liebe Sachen zu mir . . .«

Wir sahen uns an, gingen Hand in Hand zum Bett und kuschelten uns unter der Decke wie Löffel zusammen.

»Ich weiß nicht, Kathy«, sagte ich zu ihrem Rücken. »Ich glaube, ich hab mir nur selbst was vorgemacht, und der Schwindel war noch größer als Gormans Betrug.«

Sie schielte mich über die Schulter an. »Aber das *ist* real. Gorman *ist* ein Schwindler.«

»Klar. Und ich glaube, Roscoe hat für ihn dieses Buch geschrieben; wenn ich es gelesen habe, werde ich es wissen.«

Sie musterte mich.

Ich fuhr fort. »Wenn Roscoe wirklich das Buch geschrieben hat, will Gorman natürlich vermeiden, daß ich oder sonst irgend jemand herumschnüffelt, weil sonst herauskäme, daß Roscoe das Buch gefälscht hat – der Schwindel würde sich, wie Gat Garson sagen würde, aufdröseln wie ein billiger Pullover.«

»Würde es nicht irgendwann sowieso herauskommen?«

»Das Timing ist alles. Wenn das Buch veröffentlicht wird und darüber ein Streit entbrennt, ist das nur gut für die Verkaufszahlen. Vor Jahren ist dasselbe mit *The Search for Bridey Murphy* passiert; du kannst dich wahrscheinlich nicht daran erinnern. Aber wenn der Streit schon *vor* der Veröffentlichung beginnt – wenn der Schwindel vor der Veröffentlichung auffliegt –, dann ist das Buch eine Totgeburt. Und Gorman wäre dann auch erledigt.«

»Meinst du nicht, daß viele Leute trotzdem das Buch lesen würden?«

»Einige vielleicht, aber nicht sehr viele. Und wahrscheinlich würde es nicht einmal durch die Presse gehen – dem Verleger wäre die ganze Sache zu peinlich. Erinnerst du dich an die Clifford-Irving/Howard-Hughes-›Autobiographie‹?«

Sie drehte sich zu mir herum und sah mir voll ins Gesicht. »Ich verstehe, was du meinst. Und Gregg hat sich vielleicht Sorgen darüber gemacht, daß sein Ghostwriter Kane anfangen könnte zu plaudern . . . Kane hat ja wieder viel getrunken, und in aller Öffentlichkeit – und du hast gesagt, Kane hätte gestern abend in der Bar Sprüche geklopft . . .«

Ich nickte. »Und Gorman ist vielleicht auf die Idee gekommen, daß Roscoes lockere Sprüche das Hammett-Schiff untergehen lassen – ja. Das ist eine Möglichkeit.«

»Du wirst also nicht aufhören, die Sache zu untersuchen, Mal?«

Bobby Darin sang leise ›Macky Messer‹: *Und der Haifisch, der hat Zähne . . .*

»Nein«, sagte ich. »Ich kann es einfach nicht auf sich beruhen lassen. Ich wünschte, ich könnte es.«

»Ich bin froh, daß du es nicht kannst.«

»Mir tut es leid, Kathy.«

»Warum? Hast du Angst vor Gorman und seinen Gorillas?«

»Paß auf«, warnte ich sie. »Du sprichst schon wie eine Frau aus Gat-Garson-Romanen.«

Ich deutete zum Titelbild, das an der Wand lehnte; als wir hereingekommen waren, hatte ich es umgedreht. Im Dämmerlicht starrte das Titelmädchen von *Murder Me Again, Doll* zu Kathy herüber.

»Nach dieser Szene in der Gasse«, sagte sie, »*fühle* ich mich auch wie eine Figur aus einem Gat-Garson-Roman.«

Ich legte eine Hand auf die Eiskremekugel. »Du siehst auch so aus.«

Sie lächelte schief und sagte: »Und ich vermute, du hast Gat Garsons Stehvermögen, oder?«

»Sexuell gesprochen, meinst du?«

»Sexuell gesprochen, jawohl, mein Herr.«

»Als Gat in *Death Is a Dame* um etwas Ähnliches gebeten wurde, sagte er: ›Baby, bei dir stehen sogar die Toten wieder auf.›«

»Warum zeigst du mir nicht, was in diesen Romanen immer nach diesen hübschen Eindeutigkeiten kommt?«

»Das kann ich nicht.«

»Oh?«

»Nein, Puppe. Weißt du, an diesem Punkt blendet Kane immer ab . . .«

Eine Weile später wachte ich auf, als im Bad das Licht anging. Ich schlug die Augen auf – besser gesagt, ein Auge –, und sah Kathy voll angekleidet am Waschbecken stehen.

»Willst du ausgehen?« rief ich hinüber.

Sie erschrak und sagte mit aufgerissenen Augen: »Ich, äh, ich muß zu Gormans Party gehen. Der Schlaftrunk nach dem Film, erinnerst du dich?«

Ich setzte mich auf. »Warum, um alles in der Welt, tust du das nur?«

Sie stand als dunkle Silhouette in der Badezimmertür. »Er ist immer noch mein Verleger.«

Ich dachte darüber nach.

Dann sagte ich: »Was hast du vor?«

»Ich muß meinen Auftritt machen«, sagte sie. »Das *Noir* ist mir sehr wichtig . . .«

Sie kam am Bett vorbei, und ich packte ihr Handgelenk. Nicht fest, aber fest genug, um sie aufzuhalten.

»So geldgierig bist du doch gar nicht. Du bist sauer, weil Gormans Engel uns überfallen haben, und du hast dir was ausgedacht. *Was*?«

Sie wand ihren Arm aus meinem Griff.

»Schlaf weiter«, sagte sie.

»Was hast du vor?«

»Kann ich einen Schlüssel haben, damit ich nachher zu dir zurückkommen kann? Oder soll ich in meinem eigenen Zimmer schlafen?«

»Geh nicht, Kathy. Bleib hier.«

Sie sagte sehr bestimmt: »Kann ich einen Schlüssel haben, Mal?«

»Da drüben auf der Kommode. Nimm ihn. Soll ich mitkommen?«

»Damit du Gregg wieder in den Magen schlagen kannst? Nein, danke. Vertrau mir nur, Mal.«

»Hab ich denn eine Wahl?«

»Nein, die hast du nicht«, sagte sie kopfschüttelnd.

»Tja«, sagte ich. »Viel Spaß dann.«

Sprödes Lächeln Nr. 892. »Ich werd's versuchen. Mal?«

»Ja?«

»Bevor wir . . . abgelenkt wurden, sagtest du, es täte dir leid, daß du weiterforschen willst. Warum?«

»Oh. Nichts.«

»Komm schon, spuck's aus.«

Ich zuckte die Achseln. »Ich habe etwas Angst davor, Roscoes Mörder zu finden, falls es ihn überhaupt gibt. Weißt du, das würde einfach nichts ändern, und ich glaube, es könnte schlimm für mich werden, wenn ich sehe, daß Roscoes Tod und meine Detektivarbeit ihm überhaupt nichts genützt haben.«

»Sag das nicht.«

»Warum nicht?«

»Weil es nicht wahr ist. Glaubst du wirklich, Gat Garson könnte dieses Rätsel ungelöst lassen?«

Ich lächelte unbehaglich. »Wohl nicht. Und Roscoe auch nicht.«

»Eben. Bis später dann.«

Sie ging.

Ich versuchte wieder einzuschlafen, doch es gelang mir nicht. Ich schaltete den Fernseher ein und sah einen alten Film mit den Bowery Boys an – *Dig That Uranium* –, bis ich dank Huntz Hall und Leo Gorcey meine Probleme vergaß. Nur während der Werbeeinblendungen fielen sie mir wieder ein, doch ich überbrückte die Pause, indem ich in eine Hose schlüpfte und mir aus dem Automaten im Flur eine Dose 7-Up holte.

Der Film war noch nicht zu Ende, als die Tür aufging und Kathy eintrat. Sie hatte etwas unter den Arm geklemmt.

»Was hast du da?« sagte ich, während Leo Gorcey gerade Huntz Hall verprügelte.

»Du sagtest, du hättest zuviele Krimis gelesen«, sagte sie, indem sie mir den Packen hinhielt. »Glaubst du, du schaffst noch einen?«

Es war ein Manuskript in einem braunen Hefter. Genauer gesagt, die Fotokopie eines Manuskripts; knapp über zweihundert Seiten.

»Das hast du doch bis morgen früh durch, oder?« sagte sie, während sie sich auszog und zu mir ins Bett kroch.

Auf der ersten Seite stand: »*The Secret Emperor* von Dashiell Hammett«.

Sie schnaubte.

Ich begann zu lesen.

Teil 3

Sonnabend

15

Die Organisatoren des Bouchercon hatten meine Podiumsdiskussion geändert; ursprünglich sollte ich an »Die Bedeutung des Kriminalromans« um neun Uhr teilnehmen. Jetzt an »Wohin entwickelt sich der Privatdetektivroman?« um elf. Da ich den größten Teil der Nacht lesend verbracht hatte, schlief ich bis zehn Uhr. Als ich aufwachte, war Kathy schon gegangen; sie hatte das Hammett-Manuskript mitgenommen. Auf dem Nachttisch lag ein Zettel; sie hatte geschrieben, daß sie in ihrem Zimmer sei, um sich für den Tag frischzumachen.

Ich rief sie an.

»Ich war schon kurz davor, dich aufzugeben«, sagte sie.

»Ich hab die ganze Nacht mit dem Buch verbracht.«

»Dann ist es gut?«

»Sehr gut. Aber das ist alles, was ich im Augenblick sagen kann.«

»Na gut. Ich, äh, ich hab's Gregg zurückgegeben.«

»Warum hatte er eigentlich eine Kopie des Manuskriptes dabei?«

»Es war gar nicht seine. Es war die Kopie, die G. Roger Donaldson ihm zurückgegeben hat.«

»Oh, ja? Und warum hatte Donaldson eine Kopie?«

»Er ist eng mit Gregg befreundet, soweit ich weiß. Ich kenne Donaldson nicht persönlich – er war gestern abend zur Party eingeladen, aber er kam nicht. Donaldson ist einer der ›Experten‹, die das Buch für Gregg als echten Hammett klassifiziert haben. Gregg hat einige wichtige Leute Gutachten schreiben lassen und schickte die Kopien mit, als er im letzten Monat das Manuskript den größeren Verlagen anbot.«

»Welche Verbindung besteht zwischen Donaldson und Gregg?«

»Gregg veröffentlicht eins von Donaldsons Büchern.«

Das kam mir spanisch vor. »Was hat ein großer Mann wie Donaldson mit einem kleinen Verlag wie dem Mystery House zu tun?«

»Es ist eine Sammlung von Kurzgeschichten. Donaldsons alter Verlag hat sie abgelehnt – du weißt ja, wie das ist. Kurzgeschichtensammlungen laufen einfach nicht.«

»Und du hast gestern abend das Manuskript aus Gormans Zimmer geklaut? Nicht schlecht.«

»Nein, so schlimm war es gar nicht. Gregg hat es mir selbst gegeben, damit ich eine Vorankündigung im *Noir* schreiben kann. Ich sagte ihm gestern abend, ich wäre ganz wild auf *The Secret Emperor* und bat ihn, es mir über Nacht zu geben, damit ich es lesen könnte.«

»Das gefällt mir, Kathy.«

»Dann zahl mein Frühstück. Bis gleich in der Caféteria.«

Ich war vor ihr unten. Ein blasser Sardini mit glasigen Augen kam auf mich zu; sein Hemd war in die Hose gestopft, was für einen Mann, der offenbar noch weniger Schlaf als ich bekommen hatte, keine schlechte Leistung war.

»Wohin bist du denn gestern abend verschwunden?« sagte er.

»Wir Leute vom Land wissen genau, wo in der Großstadt was los ist.«

»Du hättest mit uns einen großartigen Abend verbringen können, auch wenn du nicht Bescheid gewußt hättest. Ed und ich haben praktisch alle Kneipen im Loop abgeklappert.«

Ed Charterman, dessen Augen hinter der Nickelbrille fast genauso glasig waren wie Toms Augen, gesellte sich zu uns. Er war ein Herausgeber aus New York, der für mehrere Verlage gearbeitet hatte und inzwischen zu den besten Herausgebern unseres Genres zählte – ich hielt viel von ihm, obwohl er noch nie was von mir gebracht hatte.

Er zog eine Zigarettenschachtel aus der Hemdtasche, verzog das Gesicht und nickte uns zu, was soviel wie »Guten Morgen« heißen sollte. Dann frühstückte er seine Zigarette.

»Willst du mitkommen?« fragte Charterman, indem er zum Gazebo deutete.

»Gern«, sagte ich, »aber ich esse nur mit Herausgebern, die meine Geschichten kaufen.«

Er zuckte die Achseln und lächelte mich freundlich-zynisch an. »Meistens muß man sein Essen selbst bezahlen.«

Kathy hatte gerade den Aufzug verlassen und mir zugewinkt. Sie kam zu uns herüber. Sardini sagte leise: »Ihr Jungs vom Land wißt wirklich, wie man in der Großstadt was losmacht.«

»Kein Problem«, sagte ich. »Die Frau, über die ihr da sprecht, ist zufällig die Frau, die ich liebe.« Komisch, aber ich meinte es wirklich so.

Kathy trug ein anderes *Noir*-T-Shirt; diesesmal ein rotes Polohemd mit weißen Buchstaben, und dazu weiße Jeans.

Ich stellte alle einander vor (Tom und Ed kannten Kathy dem Namen nach, waren ihr aber noch nicht begegnet), und wir gingen zum Frühstück hinein. Wir setzten uns im hinteren Teil in eine bereits gedeckte Nische.

Die Unterhaltung verlief entspannt aber oberflächlich; Tom erwähnte Roscoe Kanes Tod mit keinem Wort; dafür sagte er, meine beiden Begegnungen mit Gorman seien *das* Thema auf dem Con. Kathy warf mir einen verstohlenen Blick zu; sie fragte sich, ob ich von den Engeln erzählen würde, die wir am vergangenen Abend vor Gino's Pizzeria getroffen hatten. Ich erwähnte es nicht.

»Tu mir einen Gefallen«, sagte Tom schließlich. »Sprich doch mal für mich mit Mae Kane. Sie geht nicht ans Telefon, und ich möchte in dieser Situation nicht einfach bei ihr hereinplatzen. Ich möchte mich vergewissern, ob sie heute nachmittag zur Preisverleihung kommt, um die Auszeichnung für das Lebenswerk ihres Mannes entgegenzunehmen.«

»Sie wird kommen«, sagte ich.

»Und ich möchte, daß du die Auszeichnung überreichst. Tut mir leid, daß es so kurzfristig ist . . .«

»Ich wäre böse, wenn ich den Preis *nicht* überreichen dürfte. Es ist mir sehr recht.«

Im vorderen Teil der Caféteria tauchte ein kleiner, breitschultriger Mann in einem limonenfarbenen Blazer und schwarzen Hosen auf. In der Brusttasche der Jacke steckte ein grünes Tuch. Er hatte schütteres rotblondes Haar, ein rundes Gesicht und einen Vollbart. Diese seltsame Mischung zwischen Ernest Hemingway und einem Mitglied der Beach Boys kam langsam zu uns herübergeschlendert.

Ich war ihm nie begegnet, aber ich kannte ihn von den Klappenfotos seiner Bücher und aus dem Fernsehen.

»G. Roger Donaldson«, sagte ich.

Er lächelte verkniffen und nichtssagend, nickte Tom, Ed und mir zu und wandte sich an Kathy.

»Sie sind sicher Mrs. Wickman«, sagte er. Er sprach wie mit eingeschnürter Kehle, als würden seine Worte aus einer Zahnpastatube gedrückt.

»Richtig«, sagte Kathy. Sie lächelte beeindruckt. »Und Sie sind G. Roger Donaldson.«

Er nickte; kein: »Sagen Sie doch Roger.« Nicht einmal: »Sagen Sie doch ›G‹.«

Aber Kathy war in Ehrfurcht gebannt; sie versuchte, in der Nische aufzustehen, was gar nicht so einfach war. Doch sie war klein genug, um es halbwegs hinzubekommen. Sie reichte ihm über unsere Frühstückstafel die Hand.

Mit seiner gemessenen Art hielt Donaldson dann die folgende Ansprache: »Ich wollte nur sagen, wie feinfühlig Ihre Bemerkungen zu meinem letzten Roman waren. Ich bin immer wieder erstaunt, daß meine recht einfachen Konstruktionen manche Kritiker so in die Irre führen. Ihre Kritik allerdings lag genau auf dem Punkt.«

Und mit einer höflichen kleinen Verbeugung drehte er sich um und setzte sich an einen Nebentisch. Er winkte einen Kellner herbei und bestellte Kaffee.

Kathy strahlte. »Das war aber nett. Ein eleganter Mann.«

»Ja«, sagte ich, »es war wirklich elegant, mit deiner Begeisterung über seine Bücher einverstanden zu sein.« Donaldson war häufig verrissen worden, doch mittlerweile begannen einige Kritiker, seine Bücher zu schätzen.

»Du bist bloß eifersüchtig«, sagte sie.

»Ja«, sagte Tom, »weil du auch gern so einen Blazer hättest.«

»Genaugenommen«, sagte Charterman, »wünscht er sich, daß er sich so einen Blazer *leisten* könnte.«

Da konnte ich nicht widersprechen.

Kathy war noch nicht fertig. »Warum kannst du Donaldson nicht leiden, Mal?«

»Es ist nicht so, daß ich ihn nicht leiden kann. Ich bin ihm nie begegnet, eingeschlossen die Situation gerade eben, falls du aufgepaßt hast. Aber ich lehne ab, für was er steht – pompöses Geschwafel in einem Bereich, in dem geradlinige Geschichten erzählt werden sollten.«

»Seine ersten Bücher haben mir sehr gefallen –«, sagte Tom achselzuckend. Seine Aufmerksamkeit war allerdings eher auf seine Pfannkuchen als auf die Unterhaltung gerichtet.

»Um fair zu sein«, sagte ich, »muß ich zugeben, daß ich noch nie einen Roman von Donaldson zu Ende gelesen habe. Die gezwungenen Metaphern und das Macho-Getue waren einfach zuviel für mich. Ich hab keine Zeit für einen Krimischreiber, der mal Norman Mailer sein möchte, wenn er groß ist. Übrigens habe ich auch für Norman Mailer keine Zeit, der mal Ernest Hemingway sein möchte, wenn er groß ist. Und ich bin sogar bei Hemingway ungeduldig, weil er offensichtlich Joseph Conrad werden wollte, wenn er . . .«

Charterman, der gerade an seinem Speck herumsäbelte, sagte: »Haltet ihn auf, ehe er zu Chaucer kommt, sonst landet er bei Darwins Evolutionstheorie.«

Kathy verschränkte die Arme und funkelte mich mit gespielter Gereiztheit an. »Können wir jetzt gehen? Ich will nicht mit einem Schreiber gesehen werden, der Roscoe Kane werden will, wenn er groß ist.«

Tom sagte: »Wer will groß werden?« und machte sich wieder über seine Pfannkuchen her.

Wir gingen in den Goldsaal; die Diskussion sollte in fünfzehn Minuten beginnen. In der ersten Reihe des reichgeschmückten, hohen Raumes fand Kathy nur ein paar Schritte von der Bühne entfernt einen freien Platz. Auf der Bühne war ein langer Tisch mit Mikrophonen und Wassergläsern aufgebaut.

Peter Christian war der Moderator dieser Diskussionsrunde; er saß links. Ich kannte Pete, und ich wußte, daß er vermutlich noch weniger geschlafen hatte als Sardini und Charterman, doch er wirkte klarer als die beiden. Pete sah immer aus, als sei er unbeschadet aus einem eingestürzten Gebäude gekrochen. Er lächelte, als ich auf ihn zuging.

»Ich hab mich auf diese Runde gefreut«, sagte er, indem er mir die Hand gab. »Und ich fühle mich geehrt, daß ich sie moderieren darf, besonders, weil ich nicht aus Chicago stamme. Im Grunde sollte eines der örtlichen Mitglieder diese ehrenvolle Aufgabe übernehmen.«

Pete lachte leise. »Nur Donaldson macht mir etwas Sorgen.«

»Oh?«

Pete fuhr sich mit der Hand über den Kopf; irgendwie schaffte er es, zugleich müde und hellwach auszusehen, gestreßt und ruhig, abgeschlafft und energisch.

Er sagte: »Ich hab gehört, er hätte geglaubt, er sei der einzige Diskussionspartner . . . eine Einmannshow.«

»Tja«, sagte ich achselzuckend, »immerhin ist er der Ehrengast. Vielleicht hätte er wirklich allein auftreten sollen.«

»Nein«, sagte Pete kopfschüttelnd. »Hier sind viele Autoren, die ebenso ein Recht auf ihren Auftritt haben. Die Fans möchten viele Gesichter sehen.«

»Auch dieses Gesicht?«

»Klar, warum nicht? Ich glaube, du, Sardini und Donaldson, ihr drei bildet eine interessante Gruppe.«

»Ich dachte, Bill Pronzini sollte an unserer Gruppe teilnehmen.«

»Hast du's nicht gehört? Du bist der Ersatz für ihn. Bill findet Donaldsons Arbeiten so mies, daß er aus Protest absagte, als er hörte, daß Donaldson der Ehrengast ist.«

»Ehrlich?«

»Ehrlich.«

Kurz darauf saßen Pete, Tom und ich hinter dem Tisch auf der Bühne, der Raum begann sich zu füllen, bis der ganze Bouchercon anwesend war – mit Ausnahme des Ehrengastes.

Nach fünf Minuten wurden die Zuschauer unruhig und laut, und Pete begann: »Ich denke, wir sollten beginnen. G. Roger Donaldson sollte, wie Sie alle wissen, eigentlich hier bei uns sein, aber . . .«

Donaldson kam wie ein kleiner Panzer durch den Mittelgang nach vorn gerollt. Er nickte lächelnd in alle Richtungen und begrüßte seine Truppen.

Er setzte sich zu uns an den Tisch.

»Tja«, sagte Pete lächelnd, »wenn man vom Teufel spricht . . .«

Die Zuschauer lachten, und Donaldson stand auf und nickte ihnen zu, und sie applaudierten ihm. Ich wechselte einen Blick mit Sardini; wir wußten jetzt, daß wir für den Star Donaldson bloße Komparsen waren.

Pete begann Fragen zu stellen, die wir der Reihe nach beantworteten; das Thema war »Wohin geht der Privatdetektivroman?«, was bedeuten sollte, welches der augenblickliche Zustand und die wahrscheinliche Zukunft der modernen Privatdetektivromane wäre.

Sardini sprach darüber, daß er einmal ein Fan von Privatdetektivromanen gewesen sei, daß er geträumt hätte, eines Tages auch selbst Romane zu schreiben und veröffentlichen zu lassen, und daß er schließlich dieses Ziel erreicht hatte.

Ich sprach darüber, daß ich als aufstrebender Nachwuchsautor in einige echte Verbrechen verwickelt worden war, und daß ich in meinen beiden ersten Büchern versucht hatte, die Techniken der Privatdetektivromane auf eine Ebene zu bringen, die mehr auf Fakten beruhte.

Donaldson sprach darüber, daß er die Detektivromane als Medium für seine Kunst benutzte (»falls ich so kühn sein darf, mein Werk als solche zu bezeichnen«), um Liebesbeziehungen, Männerfreundschaften und ethische und moralische Fragen zu untersuchen.

In diesem Stil ging es weiter: Tom und ich sprachen über den Plot, Donaldson über die Dichtkunst. Tom und ich sprachen über Charaktere, Donaldson über objektive Wechselwirkungen. Erwähnte ich schon, daß Donaldson Literatur lehrte? In Berkeley?

Schließlich wurden Fragen aus dem Publikum zugelassen.

»Mr. Donaldson«, sagte eine ernste junge Frau mit einer Sherlock-Holmes-Mütze, »was halten Sie von Hammett und Chandler?«

Es wurde sofort völlig still; ein Großer war aufgerufen, die Großen zu beurteilen.

Donaldson beugte sich vor und schürzte die Lippen; dann äußerte er sich gemessen in folgender Weise: »Hammett schrieb *ein* sehr gutes Buch, *ein* sehr kompetentes Buch, und *drei* sehr schlechte Bücher. Oh, und ich konnte zufällig einen Blick in sein kürzlich wiederentdecktes Manuskript werfen, und ich muß sagen, daß es eins seiner besseren Werke ist. Chandler war bei weitem der bessere Autor, doch auch er hatte seine Grenzen. Er schrieb schließlich sieben Fassungen desselben Romans. Ich glaube, der moderne Künstler, der einen Privatdetektivroman als Vehikel für seine Kunst benutzt, muß diesen beiden Männern danken – doch er muß versuchen, weit über sie hinauszugehen.«

Einige Gesichter im Publikum verzogen sich verärgert, einige schienen amüsiert, doch die meisten Zuschauer nickten.

Ich schaltete mich ein; ich hatte nicht das Wort erhalten, aber das hatte mich noch nie von irgend etwas abgehalten.

Ich sagte: »Es ist wirklich großzügig von unserem G. Roger, Hammett und Chandler zu danken. Es war eine wirklich verblüffende Erklärung. Wenn Hammett und Chandler heute bei uns wären, würden sie wohl sagen: ›Oh, danke, Roger, vielen Dank auch.‹«

Donaldson drehte sich zu mir herum und starrte mich an; hinter ihm versuchte Pete Christian, seine Belustigung zu verbergen. Es war das erstemal, daß Donaldson in meine Richtung blickte, und erst jetzt bemerkte er, daß ich ein Feind war. Er hatte gelb-grüne Augen, die wie tödliche Strahler auf mir ruhten.

Er sagte kalt: »Ich wollte Hammett und Chandler nicht herabsetzen, sondern dazu beitragen, daß man ihr Werk in der richtigen Perspektive sieht.«

Ich sagte kalt: »Und wo würden Sie sich selbst einordnen?«

Er lächelte schief und wackelte mit dem runden Kopf und spiegelte Widerwillen vor. »Dazu kann ich selbst nichts sagen. Ich hoffe, die Nachwelt wird mich beachten – aber ich zähle nicht darauf.«

Tom sagte: »Die Nachwelt zahlt lausige Tantiemen.«

Die Zuschauer lachten, und Donaldson tat so, als amüsierte er sich auch.

Brett Murtz, der im Zuschauerraum saß, stellte die nächste Frage: »Was halten Sie von Roscoe Kanes Gat-Garson-Romanen?«

Wieder wurde es mucksmäuschenstill.

Donaldson setzte wieder das nichtssagende Lächeln auf und schüttelte seinen runden Kopf. »Es könnte mir als Geschmacklosigkeit ausgelegt werden, aber . . . die Gat-Garson-Romane sind es nicht einmal wert, verachtet zu werden. Sie sind schlecht geschrieben, die Hauptfigur ist zu steif gezeichnet, nicht abgerundet. Gat Garson ist unwichtig. Ich ordne Kane direkt über Spillane ein – und das ist eher ein Kompliment.«

Murtz, der noch stand, bohrte nach: »Und wie würden Sie Ihre eigene Hauptperson, Keats, charakterisieren?«

Donaldson lächelte breit und sagte, ganz ohne falsche Bescheidenheit: »Abgerundet, völlig greifbar, umsichtig, verbindlich, einnehmend und gutaussehend.«

Die meisten Zuschauer lachten über diese Selbstbeweihräucherung.

Donaldson fuhr fort: »Sie dürfen nicht vergessen, daß der Privatdetektivroman für mich nur ein Weg ist, verschiedene Aspekte des menschlichen Lebens zu untersuchen. Ich versuche, mit meinem Werk in Bereiche vorzudringen, in die sich noch kein Krimiautor gewagt hat . . .«

»Sie zitieren aus *Raumschiff Enterprise*«, unterbrach ich ihn. »Fällt Ihnen das nicht auf?«

Jetzt wurde es *wirklich* still, doch einige Zuschauer lächelten, und ich hörte unterdrücktes Gelächter.

Donaldson lächelte allerdings nicht, und er lachte auch nicht laut. Er starrte mich nur an – und im Gegensatz zu seinem Detektiv fiel ihm keine schlagfertige Antwort ein. Ich sprach weiter.

»Mr. Donaldson«, sagte ich, »ich habe vorhin mitangehört, daß Sie drei von Dashiell Hammetts Büchern als ›sehr schlecht‹ abqualifizierten. Ich habe mitangehört, daß Sie Chandler als jemand abtaten, der dasselbe Buch siebenmal geschrieben hätte. Und ich habe geschwiegen, als Sie Micky Spillane benutzten, um Roscoe Kane zu verdammen, bevor sein Körper Zeit hatte, kalt zu werden. Aber ich habe keine Lust, G. Roger Donaldson zuzuhören, wenn er über G. Roger Donaldson spricht.«

Donaldsons Gesicht wurde überall weiß, wo kein Bart war, und er starrte mich mit tödlich funkelnden, grünen Augen verächtlich an.

»Entschuldigen Sie mich«, sagte ich zum Publikum gewandt.

Und dann verließ ich die Bühne.

Kathy holte mich vor dem Aufzug ein.

»Du hattest recht mit diesem Kerl«, sagte sie.

»Ich hab mich bei diesem Con ziemlich danebenbenommen«, sagte ich beschämt. Ich kam mir albern vor. Der Aufzug kam, und sie betrat hinter mir die Kabine.

»Tom Sardini hat recht«, räumte sie ein, indem sie den Kopf an meine Schulter legte und mir ins Ohr flüsterte. »Du bist wirklich *das* Thema des Cons.«

»Soll heißen: ›Was ist dieser Mallory nur für eine peinliche Figur‹.«

Sie zuckte die Achseln. »Teilweise klingt es so.«

»Tja, was du bisher gesehen hast, war noch gar nichts.«

»Was meinst du damit?«

»Warte bis heute nachmittag.«

»Oh?«

»Ja«, sagte ich. »Dann werde ich öffentlich erklären, daß Roscoe Kane das Hammett-Buch gefälscht hat.«

16

Ich klopfte an Mae Kanes Tür. Kathy war bei mir; sie hatte gesagt, daß sie sich gegenüber Roscoe Kanes Witwe etwas unsicher fühlte. Wir wollten zum Essen ausgehen, doch vorher hatte ich sie zum Zimmer 714 mitgenommen. Ich mußte erst noch, wie ich es Tom Sardini versprochen hatte, Mae fragen, ob sie auch bestimmt zur Preisverleihung um zwei Uhr kommen würde.

Natürlich antwortete sie nicht sofort; das »Nicht-Stören«-Schild hing immer noch am Türknopf, und sie hatte mir gesagt, daß sie von der Presse und von mitfühlenden Fans die Nase voll hätte – und Tom hatte mir gesagt, daß sie nicht mehr ans Telefon ginge.

Aber ich wußte, daß sie da war, und klopfte unermüdlich weiter.

»Mae, ich bin's, Mal«, sagte ich.

Endlich ging die Tür einen Spalt auf; die Joan-Crawford-Augen waren perfekt geschminkt und kaum noch gerötet. Sie lächelte mich über die Sperrkette hinweg an und sagte mit ihrer rauchigen Stimme: »Mal . . . schön, daß Sie sich mal wieder sehen lassen, aber es ist ein ungünstiger Augenblick . . .«

Dann bemerkte sie Kathy, und ihr Gesichtsausdruck wurde kühl. »Ich glaube, wir kennen uns noch nicht«, sagte sie zu niemand bestimmten; sie schien die Worte an die Luft zu richten.

»Das ist Kathy Wickman«, sagte ich. »Eine gute Freundin. Kathy, das ist Mae Kane.«

Kathy trat einen Schritt vor und streckte die Hand aus, doch da die Tür nur einen Spalt weit geöffnet und die Kette noch vorgelegt war, ging die wohlmeinende Geste ins Leere.

Kathy zog die Hand zurück und lächelte mitfühlend. »Es tut mir sehr leid um Ihren Mann. Wir werden ihn vermissen.«

»*Ich* werde ihn auf jeden Fall vermissen«, sagte Mae bissig, als hätte Kathy angedeutet, daß es Mae gleichgültig sei.

Ich wunderte mich, da sie anscheinend nichts getrunken hatte. »Mae, wie geht es Ihnen?«

Sie lächelte mich freundlich an. »Ganz gut. Ich bin nur irgendwie . . . sehr beschäftigt. Können Sie später nochmal vorbeischauen?« Diese Einladung galt offensichtlich nicht für Kathy.

»Sicher«, sagte ich, und dann riß Mae erschrocken die Augen auf. Ihr Gesicht verschwand aus dem Türspalt, die Tür ging plötzlich zu, und wir hörten, daß die Kette abgenommen wurde. Dann ging die Tür ganz auf.

Und vor mir stand Gregg Gorman.

Ironischerweise trug er ein schwarzes *Noir*-T-Shirt.

Er zielte mit einem Finger auf Kathy.

»Was haben Sie mit *dem da* zu schaffen?« fragte er.

Er meinte natürlich mich; es klang wie ein Typ vom Ku Klux Klan, der seine Tochter dabei erwischt, wie sie Platten von Johnny Mathis hört.

Kathy hob die Augenbrauen und sagte: »Wir sind zufällig vorbeigekommen; wir sind zum Essen unterwegs.«

»Willst du mitkommen, Gregg?« fragte ich. »Wir werden schon einen Platz mit Trog für dich finden.«

Einige Helfer des Cons (die an ihren Anstecknadeln auf der Brust zu erkennen waren) kamen den Gang herunter. Sie unterhielten sich darüber, wie großartig G. Roger Donaldson sei. Es war komisch: Gorman winkte uns plötzlich hastig in Maes Zimmer. Mae selbst war irgendwo im Hintergrund verschwunden.

Wir befolgten seine Einladung nicht.

Er versuchte es noch einmal. »Kommt rein«, sagte er, indem er versuchte, seiner dünnen, unangenehmen Stimme einen vernünftigen Klang zu geben. »Ich will mit euch beiden reden.«

Ich warf Kathy einen Blick zu, sie zuckte mit den Achseln, und wir traten ein.

Mae stand mit aschgrauem Gesicht im Badezimmer, direkt vor der Wanne, in der Roscoe ertrunken war.

»Tja, Gorman«, sagte ich, »wie ich sehe, besuchst du den Tatort. Ist es eine morbide Neugierde oder eine Rückkehr?«

Er hob zwei etwas schmutzige Hände wie ein Schiedsrichter. »Ich schwöre, ich hatte nichts damit zu tun.«

»Was tust du hier, Gorman? Mae, was tut er hier?«

Sie kam aus dem Badezimmer herüber, und die Bögen ihres Silberhaars federten im Rhythmus ihres schlanken Körpers um ihr Gesicht. Ihres geschmeidigen Körpers, hätte Gat Garson gesagt. Sie trug ein enganliegendes schwarzes Kleid; Witwenkleidung war auch nicht mehr das, was sie früher mal war.

»Mal«, sagte sie, »ich weiß, wie Sie zu Gregg stehen. Ich wollte eine Konfrontation vermeiden . . .«

»Was tut er hier, Mae? Was tust du hier, Gorman?«

Gorman zuckte die Achseln. Es sah aus wie ein Schulkind, das mit einem Spickzettel erwischt wird. »Geschäftlich.«

Mae kam ihm sofort zu Hilfe. »Es geht um Roscoes Bücher. Er will eine Kassette mit den sechs ersten Garsons herausbringen. Ich habe Sie als Herausgeber vorgeschlagen, und Sie könnten die Einleitungen schreiben . . .«

»Aber«, sagte Gorman, den Ball aufnehmend, »ich hab ihr gesagt, daß du vermutlich ablehnen würdest. Weil du mich haßt.«

»Ich hasse dich nicht. So wichtig nehme ich das nicht.«

Gormans Gesicht wurde rot wie rote Bete, soweit es nicht von diesem unappetitlichen Ziegenbart bedeckt war; seine rote Säufernase war plötzlich viel heller als der Rest.

Doch die Wut, die ich provoziert hatte – oder provoziert zu haben glaubte –, richtete sich nicht gegen mich.

Er wirbelte vielmehr zu Kathy herum und zielte mit einem Finger auf sie, als hätte er eine Kanone auf sie angelegt. »Sie kleines Miststück, was fällt Ihnen eigentlich . . .«

Ich packte ihn am Arm und führte ihn ein paar Schritte fort, als wäre er ein ratsuchender Freund. Er starrte mich mit aufgerissenen Augen an und fragte sich, was ich vorhatte.

»Ich hab ein ziemlich schlimmes Wochenende hinter mir, Gregg«, sagte ich ruhig. »Ich glaube, ich stehe kurz vor einem Nervenzusammenbruch. Ich schlage Leute in den Magen, ziehe ihnen Mülltonnendeckel über den Kopf, bringe Podiumsdiskussionen zum Platzen. Ich bin total daneben, und ich könnte mich einfach vergessen und dich in Kleinholz verwandeln, wenn du hier raumläufst und die Leute als Miststücke oder Arschlöcher bezeichnest.«

Ich gab ihn lächelnd frei, und er wich zurück und starrte mich ungnädig an. »Du bist ja wirklich nicht ganz dicht. Weißt du eigentlich, mit wem du dich anlegst? Weißt du das wirklich?«

»Ich weiß es«, sagte ich. »Ich hab gestern deine Freunde, die Pornoverkäufer, in einer Gasse getroffen. Sie stehen mit der Mafia in Verbindung, aber ich glaube nicht, daß mich jemand umlegen wird, nur weil ich nicht lieb zu dir bin, Gregg.«

»Sei da nicht zu sicher«, sagte er. »Sei da nicht zu sicher.«

Mae riß ihre Joan-Crawford-Augen auf. »Gregg! Was *sagen* Sie da? Ich lasse nicht zu, daß Sie so mit Mal reden – er ist mein Freund, und er war der Schützling meines Mannes, und . . .«

»Tut mir leid, Mae«, sagte Gorman. Die Wut pochte immer noch in seinen Schläfen. »Mir ist einfach der Kragen geplatzt.«

Kathy, die sich uncharakteristisch still verhalten hatte – vielleicht, weil sie Angst hatte – besaß die Geistesgegenwart, sich einzuschalten: »Sie wollten mich etwas fragen, Mr. Gorman. Worum geht es?«

Gorman lächelte und tat so, als schluckte er seine Wut herunter, doch es war zuviel, um es auf einmal zu schaffen. Er wirkte ganz und gar nicht überzeugend, als er zu Kathy hinüberging und ihr väterlich auf die Schulter klopfte. »Mr. Gorman – was ist das nur für ein Unsinn. Wir sind doch Freunde, wir sind doch seit Jahren befreundet. Es tut mir sehr leid, daß ich Sie so angefahren habe, Baby.«

»Nennen Sie mich nicht Baby«, sagte Kathy mit zusammengebissenen Zähnen.

»Kathy – hören Sie, Liebes, ich will Sie nur etwas fragen. Sie haben mich angelogen, oder? Sie sagten, Sie hätten nichts mit Mallory zu tun.«

»Ist das die Frage?«

»Nein, Liebes. Es ist . . . es ist etwas anderes. Sie haben doch . . . gestern abend, als Sie das Buch ausborgten . . . Sie haben es ihm doch nicht . . .«

Ich lächelte fröhlich und sagte: »Ich glaube, *The Secret Emperor* ist ein verdammt gutes Buch. Wirklich. Es ist zu schade, daß es nicht von Dashiell Hammett stammt.«

»Scheiße!« sagte Gorman. Seine Wut war wieder da, und in die Wut mischte sich jetzt Frustration. »Scheiße.« Er wandte sich ab und schritt aufgeregt zwischen dem Bett und der Wand hin und her.

Mae sagte: »Ich verstehe das nicht, Mal. Meinen Sie das vor kurzem entdeckte . . .«

»Das können Sie sich schenken, Mae. Ich glaube, ich weiß, über welches Geschäft Sie mit Gorman verhandelt haben.«

»W-was meinen Sie?«

»Roscoe Kane hat das Hammett-Buch geschrieben. Ich habe

es letzte Nacht gelesen. Es ist wundervoll. Es ist vielleicht Roscoes Meisterstück – aber ich muß ›vielleicht‹ sagen, weil es kein Gat-Garson-Roman ist, sondern eine Fälschung. Und dadurch verliert es automatisch an Bedeutung, aber . . .«

Gorman drehte sich mit erhobenen Fäusten um. »Geh zum Teufel!« Dann senkte er die Fäuste und starrte den Boden an. »Geh zum Teufel«, sagte er noch einmal.

Ich wandte mich an Gorman. Kathy wartete schweigend und nervös an der Tür.

Ich sagte: »Ich meinte es nicht sarkastisch, Gorman. Ich glaube wirklich, daß das Buch eine bemerkenswerte Arbeit ist. Was die Kriminalliteratur angeht, war Hammett der beste Autor, und Roscoe war der zweitbeste. Ich habe ihn schon immer so eingeschätzt – ich habe ihn über Chandler und den anderen eingeordnet –, auch wenn die meisten Leute sagten, ich hätte sie nicht alle. Aber du und ich, wir haben etwas gemeinsam, Gorman. Ein Band, das uns verbindet.«

Er setzte sich auf die Bettkante und starrte mich mit leeren Augen an. Der Haß war totgelaufen; er schien müde, wie er da zusammengesunken hockte. Sogar sein Ziegenbart wirkte etwas schlapp.

Ich sagte: »Du und ich, wir wissen es. Wir wissen beide, wie gut Roscoe war. Wir wußten beide, wie sehr er Hammett verehrte und wie gut er ihn kannte. Und wir wissen beide, daß er der einzige lebende Schreiber war, der nahtlos an Dashiell Hammetts Werk anschließen konnte.«

Und Gorman versuchte zu lächeln.

»Ich weiß nicht, wovon du redest«, sagte er leichthin.

»Oh? Komm mir nicht auf die Tour. Auf die Ahnungslose? Du denkst, ich könnte nichts beweisen – eine Behauptung, die ich aufstellen, aber nicht beweisen kann, und da Roscoe Kane ein so stark unterschätzter Autor ist und so oft verrissen wurde, scheint meine Behauptung eine Dummheit zu sein. ›Roscoe Kane soll als Dashiell Hammett durchgehen? Das ist doch absurd!‹ So denkst du dir das, oder?«

»Du wirst dastehen wie ein Dummkopf, der du auch bist, Mallory.« Er wirkte plötzlich nicht mehr so müde.

»Ich glaube, du irrst dich«, sagte ich. »Ich glaube, ich kann beweisen, daß Kane *The Secret Emperor* geschrieben hat. Ich kann auf jeden Fall genug Leute zum Nachdenken bringen, um dir einen Haufen Schwierigkeiten zu machen. Siehst du, du kennst Kanes Werk ganz gut, aber lange nicht so gut wie ich. Er hat mir einmal etwas gegeben – einen unveröffentlichten frühen Roman. Er sagte, es sei ein Liebling, den er hätte umbringen müssen. Verstehst du? Macht nichts. Es soll genügen, daß er sagte, für dieses Buch habe sich kein Verleger gefunden, doch er selbst hätte es immer geliebt. Und statt es wegzuwerfen, gab er es mir, seinem Fan oder ›Protégé‹, wenn du so willst.«

Gorman, der nicht folgen konnte, lächelte unbehaglich und sagte: »Und?«

»Nun, es ist kein sehr gutes Buch, aber es ist auch nicht schlecht. Und vier der Hauptfiguren und eine Nebenhandlung aus diesem unveröffentlichten Roman haben ihren Weg in die Hammett-Fälschung gefunden, in den Roman, den du als *The Secret Emperor* verkaufen willst.«

Gorman erbleichte; er wechselte einen raschen Blick mit der ebenso bleichen Mae Kane.

»Er tat es absichtlich«, sagte ich. »Das ist mein Gefühl. Er wollte jemand einen Hinweis geben – besonders mir –, so daß man eines Tages enthüllen konnte, von wem das Buch wirklich stammte. Siehst du, er war vermutlich mit deinem Schwindel einverstanden – das begonnene Manuskript, das sich in der Sammlung der University of Texas befindet, zu vollenden –, doch er verfolgte damit ganz eigene Absichten.«

Mae sagte: »Mal, wenn Roscoe das Buch gefälscht hätte, dann hätte ich es doch bemerken müssen . . .«

Ich drehte mich zu ihr herum und sah sie an. »Das sollte ich wohl glauben; deshalb haben Sie mir erzählt, während der letzten Monate sei Roscoe mit irgend etwas beschäftigt gewesen, das er Ihnen nicht anvertraute. Falls ich zufällig die Wahrheit herausfände, so dachten Sie, würden Sie nicht hineingezogen werden. Aber Sie hängen drin, Mae.«

»Mal, Sie irren sich, wirklich . . .«

»Nein, Mae, ich habe recht. Die ganze Sache trägt Ihre Handschrift: Ihre Geldgier, Ihre Gerissenheit. Ich vermute sogar, daß Gorman sich zuerst an Sie wandte. Und Sie haben Roscoe die Sache verkauft. Aber das ist nur eine Vermutung.«

Sie sagte: »Sie liegen völlig falsch damit. Ich hatte nichts mit diesem Schwindel zu tun. Falls es überhaupt einer ist . . .«

»Es ist ein Schwindel. Ich kann es beweisen. Und ich werde es beweisen, bevor Ihr kostbares Buch erscheint.«

Gorman stand auf, räusperte sich und lächelte überheblich. Dann lachte er: Heh-heh-heh. Und sagte: »Laß uns mal einige Möglichkeiten durchgehen, Mallory. Zuerst mal bin ich bei dieser Sache gut gedeckt. Du kannst mich nicht packen.«

»Wirklich nicht?«

»Wir wollen es mal hypothetisch betrachten. Wir wollen annehmen, ich hätte Roscoe Kane überredet, das Buch zu fälschen, nur mal hypothetisch.«

»Ja, rein hypothetisch.«

»Angenommen, ich könnte die Sache so darstellen, daß ich als Unschuldiger dastehe?«

Er zuckte lächelnd die Achseln.

Mae hatte genug.

Sie kam zu mir, baute sich so dicht vor mir auf, daß ich sie riechen konnte. Sie roch gut: Jasmin, Seife oder Parfüm. Ich wußte nicht, was. Aber es war Jasmin.

Und sie sagte: »Mal, es ist wahr. Gregg hat die Sache selbst in die Hand genommen. Er hat echte Papiere gekauft, in denen er das Manuskript ›fand‹.«

»Von dieser Leihbücherei in Kalifornien, die er aufgekauft hat?«

»Ja. Und der Mann, dem das Material vorher gehörte, war ein Verleger, für den Roscoe gearbeitet hatte. Und dieser Mann, mit dem Roscoe in Verbindung stand, starb vor zwei Jahren eines natürlichen Todes. Wenn also alles ans Licht kommen sollte, wird Gregg Gorman sich aus der Affäre ziehen können.«

»Abgesehen von einer sechsstelligen Summe von Random House«, sagte ich.

»Ein guter Teil des Geldes ging an Roscoe«, sagte Mae. »Also würden Sie es jetzt mir wegnehmen, Mal. Und zu welchem Preis?«

»Was meinen Sie damit?«

»Sie würden Roscoes Namen in den Schmutz ziehen; Sie würden ihn für immer als Fälscher abstempeln. Sogar als Kriminellen. Können Sie das dem Andenken meines Mannes wirklich antun?«

»Wie jemand schon einmal sagte, Mae – Sie sind gut. Sie sind sehr gut.«

»Bitte, Mal.«

»Bitte, was?«

»Bitte denken Sie an Roscoe. Es war . . . es war ein Fehler von mir und von ihm, uns da hineinziehen zu lassen. Aber Sie kannten doch seine Situation; Sie wußten, daß er in diesem Land nichts mehr veröffentlichen konnte. Er hatte seit Jahren nichts mehr veröffentlicht. Es war eine große Chance für uns. Und Gregg wollte auch Roscoes eigene Bücher verlegen, und . . . es war ein neuer Anfang.«

»Nur, daß er Depressionen bekam.«

Trauer senkte sich über ihr Gesicht wie ein Schleier. »Ja. Er begann zu trinken. Er hat sehr viel getrunken. Sie wissen das ja.«

»Er hat seine Selbstachtung verloren«, sagte ich, »als er in diesen Betrug hineingezogen wurde. Wußten Sie nicht, was geschehen würde?«

Sie lachte bitter. »Er hatte überhaupt keine Selbstachtung mehr. Erst, als er das Hammett-Buch geschrieben hatte . . .«

»Da fiel ihm wieder ein, wie gut er war.«

Sie lachte wieder, diesesmal etwas hämisch. »Das ist richtig. *The Secret Emperor* gab ihm seine Selbstachtung zurück . . .«

»Und nahm sie ihm im gleichen Augenblick wieder.«

Mae seufzte. »Ich habe ihn geliebt, Mal. Ich wollte nicht, daß es so ausgeht.«

»Daß es wie ausgeht?«

»Daß er sich . . . daß er sich zu Tode trinkt.«

»Oh. Sie meinen, daß er trank und in der Badewanne ertrank. Ein Unfall.«

»Was auch immer. In gewisser Weise war es ein Selbstmord.«

»Gestern waren Sie noch überzeugt, daß es ein Mord wäre.«

»Ich . . . ich glaube nicht mehr daran. Ich habe nachgedacht, und ich sehe es jetzt anders. Ich glaube nicht, daß diese nassen Handtücher etwas zu bedeuten haben. Wir haben uns an Strohhalme geklammert . . .«

»Oder an nasse Handtücher.«

Sie sagte fest und nachdrücklich: »Ich glaube, wir haben uns geirrt, Mal. Ich glaube, Roscoe ist . . . eben einfach gestorben. Ich weiß, das ist schwer zu akzeptieren. Und es fällt Ihnen sicher schwer zu akzeptieren, daß Ihr Held . . . in einen Betrug verwickelt war, wie Sie es nennen. Aber so war es. Er war verwickelt. Das Leben ist nicht immer so, wie es in Büchern beschrieben wird, nicht wahr, Mal?«

»Selten«, sagte ich.

»Ist Roscoe nun, da Sie es wissen, in Ihrer Achtung gesunken?«

»Nein.«

»Und . . . und ich?«

»Mae«, sagte ich, »ich denke kaum an euch alle.«

Sie begann zu weinen. Sie biß sich auf die Lippe und drehte sich um, ging ins Badezimmer und setzte sich aufs Klo. Sie weinte.

Gorman legte mir plötzlich die Hand auf die Schulter. Beim letztenmal, als er das getan hatte, hatte ich ihn in den Magen geschlagen.

Diesmal drehte ich mich nur um und musterte sein grinsendes Gesicht; ich konnte den Ziegenbart mit den Speiseresten und die gelben Zähne so nahe sehen, daß mir fast schlecht wurde. Die winzigen Käferaugen zuckten hin und her. Er lächelte; er hatte seinen Auftritt gehabt.

»Wie wär's, wenn du mitmachst?« sagte er.

Ich schüttelte lächelnd den Kopf. Unglaublich.

»Wie wär's, wenn du mitmachst?« fuhr er fort. »Dann könntest du den Namen deines Helden sauber halten und gleichzeitig ein paar Bucks verdienen. Warum nicht. Sagen wir, zehn Riesen jetzt und noch einmal zehn, wenn das Buch sechs Monate auf dem Markt ist – vorausgesetzt, alles läuft wie geplant.«

»Ist das auch nur eine Hypothese?«

»Ja, sicher. Willst du zehn hypothetische Riesen oder nicht?«

Ich starrte sein nervös grinsendes Gesicht an, dann blickte ich zu Mae, die immer noch auf dem Klo saß und weinte. Ihre Augen taxierten mich. Kathy stand erstarrt neben der Tür.

»Ich werde darüber nachdenken«, sagte ich.

»Gut«, sagte Gorman.

»Gut«, sagte Mae mit einem tapferen Lächeln.

»Die Verleihung soll um zwei Uhr stattfinden«, sagte ich zu ihr. »Vergessen Sie's nicht.«

Sie nickte. »Ich werde es nicht vergessen.«

Ich wandte mich wieder an Gorman. »Wirst du auch da sein?«

»Natürlich«, sagte er. »Ich stehe auf der Rednerliste.«

»Oh, wirklich?«

»Ja. Die PWA hat mich gebeten, einige Worte über das wichtige Buch von Hammett zu sagen, das wir entdeckt haben.« Er strahlte mich an und legte mir die Hand auf die Schulter.

»Laß das«, sagte ich. »Selbst wenn ich deine zehn Riesen nehme – laß es.«

Sein Grinsen verblaßte, und er wich einen Schritt zurück. »Du hast keine Seele, Mallory. Kein Herz und keine Seele.«

»Ich hab sie mir als Junge rausnehmen lassen«, sagte ich. »Und meine Skrupel auch.«

Aus dem Bad ertönte Maes monotone Stimme: »Gat Garson. *Trouble Wears a Skirt*, Kapitel Vier.«

»Richtig, Mae«, sagte ich nickend. Ich nahm Kathy am Arm, und wir machten, daß wir hinauskamen.

17

Wir gingen zum Essen wieder ins Artistic Café, und als wir saßen, fragte Kathy nach *The Secret Emperor*. Ich erzählte ihr, daß die Handlung auf dem Fragment von 5000 Worten beruhte, das Hammett hinterlassen hatte.

Die Handlung beginnt in San Francisco, verlagert sich jedoch rasch nach Washington, D.C. und Baltimore. Hammetts namenloser Detektiv, *The Continental Op*, wird in den Osten geschickt, um die Spur eines gestohlenen Dokumentes zu verfolgen – bei dem Papier handelt es sich um einen nicht näher beschriebenen Vertrag. Es dauert nicht lange, bis er die exzentrische Tochter des Millionärs Sheth Gutman kennenlernt. Gutman, der frustriert ist, weil er sich als Jude nicht um das Präsidentenamt bewerben kann, plant, der »Secret Emperor«, der heimliche Kaiser der Staaten zu werden, indem er einen gekauften Mann, einen korrupten Senator, vorschiebt und zum Präsidenten wählen läßt. Der Detektiv wird in ein Gestrüpp von Verschwörung und Korruption hineingezogen, das sich in Kreisen der Politik, des Militärs und der Industrie abspielt. Im letzten Kapitel, das an Hammetts Kurzgeschichte »The Gutting of Couffignal« angelehnt ist, und das an die Auflösung des *Malteserfalken* erinnert, schlägt der Detektiv den Antrag von Gutmans Tochter ab, weil sie ihn hintergangen hat, und übergibt sie statt dessen den Agenten des Secret Service.

»Kurz gesagt«, erklärte ich ihr bei einem Cheeseburger, »ist es die beste Geschichte, die Hammett je geschrieben hat.«

»Taucht der Name Gutman im Fragment auf, oder ist das Roscoes Erfindung?« fragte sie. Gutman war natürlich der Name des berühmten Bösewichts, des dicken Mannes aus dem *Malteserfalken*.

»Der Name stammt aus dem Fragment«, sagte ich. »Ich habe es nicht ganz gelesen, aber es wird in verschiedenen Artikeln und Biographien erwähnt; bei Cynthia Crystal taucht es auch auf. Soweit ich mich erinnere, war der Held in Hammetts Fragment aber nicht der namenlose Detektiv. Das war anscheinend Roscoe Kanes Idee.«

»Ich frage mich, warum er das gemacht hat?«

Ich schluckte einen Bissen Cheeseburger und nahm einen Schluck Cola. »Genaugenommen ist das einer der Hinweise darauf, daß der Roman eine Fälschung ist. Hammett hatte das Buch mit einer anderen Hauptfigur begonnen, mit einem Helden, der in keiner seiner anderen Geschichten auftaucht. Doch da das Fragment nur fünftausend Worte umfaßt, bot es für einen anderen Autor kaum Aufschlüsse, wie sich die Hauptfigur entwickelt hat. Deshalb war es besser, das Fragment als verworfenen Entwurf zu behandeln und mit einem bereits eingeführten Helden Hammetts umzuschreiben.«

Sie verstand, was ich meinte, und nickte. »Der namenlose Detektiv taucht in einem Dutzend Kurzgeschichten und in mehreren Romanen auf. So hatte Kane eine Menge Material zur Verfügung; die anderen Bücher gaben ihm den Bezugsrahmen.«

»Genau. Und vergiß nicht, daß Roscoe ein Bewunderer Hammetts war. Er kannte die Detektivgeschichten fast auswendig.«

»Warum warst du so mißtrauisch, Mal? Sogar schon, bevor du das Manuskript gelesen hast?«

»Nun, hauptsächlich, weil Gorman die Finger im Spiel hatte. Vergiß nicht, daß Gorman selbst Verleger ist – als ob ich dir das sagen müßte! Er sagt, er hätte das Gefühl, Mystery House sei zu klein, um den Hammett in angemessener Form herauszubringen, und deshalb hätte er es an einen größeren Verlag verkauft. Und das ist Unsinn. So ein Buch hätte aus Mystery House einen größeren Verlag *gemacht*. Gorman war auf schnelles Geld aus. Außerdem machte es mich mißtrauisch, daß die Nachlaßverwalter ein Stück vom Kuchen bekommen sollen.«

»Du willst doch sicher nicht unterstellen, daß die Nachlaßverwalter an dem Schwindel . . .«

»Nein! Sie sind, wie alle anderen, seine Opfer. Aber Gorman hatte ein unveröffentlichtes Manuskript eines verstorbenen Schriftstellers in der Hand; er besaß die Druckrechte, und soweit ich das Lizenzrecht kenne, hätte er das Buch selbst bringen können, ohne auch nur einen Pfennig Tantiemen zu zahlen.«

»Und warum hat Gorman den Nachlaßverwaltern einen Anteil versprochen, wenn er alles hätte allein kassieren können?«

»Genau das ist der Punkt. Wenn die Nachlaßverwalter einen Anteil bekommen, wird das Buch legitimiert – und die Verwalter werden sich hüten, die ›Experten‹ in Frage zu stellen, durch die das Buch für authentisch erklärt wurde. Das Buch ist übrigens eine meisterhafte Fälschung.«

»Aber du hast es bemerkt, als du es gelesen hast.«

»Klar.«

»An welchem Teil des Plots hast du es erkannt?«

»Was?«

»Du hast Mae und Gorman gesagt, du hättest Elemente aus einem unveröffentlichten Roman Kanes wiedergefunden.«

»Oh, das. Das war gelogen.«

Sie ließ ihr Sandwich fallen. *»Gelogen*?«

»Sicher. Roscoe hat mir nie ein unveröffentlichtes Manuskript gegeben. Er hatte eine Grundregel: Was schlecht ist, wird verbrannt. Glaub mir, er hinterließ keine Rohfassungen oder abgelehnte Manuskripte.«

»Aber . . . auf diese Weise wolltest du doch *beweisen*, daß das Hammett-Buch eine Fälschung ist . . . das war doch dein *Beweis* . . .«

»Ja. Ich habe geblufft.«

Sie sah mich an wie ein Kind im Zoo, das zum erstenmal einen Affen sieht.

»Du hast ge*blufft*?« sagte sie ungläubig.

»Ganz genau. Ich hab natürlich in dem Buch eine Menge Hinweise auf Roscoe gefunden, aber sie waren nicht sehr deutlich. Ich könnte überzeugend darlegen, daß das Buch vermutlich von Roscoe geschrieben wurde, doch es hätte keine dramatischen, eindeutigen Enthüllungen gegeben. Es wäre eher eine Kleinarbeit für Wissenschaftler geworden.«

»Aber dann . . . dann hast du nichts . . . du kannst es gegenüber den Behörden nicht beweisen . . .«

»Doch. Mae und Gorman haben ihren Betrug vor Zeugen zugegeben.«

»Und wer war das?«

»Wir zwei. Erinnerst du dich?«

»Oh.« Sie starrte ihren Cheeseburger an. »Stimmt.« Dann starrte sie mich an. »Hast du noch weitere Überraschungen für mich?«

»Klar. Ich werde Gormans zehn Riesen annehmen.«

»Was?«

»Sobald ich seinen Scheck in der Hand habe, kann ich *wirklich* beweisen, daß es ein Betrug war.«

Sie schüttelte den Kopf. »Das habe ich nicht vorausgesehen. Du hast mich an der Nase herumgeführt. Ich dachte wirklich, daß es ein unveröffentlichtes Buch von Roscoe Kane gibt.«

Ich grinste sie an. »Solche Geschichten werden zuhauf gehandelt. Viele Leute glauben sogar, es gebe ein unveröffentlichtes Buch von Hammett.«

Sie grinste schief zurück. »Es ist nett von dir, daß du mir alles so schön erklärst, bevor du mich hineinziehst. Als Zeugin und so weiter.«

Ich berührte ihre Hand und wurde wieder ernst. »Kathy, es ging nicht anders. Ich hatte keine Ahnung, daß Gorman bei Mae war. Es war improvisiert. Ich bin ein alter Fan des Second City, weißt du. Und wir sind in Chicago. Improvisation und Krimis gehören zusammen; wie sagt man noch: ›Los, schüttle was Tolles aus dem Ärmel‹.«

Sprödes Lächeln Nr. 732. »Du bist verrückt.«

»Ja, aber Verrückte sind meistens nett.«

»Und damit wäre meine Karriere als Herausgeberin des *Noir* beendet.«

»Wenn ich mit Gorman fertig bin, wird er sich vielleicht gerade noch um die Knastzeitung kümmern dürfen.«

Sie schaffte es, den größten Teil ihres Cheeseburgers zu essen, und kurz danach gingen wir Hand in Hand zum Americana-Congress zurück. Es war ein düsterer Tag, aber ich fühlte mich gut. Das änderte sich, als wir uns dem Eingang des Hotels näherten. G. Roger Donaldson, mit limonenfarbenem Blazer und rotblonden Haaren, kam heraus.

Er funkelte mich an und rollte auf mich zu wie ein Kleinwagen.

»Ich hatte gehofft, Ihnen noch zu begegnen«, sagte er, während er vor mir einparkte und seine dicken Arme verschränkte. Seine Augen waren hart und grün und wütend.

»Das überrascht mich nicht«, räumte ich ein.

Kathy rückte ein wenig von mir ab. Sie verließ das sinkende Schiff.

»Es gibt noch etwas, daß Sie über mich hätten wissen

müssen«, sagte er, während er seine Arme wieder auseinanderfaltete. Er lächelte, aber es war überhaupt nicht freundlich. »Ich lasse mich niemals von einem Mann beleidigen, ohne mich auf angemessene Art zu rächen . . .«

»Heißt das, Sie wollen mich verprügeln?«

»Allerdings.« Er legte los.

Ich rappelte mich wieder auf. Kathy starrte uns mit aufgerissenen Augen und offenen Mundes an. Er wollte noch einmal zuschlagen, doch ich hob beide Hände, um ihn zu bremsen.

»Waffenstillstand«, sagte ich, während ich mir das Blut aus dem Mundwinkel leckte. »Warten Sie einen Augenblick.«

Er hielt mitten im Schlag inne und versuchte, die Lage einzuschätzen.

Kathy sah mich an, fragte sich, was ich vorhätte.

Der Türsteher des Hotels, der alles aus der Nähe angesehen hatte, fragte sich, ob er die Polizei rufen sollte.

Ich fragte mich, wie ich erklären sollte, was ich fühlte. Donaldsons Macho-Nummer hatte mir klargemacht, wie lächerlich ich mich in der letzten Zeit verhalten hatte. Es war eine Sache gewesen, Kathy und mich in der Gasse zu verteidigen, aber der Rest war etwas anderes gewesen – ich hatte Gorman verbal im Verkaufsraum angegriffen, dann hatte ich ihn in der Bar in den Magen geschlagen, und schließlich hatte ich Donaldson bei der Podiumsdiskussion gedemütigt und ihn danach stehengelassen.

»Ich habe es verdient«, sagte ich. »Ich hab mich heute morgen wie ein Trottel benommen. Und Sie verdienen eine Entschuldigung. Ich will sie Ihnen geben – jetzt, unter vier Augen, und später öffentlich. Das verspreche ich Ihnen.«

Er beäugte mich mißtrauisch; Kathy verzog mißbilligend das Gesicht, als wäre ich plötzlich ein Feigling.

Dem war nicht so, aber wäre es so schlimm gewesen, wenn es gestimmt hätte? Ich bin nicht Gat Garson; niemand ist es. Ich konnte nicht rumlaufen und mich wie ein Macho aufführen, ohne daß mich die Konsequenzen einholten. Vielleicht holten sie mich gerade ein – in Form eines harten Kinnhakens von diesem wider Erwarten gut durchtrainierten Möchtegern-Hemingway.

»Sie wollen sich nur herauswinden«, sagte Donaldson.

»Nein«, sagte ich. »Sicher, ich habe etwas Angst vor Ihnen, aber ich kann Sie wirklich nicht leiden, und deshalb würde der Idiot in mir gern ein paar Schläge mit Ihnen abtauschen. Ich versuche nur, den Idioten in mir zu Räson zu bringen.«

Er lächelte leicht. Und plötzlich schien er sogar verlegen zu werden. »Okay«, sagte er. »Ich glaube, ich verstehe, was Sie meinen. Vielleicht sollte ich meinen eigenen Idioten auch etwas zügeln. Aber ich zähle auf Ihre öffentliche Entschuldigung.«

»Die haben Sie auch verdient. Aber ich stehe hinter dem, was ich auf der Bühne sagte. Sie müßten sich eigentlich öffentlich bei den Geistern Hammetts und Chandlers entschuldigen, aber das überlasse ich Ihnen und Ihrem Gewissen. Mein Gewissen sagt mir, daß ich zu einem Kollegen in aller Öffentlichkeit gemein war, und dafür schäme ich mich.«

Ich gab ihm die Hand, und Donaldson schüttelte erst den Kopf und dann meine Hand.

»Können zwei Männer, die einander nicht leiden können, trotzdem Freunde sein?« fragte er lächelnd.

»Ich bezweifle es«, sagte ich. »Ich hab mit Männerfreundschaften nicht viel im Sinn. Aber ich werde Ihnen einen Gefallen tun. Das heißt, falls Sie mir auch einen tun.«

Donaldson legte den Kopf schief und musterte mich mißtrauisch. »Welchen Gefallen wollen Sie mir tun?«

»Ich werde Ihnen eine peinliche Überraschung ersparen . . .«

Und Kathy, Donaldson und ich gingen auf ein Pläuschchen in mein Zimmer.

18

Um halb zwei war der Goldsaal voll; fast alle Teilnehmer der Convention waren gekommen. Und natürlich verschiedene Journalisten, einschließlich zwei Kamerateams von den konkurrierenden Kanälen 7 und 9, die sich zu beiden Seiten der Bühne aufgebaut hatten. Der Tisch, an dem ich gesessen hatte, war immer noch voller Mikrophone und Wassergläser, doch jetzt war in der Mitte davor ein Rednerpult aufgebaut, hinter dem ein lächelnder und etwas nervöser Tom Sardini Notizen und Verleihungsurkunden und anderen Kram sortierte. Als amtierender Präsident der Private Eye Writers of America war Tom automatisch der Zeremonienmeister.

Der Raum summte vor Gesprächen, doch die Zuschauer verhielten sich ziemlich leise – vielleicht aus Respekt vor dem verstorbenen Roscoe Kane. Es war kein Geheimnis mehr, daß Roscoe in diesem Jahr die Auszeichnung für sein Lebenswerk erhalten sollte; obwohl es im Grunde bis zu Verleihung geheim bleiben sollte, hatte Tom durch gezielte Indiskretionen die Presse informiert, und natürlich hatte sich das Gerücht in Windeseile auf dem Con herumgesprochen. Die fünfhundert oder mehr flüsternden Menschen erzeugten einen Geräuschteppich, der wie ein aufziehender Sturm im Raum hing.

Ich saß mit Kathy in der ersten Reihe; Donaldson saß direkt neben ihr. Hinter Donaldson saß Gregg Gorman, der versuchte, so schnieke auszusehen, wie es ihm möglich war, und das bedeutete bei ihm: eine Tweedjacke mit geflickten Ärmeln, ein brauner, zerknitterter Schlips und ein mehr oder weniger sauberes hellbraunes Hemd. Sardini hatte ihn gebeten, gegen Ende der Zeremonie ein paar Worte über das Hammett-Buch zu sagen. Neben Gorman saß Mae Kane; sie trug immer noch das enganliegende schwarze Kleid, dazu schwarze Handschuhe und eine Perlenkette; sie erinnerte an eine blonde Morticia Adams.

Donaldson lehnte sich zurück und flüsterte mit Gorman; Gorman hörte mit aufgerissenen Augen zu, blickte dann zu mir, und seine Augen verengten sich zu Schlitzen. Ich nickte ihm zu. Er erwiderte mein Nicken, zog das Scheckheft aus der Hosentasche, stellte einen Scheck aus, gab ihn Donaldson, und Donaldson reichte ihn mit einem wissenden kleinen Nicken an mich weiter.

Der Scheck des Verlages Mystery House war auf zehntausend Dollar ausgestellt. Unten links stand ein Hinweis: Für herausgeberische Tätigkeit bei *The Secret Emperor*.

Ich blickte zu Gorman, der immer noch von einem Ohr bis zum anderen lächelte. Er nickte mir zu, und ich erwiderte sein Nicken, doch ich konnte mich nicht überwinden, auch sein Lächeln zu erwidern. Mae Kane musterte mich besorgt. Für sie trieb ich irgendwo ein beruhigendes Lächeln auf, doch sie schien es mir nicht zu glauben. Eine kluge Frau.

Als ich mich weiter umsah, bemerkte ich auf der anderen Seite des Raumes Jerome Kane, der ruhig in einem Gangsitz saß. Er erwiderte meinen Blick mit den hellblauen Augen seines Vaters. Er war modisch und schlicht gekleidet: schwarze Jacke, graue Hose und grauer Schlips. Sein Freund Troy war offenbar nicht bei ihm, denn neben ihm saßen der mürrische Tim Culver und Cynthia Crystel, und neben ihnen vier Frauen in verschiedenen Altersstufen, die offensichtlich mit (oder zu) Cynthia sprachen – zweifellos Fans. Sie waren am richtigen Ort; hier und heute im Goldsaal würden sie auf ihre Kosten kommen . . .

Rechts von mir standen einige Leute an den Wänden; unter ihnen eine Frau mit orangenen Haaren und grünem Kleid. Sie hatte eine braune Handtasche über die Schulter gehängt.

Evelyn Kane.

Heute sah sie ganz gut aus. Sie war beim Friseur gewesen, und das grüne Kleid schien neu; es paßte gut zu ihrer matronenhaften Figur. Sie hatte eine Blume angesteckt, und sie sah aus wie die Anstandsdame eines Highschoolballs.

Sie bemerkte meinen Blick und verzog einen Mundwinkel zu einem bösen Lächeln; dann nickte sie. Ich nickte zurück und fragte mich, was das Lächeln zu bedeuten hatte.

So unauffällig wie möglich zeigte ich Kathy Evelyn und Jerome.

»Wie bei Charlie Chan«, sagte ich leise.

»Was?«

»Alle Verdächtigen sind da.«

»Wovon redest du?«

»Jerome, Evelyn, Gorman oder Mae. Oder eine Kombination aus ihnen. Die Mörder Roscoes, meine ich.«

Kathy sah mich an, als wäre ich ein zurückgebliebenes Kind. »Gorman kann es nicht gewesen sein, Mal. Er hat ein Alibi.«

»Klar. Er sagte, er hätte mit seinen Engeln im Berghoff gegessen. Ich hab aber im Berghoff angerufen und erfahren, daß sie um zehn schließen. Selbst wenn sie danach noch eine Weile dort waren, ist sein Alibi im Eimer. Roscoe ist zwischen elf Uhr und Mitternacht ertrunken.«

Das hätte sie ernüchtert, wenn sie nicht schon nüchtern gewesen wäre.

Tom winkte mich auf die Bühne.

»Paß auf meinen Platz auf«, sagte ich zu Kathy. Dann ging ich hinauf.

»Das ist einfach toll, Mal«, sagte er. »Siehst du, wieviele Leute hier sind? Und die Presse? Diese Publicity ist unbezahlbar.«

»Das ist wahr«, sagte ich.

»Tja, ich wollte dir nur sagen, wie froh ich bin, daß du Mae Kane herbekommen hast. Ohne sie wäre es nur halb so schön.«

»Das ist auch wahr«, sagte ich. »Aber bedanke dich lieber noch nicht bei mir; warte ab, wie es läuft.«

»Ich bin sicher, daß es läuft wie geschmiert. Bist du aufgeregt, Mal?«

»Oh, natürlich. Warum denn?«

»Komm mir nicht damit! Du bist für die Hardcover-Verleihung nominiert, du Trottel! Hast du schon deine Dankrede geschrieben?«

Ich konnte nicht behaupten, daß ich meine Nominierung völlig vergessen hatte, doch ich hatte genug andere Dinge im Kopf gehabt.

Ich sagte: »Kannst du mir einen Tip geben? Ich hab nichts vorbereitet . . .«

Tom schüttelte den Kopf. »Ich weiß nicht, wer die Gewinner

sind. Der Leiter der Verleihungskommission hat mir einen versiegelten Umschlag gegeben, und die Plaketten sind auch versiegelt. Aber ich glaube, daß du eine Chance hast, Mal. Dein Buch gefällt mir.«

»Es hätte gar nicht nominiert werden dürfen; der Held ist kein richtiger Privatdetektiv. Bist du nicht auch im Rennen?«

»Ja«, sagte er. »Bestes Taschenbuch.«

»Viel Glück«, sagte ich.

»Danke, Mal. Danke für alles.«

Um zwei Uhr begann die Verleihungszeremonie. R. Edward Porter, einer der bekanntesten Schreiber des Genres, vergab den Preis für die beste Kurzgeschichte an den Kritiker Jon Breen, der früher für das *Ellery Queen Mystery Magazine* gearbeitet hatte. Breen sagte einige bescheidene Worte und setzte sich wieder. Der Preis für das beste Taschenbuch wurde von William Campbell Gault, dem Gewinner des letzten Jahres, überreicht. Er öffnete den Umschlag und sagte: »Ah, da haben wir's ja.«

Tom bekam den Preis für seinen letzten Jacob-Miles-Roman; er entschuldigte sich mit hochrotem Kopf dafür, daß er den Preis gewonnen hatte und gab dann zu, daß er nur bei der Gründung der Organisation mitgewirkt hatte, weil er gehofft hatte, daß es eines Tages dazu kommen würde. Die Zuschauer lachten über seine Aufrichtigkeit, applaudierten, und schließlich bekam er eine Standing Ovation, und Tom stand linkisch, mit dem Preis in der Hand, auf der Bühne – es war eine Holztafel, auf der der Einband seines Buches eingraviert war. Er grinste wie ein Kind vorm Weihnachtsbaum.

Ich blickte an Kathy vorbei zu Donaldson und sagte: »Viel Glück.«

Er war mit *Poisonaus Wine* für den besten Hardcover im Rennen.

Er sagte: »Ihnen auch.«

Wir verloren beide; Bill DeAngelo bekam den Preis für sein letztes Mark-Kaub-Buch. Bill sagte, er freue sich sehr, da er schon lange keinen Edgar mehr bekommen habe. Er sprach witzig, und er schien sich wirklich zu freuen. Bevor der Beifall nachließ, saß er schon wieder auf seinem Platz.

Dann ging Tom ans Rednerpult und sagte: »Den wichtigsten Preis wollen wir nun zuletzt verleihen – den Life Achievement Award, die Auszeichnung für das Lebenswerk. Ich glaube nicht, daß sich hier jemand wundert, wenn der Preis Roscoe Kane zugesprochen wird. Der Verlust dieses wichtigen Autors am Vorabend dieser Verleihung ist ein tragischer Zufall. Ich habe einen guten Freund – und Schüler – Roscoe Kanes gebeten, einige Worte zu sprechen und Mrs. Kane vorzustellen, die für ihren Mann den Preis annehmen wird. Mal . . .«

Ich stand auf und kletterte auf die Bühne und stellte mich ans Rednerpult. Die Kameras wurden auf mich ausgerichtet, und die Zuschauer waren mucksmäuschenstill.

»Roscoe Kane war nicht vollkommen«, sagte ich ins Mikrophon. Meine Stimme war eigentlich laut genug, um den Saal auch ohne Mikrophon zu füllen; durch die Verstärkung hallten meine Worte gespenstisch laut durch den Raum. »Roscoe Kane war nicht einmal ein vollkommener Schriftsteller. Seine Gabe war auf einen engen Bereich begrenzt. Und doch war er auf seine Weise ein Genie, wie auch Edgar Rice Burroughs oder Ian Fleming oder Mickey Spillane auf ihre Weise Genies waren. Er erschuf mit Gat Garson einen lebendigen Charakter – vergleichbar Tarzan und James Bond und Mike Hammer. Garson wurde ein überlebensgroßer Held, der leben wird, solange es Menschen gibt, die gute Geschichten lesen wollen. Meiner Meinung nach also ewig.

Aber Roscoe Kane war nicht überlebensgroß. Ich glaube, seine Werke werden ihn überleben, aber das ist meine persönliche Meinung. Roscoe war ein mit Fehlern behafteter, exzentrischer Mann, und ich liebte ihn wie einen Vater.«

Rechts von der Bühne beugte sich Jerome Kane gespannt vor.

Meine Stimme donnerte weiter durch den Saal: »Ich muß an dieser Stelle allerdings etwas enthüllen, das – unglücklicherweise – einen Schatten auf Roscoe Kanes Ruf werfen kann.«

Gregg Gorman beugte sich vor, und Mae Kane bedeckte ihr Gesicht mit einer Hand.

»Sie wissen natürlich alle von dem kürzlich entdeckten Roman von Dashiell Hammett: *The Secret Emperor* . . . leider wurde der Roman aber nicht entdeckt. Er wurde auf der

Grundlage eines Fragmentes von fünftausend Worten, dessen Authentizität außer Frage steht, zusammengeschrieben. Der Roman, der auf dem echten Fragment beruht, wurde von Roscoe Kane geschrieben.«

Die Zuschauer keuchten.

Die Reporter und Fernsehleute zu beiden Seiten der Bühne schienen wach zu werden und rissen die Augen auf.

Und Gregg Gorman, der immer noch vorgebeugt saß, starrte mich wutrot an.

»Roscoe Kane war ein verbitterter Mann«, sagte ich. »Er hatte das Gefühl, von den Verlegern auf die schwarze Liste gesetzt worden zu sein; seit fünfzehn Jahren ist in diesem Land kein neuer Roman mit Gat Garson erschienen. Außerdem wurde er von den Angehörigen der Krimigemeinde, von Kritikern und Rezensenten, fast völlig ignoriert. Tief in seinem Herzen wußte Roscoe, daß er ein Krimiautor ersten Ranges war, und als er die Gelegenheit bekam, einen Roman *seines* Helden, Dashiell Hammetts, zu vollenden, ergriff er die Gelegenheit. Um seinen Wert unter Beweis zu stellen. Und um denen eins auszuwischen, die ihn auf die schwarze Liste gesetzt und ausgestoßen hatten. Den Verlegern und den Fans.«

Es wurde sehr still. Gorman hatte sich, immer noch sehr rot im Gesicht, wieder zurückgelehnt. Jerome und Evelyn Kane lächelten leicht. Kathy wirkte etwas verstört, und Mae Kane weinte leise in ein Taschentuch.

»Der erste, der Zweifel an der Echtheit von *The Secret Emperor* anmeldete, war G. Roger Donaldson«, fuhr ich fort. »Mr. Donaldson – den ich heute morgen auf eben dieser Bühne sehr grob behandelt habe, wofür ich mich entschuldigen möchte – wandte sich mit seinem Verdacht an mich. Er hatte das Manuskript gelesen; der ›Entdecker‹ hatte ihn gebeten, die Echtheit zu bestätigen; Zuerst war Mr. Donaldson überzeugt, doch dann, als er gründlich darüber nachdachte, fiel ihm auf, daß Roscoe Kane fähig gewesen sein könnte, diesen Roman zu schreiben, und nach Kanes mysteriösem Tod kam Donaldson mit einer Kopie des Manuskripts zu mir. Er wollte meine Meinung hören, denn ich kannte Kane sehr gut. Er wollte wissen, ob Kane das Buch gefälscht hatte.«

Donaldson lächelte leicht und nickte mir zu.

Ich fuhr fort: »Ich habe in der letzten Nacht *The Secret Emperor* gelesen, und ich habe im Text Beweise dafür gefunden, daß Kane das Buch geschrieben hat. Seine literarischen Fingerabdrücke sind überall zu finden. Aber ich möchte hinzufügen, daß es eine erstklassige Hammett-Nachahmung ist. Ich bin sicher, daß es eines Tages gedruckt werden und Roscoe Kanes Ruf – zumindest seinen schriftstellerischen – erheblich verbessern wird.

Und nun geht es um die Frage, wer für diesen Schwindel verantwortlich ist. Wer hat versucht, Random House und Sie, die Krimifans, um Ihr Geld zu betrügen? Natürlich ist es niemand anders als mein guter Freund Gregg Gorman . . .«

Gorman sprang auf und zielte mit einem Finger auf mich. »Das ist eine Lüge!« Ohne Mikrophon klang seine Stimme hohl und schrill wie ein Stein, der in einer Konservendose klappert.

Doch er fuhr fort: »Das ist erstunken und erlogen! Sie haben keinen Beweis, Mallory! Holt ihn von der Bühne! Sind denn hier keine Sicherheitskräfte?«

Ich zog den Scheck aus der Tasche. Meine durch Lautsprecher verstärkte Stimme war klar und donnernd wie das Jüngste Gericht, jedenfalls, was Gorman anging. »Als ich Gregg Gorman heute zur Rede stellte, bot er mir zehntausend Dollar Vorschuß, damit ich schweige; sechs Monate nach Erscheinen des Buches sollte ich noch einmal zehntausend Dollar bekommen. Er machte dieses Angebot vor Zeugen. Er gab mir auch den Scheck im Beisein von Zeugen; ihre Namen sind G. Roger Donaldson und Kathy Wickman.«

Donaldson und Kathy standen auf und drehten sich nickend zum Publikum um.

Dann setzten sie sich wieder.

Gorman war geschlagen; er ließ sich schwer auf seinen Stuhl fallen und sank in sich zusammen. Er sah sich hilfesuchend zu Mae Kane um, doch sie erwiderte seinen Blick nicht.

Ich fuhr fort. »Ich hoffe, Sie und die Tausende von Krimifans, die Sie hier repräsentieren, sehen jetzt nicht zu unfreundlich auf Roscoe Kane herab. Er hat für seine Beteiligung an dem Betrug einen hohen Preis bezahlt; einen viel höheren Preis als den Verlust seines Rufes. Roscoe Kane war mein Held – aber er war auch ein Mann. Ein Mann, der Fehler gemacht hat – was ich mehr oder weniger von jedem Mann sagen kann, dem ich bisher begegnet bin. Aber ich glaube, er hatte die Absicht, etwas zu tun – etwas, mit dem er in Ihren Augen und in den Augen der Nachwelt besser dastehen würde.«

Es war totenstill; fünfhundert Gesichter waren gebannt auf mich gerichtet . . . alle im Raum sahen mich an. Alle außer Gorman und Mae Kane. Gorman starrte auf den Boden, Mae blickte leer irgendwo nach links. Ihre Tränen waren getrocknet.

»Ich glaube, Roscoe Kane hatte die Absicht, eines Tages zu enthüllen, daß er das sogenannte Hammett-Buch geschrieben hatte«, sagte ich. Ich sprach leise, doch meine Worte waren laut – nicht so sehr wegen der Lautsprecher, sondern durch den Gehalt der Worte selbst. »Ich glaube, er hatte von Anfang an die Absicht, den Betrug zu enthüllen. Ursprünglich plante er wohl, zu warten, bis das Buch veröffentlicht und von den Kritikern besprochen wäre; dann wollte er seinen Anteil an der Beute packen und nach Mexico oder sonstwohin verschwinden. Aber ich kenne . . . ich kannte Roscoe. Ich kannte sein Ego. Er hätte geredet. Er wollte den Verlagen an die Karre fahren. Er wollte bei den Fans das letzte Wort behalten. Und sein Mörder wußte es.«

Jetzt wurde es sehr laut, doch als ich fortfuhr, beruhigten sich die Zuschauer schnell wieder. »Jawohl – sein Mörder. Denn Roscoe Kane wurde ermordet. Ich entdeckte zusammen mit seiner Frau Mae seine Leiche. Die Indizien wiesen auf einen Mord hin, doch die Chicagoer Gerichtsmediziner taten meine Einwände und Theorien ab. Deshalb möchte ich heute in aller Öffentlichkeit, vor diesem Publikum und vor den Fernsehkameras die Stadt Chicago auffordern, die Untersuchung des Todes von Roscoe Kane wiederaufzunehmen und eine Morduntersuchung einzuleiten.«

Die Zuschauer drehten durch; das Gemurmel eskalierte zu Rufen, und die Kameraleute und Reporter mit Mikrophonen rückten auf mich zu.

»Bitte«, sagte ich. Ich winkte sie zurück. »Erlauben Sie mir, fortzufahren. Ich glaube, Roscoe hatte sich entschlossen, seine

Beteiligung an dem Schwindel *vor* der Veröffentlichung des Buches offenzulegen. Und ich glaube, aus genau diesem Grund wurde er ermordet. Ich glaube, der Mord war nicht geplant, fast ein Verbrechen aus Leidenschaft, und das Motiv war höchstwahrscheinlich Geldgier. Und ich glaube, Sie wissen, wer es getan hat.«

Es wurde wieder still; ich blickte zu Evelyn Kane, und sie erwiderte meinen Blick.

»Ich weiß, wer es getan hat, und ich bin bereit, meine Ansicht und die Gründe dafür der Polizei zu enthüllen. Aber ich halte es nicht für richtig, meinen Verdacht an dieser Stelle auszusprechen.«

Es wurde wieder laut, und trotz Mikrophon mußte ich fast schreien, um mich verständlich zu machen. »Jetzt gilt es aber erst einmal, einen Preis zu überreichen – Mae Kane, Mrs. Roscoe Kane, würden Sie bitte vortreten?«

Die Zuschauer wurden wieder still wie bei einer Beerdigung, und Mae stieg aus der Menge empor wie eine schwarze Erscheinung. Sie kam mit federnden Silberbögen nach vorn und nahm die Plakette in Empfang. Auf der Tafel war das Titelbild von *Kill Me, Darling* abgebildet; es war der erste Gat-Garson-Roman. Sie achtete kaum darauf, sondern sah mir fest in die Augen. Ihr Gesicht war kreidebleich und ausdruckslos; die Spuren ihrer Tränen waren auf dem hellen Make-up deutlich zu sehen.

»Mal«, sagte sie, »warum haben Sie das getan?«

Ich beugte mich vor und tat so, als wollte ich die Tafel betrachten und setzte ein Lächeln auf. Es war wieder ziemlich laut; die Zuschauer diskutierten hitzig über meine Enthüllungen. Die Presse ließ mich im Augenblick in Ruhe.

Ich stand jetzt so weit vom Mikrophon entfernt, daß mich außer Mae Kane niemand hören konnte.

Ich flüsterte: »Sie waren es, Mae. Sie waren es. Roscoe und Evelyn wollten wieder zusammenkommen. Ihre Gesellschaft war mehr für ihn, als Sie ihm jemals im Bett bieten konnten. Sie gab ihm seine Selbstachtung zurück; sie hatte ihn überzeugt, Sie und Gorman bloßzustellen und den Betrug aufzudecken. Und so wäre er der Held geworden, und die Presse hätte sich auf ihn gestürzt. Und damit hätte er seine Karriere noch einmal beginnen und Sie verlassen können.«

Sie sah mich mit großen, leeren Augen an.

Ich sagte: »Die Polizei wird es rasch herausfinden. Sie sind im Hotel angekommen und sofort zu seinem Zimmer hinaufgegangen. Sie wußten, unter welchem Namen er registriert war. Haben Sie den Schlüssel vom Portier geholt, oder war die Tür auf? Es spielt keine Rolle. Sie sind hineingegangen und haben Ihren Mantel ausgezogen und ihn ertränkt; dann haben Sie sich wieder angezogen und die nassen Handtücher, mit denen Sie das Bad aufgewischt hatten, fortgeschafft. Und dann sind Sie wieder heruntergefahren und haben mich in der Lobby getroffen. Und Sie sind mir auf der Nase herumgetanzt, wie Gat Garson sagen würde. Ich fand es etwas seltsam, daß Sie Ihren Mantel anbehielten, nachdem wir Roscoe gefunden hatten; auch als Sie auf dem Bett lagen, hatten Sie ihn noch an, aber ich dachte mir nichts dabei; dann fiel mir ein, daß Sie ihn anbehalten hatten, weil Ihre Kleidung darunter naß geworden war. Sie war naßgeworden, als Sie ihn ertränkten.«

Die großen Augen füllten sich mit Tränen. Die Tränen einer Schauspielerin? Ich konnte es nicht sagen.

Dann antwortete sie so leise, daß es außer mir niemand hören konnte: »Ich hatte es nicht so geplant. Er war in der Badewanne eingeschlafen; ich drückte ihn unter Wasser, und er wachte nicht einmal auf. Er hat nicht gelitten. Er ist einfach gestorben . . .«

Die Schüsse übertönten das Getöse und unterbrachen alle Diskussionen, die im Raum in Gang waren. Es waren zwei Schüsse, laut und erschreckend, die unsere Aufmerksamkeit verlangten.

Mae Kanes große Augen wurden noch größer, als sie von den Geschossen nach vorn geworfen wurde; dann taumelte sie wie eine Lumpenpuppe zurück, hielt sich irgendwie auf den Beinen – eine Lumpenpuppe, die wider alle Naturgesetze aufrecht stehen will. Sie sah an ihrem schwarzen Kleid hinab. Zwei rote Löcher, direkt übereinander, wie Punkte hinter zwei Sätzen, wie ein hellroter Doppelpunkt. Dann sprudelte Blut aus dem unteren Loch und verwandelte es in ein Semikolon; sie bedeckte das Semikolon mit beiden Händen, dann streckte sie die Hände aus, betrachtete sie, betrachtetete das Blut und versuchte zu schreien.

Es gelang ihr nicht.

Sie stürzte nach vorn, gegen den Tisch, warf das Rednerpult um, und ihre blutige Hand streifte über mein Hemd, als ich sie halten wollte. Ich hob den Kopf.

Evelyn Kane stand im Gang, direkt hinter der Stelle, an der gerade noch Mae Kane gestanden hatte. Evelyn lächelte wie ein Totenschädel. Sie hielt einen langläufigen 38er in beiden Händen; es war die Schießhaltung, die Roscoe ihr gezeigt hatte, als er sie im Gebrauch einer Garson-Kanone unterwiesen hatte. Die Klappe der braunen Handtasche, aus der sie den Revolver gezogen hatte, stand offen. Sie ließ die noch rauchende Waffe langsam sinken, und schließlich glitt sie ihr aus der Hand. Sie klapperte neben Mae auf den Boden.

Um uns hatten sich laut rufende Menschen gesammelt; einige schrien erschreckt, einige rannten sogar verängstigt hinaus.

Doch es war so schnell geschehen, daß die meisten, genau wie ich, einfach wie betäubt herumstanden. Die beiden Kugeln hatten Maes Körper durchschlagen und waren rechts an mir vorbeigeflogen, und unter dem Tisch in die Wand eingedrungen. Ich hatte mich nicht einmal geduckt. Die Waffe war abgefeuert worden, die Kugeln waren geflogen, und ich brauchte eine ganze Weile, um zu begreifen, was geschehen war.

Doch inzwischen waren so viele Menschen aus dem Raum geflohen, daß Evelyn einen freien Stuhl gefunden und sich gesetzt hatte; sie wartete schweigend. Soll heißen, sie wartete auf die Polizei. Sie brauchte nicht auf die Presse zu warten – die Reporter und Fernsehleute mit ihren Kameras drängten sich bereits um sie.

Ein Teil der Aufmerksamkeit richtete sich auch auf Mae – überall flammten Blitzlichter auf. Ich ging zu ihr hinüber. Tom Sardini wiegte sie in den Armen und fühlte ihren Puls, aber natürlich fand er keinen. Ich beugte mich über sie und drückte die Lider über ihre großen Augen; auch im Silberhaar war Blut.

Ich wußte nicht, wie es dort hingekommen war. Sie roch immer noch nach Jasmin.

Aus irgendeinem Grund dachte ich plötzlich daran, den Life Achievement Award in Sicherheit zu bringen, der Mae aus den Fingern geglitten war, als sie von den Kugeln getroffen wurde. Ich suchte danach, aber ich fand ihn nicht.

Irgendein Fan hatte sich wahrscheinlich das Ding geschnappt und als Souvenir mitgenommen.

Kathy kam mit tränenüberströmtem Gesicht zu mir herauf; sie berührte den blutigen Handabdruck auf meinem Hemd, als sei es frische Farbe, und sagte: »Oh, Mal.«

Das sagte alles. Ich legte einen Arm um ihre Schultern und sah mich im Raum um. Gorman war verschwunden. Tim Culver hatte einen Arm um die Schultern der zitternden Cynthia Crystal gelegt und führte sie hinaus. Jerome Kane stand mit aschgrauem Gesicht im Gang.

Er schob sich langsam nach vorn zu Evelyn Kane, um die sich die Journalisten drängten. Er schob sich durch die Menschentraube und setzte sich neben die groteske Evelyn, wie er sie so oft genannt hatte, und nahm ihre Hand.

Teil 4

Sonntag

19

Als ich am Sonntagmorgen aufwachte, war Kathy nicht mehr da; sie hatte eine Notiz hinterlassen: Ich sollte sie in ihrem Zimmer anrufen, sobald ich wach würde. Ich war wach, also rief ich an. Sie sagte, ich sollte sie abholen, damit wir zusammen frühstücken könnten.

Nachdem wir am Sonnabendnachmittag mehrere Stunden von der Polizei verhört worden waren und noch einmal eine Stunde lang die Journalisten zufriedenstellen mußten, hatten wir den Rest des Tages für uns gehabt. Und es war ein schöner Sonnabend gewesen, wenn man den schrecklichen Schatten berücksichtigte, den die Ermordung Mae Kanes über uns geworfen hatte. Kathy und ich hatten das offizielle Bankett am Abend ausgelassen (Donaldson war der Festredner), und hatten es dank meines Freundes doch noch geschafft, zum Second City zu kommen.

Heute würde ich nach Iowa zurückfahren und Kathy nach Pennsylvania, was ich sehr schade fand.

Und das sagte ich ihr auch, kurz nachdem sie mir die Tür geöffnet hatte. Sie war schon beim Packen. Ihr Flug ging um elf Uhr, und es war schon neun.

Sie klappte den Kofferdeckel zu und lächelte mich an. »Mal, du hast mir wirklich die Augen geöffnet. Du bist wie deine Bücher.«

Ich legte meine Hände an ihre Hüften. »Ich hoffe, das soll ein Kompliment sein.«

»Natürlich ist es ein Kompliment. Ich liebe deine Bücher.«

»Aber liebst du auch mich?«

»Klar. Du weißt, daß ich dich liebe.«

Es klang etwas zu glatt.

»Kathy«, sagte ich, »ich meine, ich will nicht den romantischen Trottel spielen, aber zwischen uns hat es ziemlich gefunkt; ich weiß, daß wir durch ein paar Meilen voneinander getrennt sind, aber ich dachte, wir könnten da was tun.«

Sprödes Lächeln Nr. 692. Sie küßte meinen Hals und sagte: »Wir müssen das nochmal machen.«

Sie entzog sich mir und ging ins Badezimmer, wo sie ihre Toilettenartikel einsammelte.

»Was müssen wir noch einmal tun?« fragte ich. »Zwei heiße Nächte auf einem Bouchercon erleben?«

Sie hob den Kopf, lächelte schief und zog eine Augenbraue hoch. »Klar. Warum nicht?«

»Ich hatte auf ein bißchen mehr gehofft. Warum kommst du nicht mal eine Woche zu mir zu Besuch? Oder ich könnte eine Woche zu dir kommen . . .«

Sie kam aus dem Badezimmer zu mir herüber und blieb bedrückt vor mir stehen. »Weißt du, das geht leider nicht.«

»Warum nicht.«

»Nun ja, ich bin . . . ich bin sozusagen verheiratet.«

»Sozusagen verheiratet?«

»Tja, Ron und ich halten es ziemlich locker. Ich trage keinen Ring und er auch nicht. Wir lassen uns viel Raum. Aber nicht zuviel Raum. Du kannst mich nicht besuchen kommen, und ich kann dich nicht besuchen. Aber vielleicht sehen wir uns im nächsten Jahr auf dem Bouchercon.«

Mein Mund wurde trocken. Ich wollte schlucken, aber ich bekam den Brocken nicht herunter.

»So ist das also? Bis zum nächsten Bouchercon?«

»He, laß den Kopf nicht hängen, Mal. Es ist ein Con; ein Wochenende Urlaub von zu Hause. Die Jungen haben den Abend frei, und die Mädchen haben den Abend frei. Hast du so was noch nie gehört?«

Ich nickte. »Ich hab davon gehört. Ich dachte nur . . . zwischen uns könnte vielleicht etwas mehr sein. Warum hast du mir nicht gleich gesagt, daß du verheiratet bist?«

Sprödes Lächeln, hochgezogene Augenbraue. »Warum hast du nicht gefragt?« Sie tätschelte meine Wange. »Ich sag dir, warum du nicht gefragt hast . . . weil es ein austauschbarer

Bouchercon war, und weil ich ein austauschbares Mädchen war. Versuche nicht, mehr daraus zu machen, als es ist, du romantischer Trottel.«

Sie tätschelte noch einmal zärtlich meine Wange. »Ich hab noch Zeit zum Frühstücken. Gibst du einen aus? Oder bin ich dran?«

»Du bist dran«, sagte ich.

Als ich ihr die Tür aufhielt, sagte sie: »Ich glaube, du wirst dein Versprechen jetzt doch brechen.«

»Welches Versprechen?«

»Du wirst ein Buch über diese Sache schreiben. Du wirst der Versuchung nicht widerstehen können.«

Ich zuckte die Achseln. Wir gingen zu den Aufzügen.

»Evelyn Kane hat Mae Kane in aller Öffentlichkeit umgelegt«, sagte Kathy, »und dadurch wird sie berühmt werden. Um sie und um das, was sie gestern getan hat, wird ein neuer literarischer Industriezweig entstehen.«

»Die Jean Harris dieses Jahres«, sagte ich düster.

»Ja«, sagte Kathy fröhlich.

Eins wußte ich schon, als wir im Aufzug nach unten fuhren. Ich würde zu Hause das Titelbild von *Murder Me Again, Doll* rahmen lassen und irgendwo aufhängen, wo es gut zu sehen wäre. Sein Anblick würde mir jenes bittere und zugleich süße Gefühl geben, dem ich noch nie widerstehen konnte – das Gefühl, das ich auch bei Bobby Darins *Beyond the Sea* immer bekam; schmerzlich, aber eine klare Erinnerung daran, daß ich noch lebte.

Und das Bild würde mich nicht an Roscoe Kane erinnern; diesen Verlust hatte ich bewältigt.

Kurz bevor die Aufzugtüren unten aufglitten, lächelte ich sie spröde an. »Du siehst wirklich aus wie das Mädchen auf meinem Bild von Gat Garson«, sagte ich.

»Ich weiß«, sagte sie.

Aber sie lächelte nicht.

ENDE

NACHWORT

Mallory – Max Allan Collins' »softboiled hero«

Wäre ein verschollener – oder gefälschter? – Roman von Dashiell Hammlett ein Motiv, einen Menschen zu ermorden? Ausgerechnet auf dem *Bouchercon*, einem alljährlichen Treffen, auf dem sich Kriminalschriftsteller, Leser und Händler ein Stelldichein geben – praktisch in der Höhle des Löwen, setzt man voraus, daß Krimiautoren wissen, wovon sie schreiben, und sich an kleinen Unstimmigkeiten beim Tod durch Ertrinken in der Badewanne stören – etwa an drei fehlenden Handtüchern?

Ein solcher Roman – der beste, den Hammett *nicht* geschrieben hat, wie Mallory erkennt – kann durchaus ein Motiv für einen Mord sein, doch Max Allan Collins wäre nicht Max Allan Collins, wenn die Sache so einfach wäre und sich nicht noch eine Menge anderer Motive zu einem vertrackten Mosaik zusammenfügten, das ausgerechnet auf dem Höhepunkt des Bouchercons, der Bekanntgabe der diesjährigen Preisträger der Private Eye Writes of America, der Schriftstellerorganisation der amerikanischen Privatdetektivautoren, von Mallory zusammengesetzt und gleichzeitig enthüllt werden würde.

Die bislang fünf Romane um den Vietnamveteranen und Kriminalschriftsteller Mallory – nach dem vorliegenden Roman und den bisher erschienenen Titeln EIN VETERAN KEHRT HEIM (Bastei Lübbe 19103) und DER EINÄUGIGE (Bastei Lübbe 19105) befinden sich die weiteren bei Bastei-Lübbe in Vorbereitung – haben Max Allan Collins gemeinsam mit der NATE-HELLER-SERIE endgültig den Durchbruch als einer der interessantesten zeitgenössischen Krimiautoren der USA verschafft.

Max Allan Collins wurde 1948 in Muscatine im amerikanischen Bundesstaat Iowa geboren – einem Ort, der übrigens leicht als Vorbild von Mallorys Heimatstadt Port City zu entlarven ist. Schon auf der High School begann Collins zu schreiben; er verfaßte fünf oder sechs Romane, von denen er allerdings keinen verkaufen konnte, und arbeitete nebenbei – wenn auch nicht als Polizist, wie Mallory – so doch als Berufsmusiker und für die örtliche Zeitung. 1970 machte Collins den Bachelor of Arts an der University of Iowa und 1972 den Masters of Fine Arts am Iowa's Writers Workshop. Ein Jahr später erschienen dann Collins' erste Romane: BAIT MONEY und BLOOD MONEY, die ersten beiden Bände um einen professionellen Dieb namens Nolan (der ein wenig an Donald Westlakes Parker erinnert), und Collins' Verlag Curtis Books erwarb gleich noch weitere fünf Romane des jungen Autors. Kurz darauf wurde Curtis Books jedoch von dem Verlag Popular Library geschluckt, und Collins' Bücher lagen erst einmal auf Halde. Schließlich fielen die Rechte zurück an den Autor, und Collins verkaufte die gesamte Nolan-Serie an Pinnacle-Books (den bislang letzten, fünften Band der Serie hatte er 1974/75 geschrieben). Der Verlag nahm auch noch einen neuen Nolan unter Vertrag, so daß insgesamt sechs Bände dieser Serie vorliegen: neben den bereits erwähnten Titeln noch FLY PAPER (1981), HUSH MONEY (1981), HARD CASH (1982) und SCRATCH FEVER (ebenfalls 1982).

Als Collins den letzten Nolan-Roman schrieb, hatte er jedoch schon eine zweite Serie in Arbeit, diesmal um den professionellen Killer Quarry. Insgesamt vier Titel erschienen beim Verlag Berkeley: THE BROKER, THE BROKER'S WIFE, THE DEALER (alle 1976) und THE SLASHER (1977).

Mittlerweile profilierte Collins sich jedoch in einem anderen Medium. Seit seiner Jugend hatte er Comics gelesen, und seit 1977 textet er die Abenteuer des wohl berühmtesten amerikanischen Comic-Detektivs, DICK TRACY.

DICK TRACY erscheint seit Oktober 1931 sowohl als Sonntags- wie auch als Tagesstrip in einer Unzahl amerikanischer Zeitungen (derzeit über 500) und gilt als der erste realistische Polizei-Comic überhaupt. Sein Erfinder ist Chester Gould (20. 11. 1900 – 11. 5. 1985), der die Serie über vier Jahrzehnte lang selbst schrieb und zeichnete. Dick Tracy ist zum Inbegriff des amerikanischen Detektivs geworden; war die Serie über lange Zeit hinweg auch brutal bis grausam, so wies sie doch mitunter sehr dichte Texte auf. Als Chester Gould sie aus

Altersgründen in andere Hände übergeben mußte, hatten sich die Zeiten geändert: Nicht nur der Jugendschutz, der allzu brutale Auseinandersetzungen mit Verbrechern von vornherein verbietet, sondern auch ein etwas veraltertes Verständnis von der modernen Arbeitsweise der Polizei machte DICK TRACY mitunter sehr zu schaffen. Es ist Max Allan Collins zugute zu halten, die Serie modernisiert und wieder wesentlich zugkräftiger gemacht zu haben, als sie es in Goulds letzten Jahren war.

Als Anfang der achtziger Jahre in den USA neue, »unabhängige« Comic-Verlage wie Pilze aus dem Boden schossen, startete Collins zusammen mit dem Zeichner Terry Beatty die Comic-Serie MS. TREE, die zuerst in Fortsetzungen zu acht Seiten pro Episode in einem Magazin erschien und dann ein eigenes, monatlich erscheinendes Heft bekam. MS. TREE ist eine konventionelle Privatdetektivserie mit ungemein dichten, verwickelten Plots und einem ungewöhnlichen Helden: Am Tag ihrer Hochzeit mit dem Privatdetektiv Tree wird Michael Tree (gewiß, ein etwas ungewöhnlicher Vorname für eine Frau) schon Witwe. Sie entlarvt die Mörder ihres Mannes und arbeitet von da an als dessen Nachfolger als Privatdetektivin. Max Collins' Begeisterung für Mickey Spillane und dessen Mike Hammer (über den er zusammen mit James Traylor ein Buch verfaßt hat) veranlaßte einen Kritiker zu der Bemerkung, Ms. Tree sei eine Hommage an Mike Hammers langjährige Sekretärin Velda – wenn Mike Hammer seine treue Velda wirklich einmal geheiratet hätte und am Tag ihrer Hochzeit erschossen worden wäre, hätte sie bestimmt genauso gehandelt wie Miß Michael Tree. Und tatsächlich lassen sich in MS. TREE, was Charaktere, Handlung und Brutalität betrifft, gewisse Parallelen zu Mickey Spillane nicht verleugnen.

Max Allan Collins' neueste Aufgabe als Comic-Texter – dies als kleiner Vorgriff – ist übrigens die Gestaltung der weiteren Abenteuer BATMANS, des – neben SUPERMAN – bekanntesten Helden des Comic-Verlages DC. Als Collins die Serie Anfang 1987 übernahm, befand sie sich, was die Verkaufszahlen betraf, im Keller – und wahrscheinlich erhofft sich der Verlag von Collins' Arbeit an seinem zweitwichtigsten Zugpferd eine ähnliche Wirkung, wie sie bei DICK TRACY eintrat.

Die achtziger Jahre schließlich brachten für Max Allan Collins endgültig den Durchbruch. Die Tantiemen der Nolan- und Quarry-Romane und die Einkünfte aus der Arbeit an DICK TRACY ermöglichten es ihm, sich sorgfältig auf zwei neue Serien vorzubereiten, die beide 1983 starteten.

Bei der ersten dieser Serien handelt es sich um historische Krimis aus dem Chicago der 30er Jahre mit dem Privatdetektiv Nate Heller als Hauptperson. TRUE DETECTIVE (CHICAGO 1933, Bastei-Lübbe 13015) ist (mit 360 Seiten in der deutschen Ausgabe) nicht nur einer der umfangreichsten, sondern auch einer der bestrecherchiertesten Privatdetektivromane überhaupt; das Chicago der 30er Jahre mit seinem sagenumwobenen Flair als *die* Verbrechensmetropole ist nicht nur Schauplatz, sondern auch zumindest genauso wichtiger Bestandteil der Geschichte wie Nate Heller selbst. Nathan Heller wird in Verbindungen der Unterwelt mit höchsten politischen Kreisen verstrickt; in all diesem Filz behält er jedoch seine Integrität als »hardboiled hero«, als hartgesottener Held zwischen den Fronten. Nicht nur mit dem Auftauchen solcher historischer Persönlichkeiten wie Eliot Ness, Al Capone, George Raft oder des jungen Sportreporters Ronald Reagan beschwört Collins die faszinierende Atmosphäre eines berühmt-berüchtigten Zeitalters herauf: er läßt ein so lebhaftes Bild des Chicago der dreißiger Jahre entstehen, daß man den Eindruck hat, nicht nur einen lupenreinen Kriminalroman, sondern gleichzeitig auch einen historischen Roman zu lesen.

Gleiches läßt sich für die Fortsetzung sagen, TRUE CRIME (GANGSTERBRÄUTE 1934, Bastei-Lübbe 13036), in dem Nate Heller durch einen anscheinend harmlosen Auftrag – er soll dem angeblichen Vertreter John Howard Auskunft über die Treue oder Untreue seiner Frau geben – nichtsahnend auf die Spur des damaligen Staatsfeindes Nr. 1, John Dillinger, gesetzt und in ein Komplott verstrickt wird, in das höchste Bundesbehörden verwickelt sind. Es ist Collins tatsächlich gelungen, mit GANGSTERBRÄUTE 1934 eine weitere Steigerung zu schaffen: Der Roman liest sich noch fesselnder, noch glatter als sein Vorgänger. Auch, was das Gefühls- und Sexualleben Nate Hellers betrifft, hat Collins sich endgültig freigeschwommen und dem »hartgesottenen Detektiv«, Heller damit eine beachtliche Gefühlstiefe verliehen.

Collins bekam für diesen Roman übrigens den *Shamus Award* der Private Eye Writes of America als bester gebundener Privatdetektivroman des Jahres 1983 zugesprochen; der dritte Roman in dieser Serie GANGSTERKRIEG 1942 ist ebenfalls bei Bastei-Lübbe erschienen.

1983 erschienen dann auch die beiden ersten Romane aus der Mallory-Serie, die in der Bundesrepublik Deutschland innerhalb der SCHWARZEN SERIE verlegt wird. Mallory ist ein anderer Mensch als Nate Heller, fast schon ein Kontrapunkt: ein aufstrebender Kriminalschriftsteller, in dem man, was die berufliche Laufbahn und den geographischen Hintergrund betrifft, den Autor selbst erahnen kann. In Mallorys erstem Fall bekommt er es weniger zufällig, als es anfangs den Anschein hat, mit einer Einbrecherbande zu tun (EIN VETERAN KEHRT HEIM, Bastei-Lübbe 19103). Das zweite Buch der Serie lotet Mallorys Vergangenheit aus und spielt im Jahre 1974; hier geht es um politischen Filz (die Wiederwahl des Sheriffs steht an!) und Mord in gesellschaftlich »gehobenen« Kreisen (DER EINÄUGIGE, Bastei-Lübbe 19105).

Um Mord geht es auch in dem vorliegenden Band, der einen ganz besonderen Reiz durch seinen Schauplatz gewinnt: ein Kongreß von Kriminalschriftstellern, bei denen sich tatsächliche, von Collins leicht verfremdete sowie frei erfundene Autoren bunt durcheinandermischen. Collins erzählt seine Geschichte etwas augenzwinkernd und alles andere als verbissen ernst (eine Tendenz, die sich auch in dem vierten Roman der Serie, A SHROUD FOR AQUARIUS, fortsetzt).

Mallory ist nicht gerade ein »hardbailed dick«, ein hartgesottener Privatdetektiv; er ist überhaupt kein Privatdetektiv, sondern ein »begabter Amateur«, der allerdings überhaupt nichts mit den traditionellen Amateuren des klassischen englischen Kriminalromans gemeinsam hat. Agatha Christie läßt in den Mallory-Roman nicht grüßen, allerdings auch nicht Collins' Lieblingsautor Mickey Spillane.

Nein, Mallory ist ganz einfach ein moderner Mensch, der mehr oder weniger zufällig in Verbrechen verwickelt wird, selbst ein wenig ermittelt, Schlüsse zieht und richtig kombiniert. Er geht sparsam mit den Sprüchen eines hartgesottenen Detektivs um und legt auch keinen großen Wert auf handgreifliche Auseinandersetzungen. Dennoch muß er kräftig einstecken (»Er schleuderte mich mit einem lässigen Rückhandschlag quer durch den Raum . . .«; »Dann kam jemand herüber und trat mir gegen den Kopf . . .«), kann aber auch austeilen (»Als jemand hereinstürmte, knallte ich ihm das Brecheisen vor die Brust, und er kippte um . . .«). Diese Gewalt gerät allerdings nie zum Selbstzweck und wird spärlich eingesetzt.

Gleichzeitig ist Mallory kein Kostverächter und steigt auch schon einmal mit den Frauen, denen er begegnet, ins Bett – auch wenn er dabei das Pech haben kann, wie in EIN VETERAN KEHRT HEIM, von einer alten Jugendliebe nach Strich und Faden hereingelegt zu werden. Die Mallory-Romane werden nie sentimental – sie sind mit leichter Hand geschrieben und lesen sich flüssig. Sie gewinnen ihre Spannung aus einer ganzen Menge Action, die mit Mallorys Ermittlungen einhergeht – dabei sind Max Allan Collins' Plots verwickelt, aber nie unglaubwürdig – und ihre Tiefe aus der geschickten Charakterisierung des Protagonisten und einer gewissen Ironie des Stils, die einen vor allem im vierten Roman – so der amerikanische Rezensent Jeff Pike – weniger an Chandlers Philip Marlowe oder Spillanes Mike Hammer als an MacDonalds Lew Archer und vor allem an den Fernseh-Detektiv Jim Rockford erinnert. »Vielleicht ist ›softboiled‹«, so Pike, »die beste Bezeichnung für diesen modernen Einzelgänger. Von den sechziger Jahren entfremdet, ist er ein aufmerksamer, anteilnehmender Mensch, der (mehr oder weniger) imstande ist, sich seinen Gefühlen zu stellen – und doch nicht so selbstverloren ist, daß er nicht auch zur Tat schreiten und einen Kriminalfall lösen könnte. Die Person des Mallory ist eine faszinierende Entwicklung im Kriminalroman, und der einfache, ergreifende Stil (der Romane) beweist, daß Collins ein Autor ist, der Beachtung verdient.«

Dem ist nichts mehr hinzuzufügen.

Uwe Anton

Max Allan Collins

**»Schwarze Serie« präsentiert
die Mallroy-Serie von
Max Allan Collins.
Er gehört seit seiner
CHICAGO-Trilogie
zu den wichtigsten Autoren
der modernen Kriminal-Literatur.**

Band 19 103

Band 19 105

Schwarze SERIE

BASTEI LÜBBE